长江拥有独特的生态系统，是我国重要的生态宝库。当前和今后相当长一个时期，要把修复长江生态环境摆在压倒性位置，共抓大保护，不搞大开发。

——习近平

李鲁平

湖北枝江人。中国作家协会会员，湖北作家协会副主席、武汉作家协会副主席。1983年考入华中师范大学，获法学学士、哲学硕士、法学博士学位。1985年开始创作，主要从事评论工作。出版诗集《桩号73》，儿童长篇小说《虎跳河边》，长篇非虚构文学作品《武汉传》，评论集《政治漩流中的作家们》、《湖北改革开放三十年的文学亲历》、《身与心》，文艺理论专著《文学艺术的伦理视域》，以及《李鲁平文集》。

解锁十年巨变
讲述长江故事

长江这10年

李鲁平——著

长江出版社

前 言

  像长江这样的大河，对讲述者会提出巨大的挑战，因为她源远流长，因为她大气磅礴，因为她窈窈冥冥，因为她纷繁复杂，所谓大象无形，所谓不可名状，所谓一言难尽，无非如此。讲述长江之难，不是今人才有的感受。李白用一句"唯见长江天际流"把讲述之难早就表达了，千言万语最终归结到"流"。这与人们描述大海"无边无际"如出一辙。面对大海的浩渺，尝试了无数个词语，最后发现还不如就说"无边无际"来得实在，她道出了人类视力的边界。

  长江是中华民族的母亲河、中华文明的重要发祥地，干流全长 6300 余千米、流域面积约 180 万平方千米。长江有数以千计的大小支流，流域面积在 1000 平方千米以上的支流就有 400 多条。年入海水量达 9513 亿立方米，占全国河流总入海水量的 1/3 以上。长江流域多年平均水资源量为 9959 亿立方米，约占全国的 36%，单位国土面积水资源量约为全国平均值的 2 倍，人口和经济总量均超过全国的 40%。长江，中国第一大河的故事就在这些数据的背后。

不同的人从不同的层面一直在挖掘和讲述长江的故事。从源头到入海口，长江跨越多个构造单元，流域主体为扬子板块，包括次级构造单元四川盆地、黄陵背斜、江汉—洞庭盆地、苏北—南黄海盆地和东海陆架盆地。源头及上游流经昌都地块和松潘—甘孜褶皱带，中游的北界为秦岭—大别造山带，中游的南部流域为华夏地块（华南褶皱系）。这些构造单元都有各自复杂的地质演化历史，科学家们试图从板块构造的历史中揭开长江诞生的神秘面纱。他们把区域构造、盆地演化、地貌演化和气候演化有机结合，采用区域地质学方法、构造地貌学方法、沉积物示踪方法、古环境分析方法、海陆结合方法，回答两个重要的问题，即：金沙江何时从横断山脉拐弯由向南转为向东，长江何时冲破三峡一带重重峭壁而抵达东海。在今天的长江地图上，一眼就可以发现，金沙江在云南玉龙纳西族自治县的石鼓镇突然由北向南转为南向北、东北。这个弯道转得不仅突然，而且角度大，被称为长江第一湾。有专家认为，从始新世末期到渐新世期间，随着青藏高原东南缘（云南高原）的隆升，发生了整体抬升。在这个过程中，古金沙江水系不再南流，而是在构造控制下沿着青藏高原和云南高原的边界带转向东流，形成现今的长江第一湾。换算为我们熟悉的年代概念，这个弯道形成的时间在距今3650万—2300万年。而关于长江冲破三峡的时间，有专家提出，距今300万年前，喜马拉雅山强烈隆起，在其影响下，长江流域西部进一步抬高，从湖北伸向四川盆地的古长江，溯源侵蚀作用加快，最后切穿巫山，使东西古长江贯通，注入东海。也有专家说，直到更新世（距今250万—1万年），贯通东流的长江才逐渐形成。长江是何时贯通东流的，至今仍被列为科学界的"世纪谜题"，科学家们仍未形成共同的意见，围绕着青藏高原以及新生代盆地的年代学与沉积学研究仍在继续，这些研究不断丰富着长江故事的框架。

人类也从另一个层面讲述着长江文明的故事。大河从来便是文明的动脉，长江也不例外。长江流域是农业文明的摇篮，从湖南澧县城头山遗址、江西万年仙人洞与吊桶环遗址、湖北天门石家河遗址，到浙江的河姆渡遗址，一个个远古遗址向人们呈现了长江流域水稻种植、人工栽培稻、水稻驯化的过程。而湖北大冶铜绿山古铜矿遗址、湖北盘龙城遗址、四川三星堆遗址、安徽铜陵古矿冶遗址等，又向人们展示了几千年前青铜文明的勃兴与辉煌。

在历史沉淀的基础上，后来长江流域的农业文明成就了"两湖熟，天下足"的佳话，书写了京杭大运河上繁忙的漕运篇章，也建构了富庶江南、天堂苏杭、天府之国等令人向往的景象。在时代和社会的进程中，长江沿岸更是诞生了近代中国民族工业的一颗颗明珠，钢铁冶炼、纺织业、造船业、码头与内河航运、港口与贸易等，随着长江的奔涌，不断迸发出耀眼的光芒。

如同长江水每天都是新的，长江每一天每一年都有新故事。在长江流域湿润温暖的广阔土地上，科学家们几十年锲而不舍地改良稻谷和油菜的品质，使长江流域的水稻和油菜籽产量始终保持在占全国绝对优势的地位之上。在近代汉阳铁厂的基础之上，从长江上游的攀枝花到下游的上海，长江沿岸的钢铁冶炼、有色金属冶炼、化工建材、纺织服装等形成了完整的工业体系，奠定了长江流域工业经济在全国的重要地位。

有关长江的这一切，在最近10年里又发生了什么？

长江源

　　最近 10 年来，农业农村现代化的进程迅猛无比，长江流域的农业和农村也经历着从传统农业向现代农业的转型过程。在精准扶贫、乡村振兴、美丽乡村建设的强有力推进中，从云贵高原、四川盆地、武陵山区，到江汉平原、洞庭湖平原、鄱阳湖平原，再到苏皖沿江平原、里下河平原、长江三角洲，曾经诞生农业文明的摇篮绽放出现代农业文明的新气象，山乡巨变的故事层出不穷。与此同时，长江两岸工业和经济的转型升级也进入了快车道，从传统的钢铁、炼铜、水泥、建材、化工等到高质量发展、绿色发展、互联网+，通过厂矿关闭、搬迁、污染治理、技术改造，长江两岸生态环境和城市面貌发生了翻天覆地的变化。古老的青铜文明演绎出新时代的铜草花，传统的工业城市一个个都把人放在了更重要的位置，与人更加亲近，与自然更加和谐。

在农业农村与经济发展发生根本变化的同时，长江也在变化。这里的变化不是指长江诞生的故事，也不是长江走向和长度的故事，而是长江色彩的变化。以"共抓大保护，不搞大开发"为导向，长江两岸广大地区聚焦化工围江、河道岸坡治理、挖沙和码头治理、非法捕捞治理，从民间环保志愿者到政府、社会、企业，全社会、多主体各尽其职、各尽其能，纷纷加入长江大保护的主战场，把一江碧水向东流变成现实。长江的另一个变化是：从葛洲坝、三峡，到金沙江的向家坝、溪洛渡、白鹤滩、乌东德，6个大坝组成的大坝群不但形成了世界上最大的清洁能源走廊，把长江的防洪水平提高到一个新的高度，同时也把中国水利水电工程以及机电制造推向世界水平。长江还有一个重大变化，这便是南水北调中线、东线都实现了持续向北送水，而引江济淮、引江济汉、引汉济渭等工程取得了重大进展，在中国治水的历史进程中树立了一个又一个里程碑。

这么多的长江故事，从何说起？这无疑是个难题。2021—2023年，我曾在金沙江昭通段感受那些不可思议的大坝，站在宜宾高铁站的广场上反复瞭望远处的乌蒙山地；我曾在南水北调水源地丹江口水库以及荆江大堤上的引江济汉闸门前感受长江与汉江的新貌；我曾在大雨中翻山越岭抵达紫鹊界世界灌溉工程遗产所在的雪峰山中段奉家山下，大雨中的梯田云雾缭绕，如同远古的炊烟升起；我曾在烈日中穿过袁隆平院士的高产试验田，走进澧县城头山古文化遗址博物馆，反复端详那几粒远古的稻谷，古老的农耕画面与杂交水稻一同扑进我的眼帘；我曾徘徊于汉江石家河、盘龙城遗址、铜绿山铜矿遗址、亚洲第一天坑、华新水泥1907文化遗址公园、汉阳铁厂遗址，长江流域不同时代的工业文明令人震撼；我不止一次在长江故道与环保志愿者、江豚养护员相遇、结识；当然，也曾驻足洞庭湖边的岳阳港码头、城陵矶码头，一个搬迁后改造成了公园，一个正在现代化升级；我也曾在长江岸边的乡村、沙洲倾听一株芦苇、一棵杨树、一条沟渠、一栋民居的讲述……

最后，我决定把长江 10 年的变化放在长江文明的大背景之下，在对长江流域农业文明的回望中，看当代长江 10 年的精准扶贫、乡村振兴、农业现代化；在长江流域工业文明的积淀中，看当代长江两岸的生态环保、升级转型、绿色发展；在江河文化的书写中，讲述当代长江的治江治水故事。为了弥补这一构想的不足，最后选择长江沿岸 9 个城市，立足各个城市或地方的个性、特点、特色，勾勒长江沿岸城市面貌的新气象，从而既呈现长江文明的丰富与辉煌，也展示长江文明在当代的传承与弘扬。这是一次长江文明的寻根之旅，也是一次深入当代长江的感受之旅，更是一次长江故事的讲述之旅。

2023 年 11 月 6 日

目 录

壹

第一章　风吹稻花

城头山的种子　　　　　　　　002
不一样的两湖熟　　　　　　　020
山茶花及其他　　　　　　　　048

贰

第二章　青铜歌谣

天地有大炉　　　　　　　　　064
山清水秀送来祥瑞　　　　　　088
21 世纪的铜草花　　　　　　　106

叁

第三章　绿意盎然

走出围城　　　　　　　　　　130
江豚的爸爸　　　　　　　　　164
绿丝带飘起来　　　　　　　　184

C O N T E N T S

第四章 千里安澜

水库群	208
问渠那得清如许	224
协奏曲	240

第五章 江上明珠

枝繁叶茂的攀枝花	264
路路畅达的昭通	270
长江零公里的宜宾	276
古城新貌说荆州	282
岳阳的新湖湘文化	288
黄石的浴火重生	294
浔阳江头看九江	300
处处诗意马鞍山	306
"十里扬州"风帆劲	316

| 后　记 | 324 |
| 主要参考书目 | 326 |

◎ 城头山的种子
◎ 不一样的两湖熟
◎ 山茶花及其他

农业农村

第一章

稻风
花吹

长江流域有丰富的史前稻作遗迹。从江西鄱阳湖东南岸万年县的仙人洞、吊桶环遗址，到靠近五岭的湖南道县玉蟾岩，到澧阳平原的彭头山、八十垱、城头山、鸡叫城，到汉江边的屈家岭遗址、石家河遗址，再到长江下游的河姆渡遗址、良渚遗址，长江流域的先民演绎了把野生稻驯化为栽培稻的艰辛历程。这是中华大地上人类文明迈出的革命性的一步，从此，稻作文明与旱作文明、游牧文明交流融合，一起汇入了波澜壮阔的中华文明长河。今天，还是在长江及其众多水系哺育的湿润大地上，杂交水稻攻关、高产油菜试验等不断上演新突破，从种子、耕种到乡村发展模式，大江两岸呈现出当代农业农村新景观。

城头山的种子

长江上游、中游、下游有许多典型的平原地貌：上游有岷江、沱江等长江支流冲积而成的成都平原；中游有汉江与长江冲积而成的江汉平原，长江与湘江、资水、沅江、澧水等河流冲积而成的洞庭湖平原；下游有长江和赣江、抚河、信江、修水、饶河等河流冲积而成的鄱阳湖平原以及皖西丘陵山地、江淮丘陵台地、皖南丘陵山地间的皖苏沿江平原。这些地方都是南方的粮仓，也是我国四大重要粮食产区*之一。

在长江中下游平原，湖南的粮食生产独占鳌头。以2021

年全国粮食生产为例，在该年全国各省市粮食总产量排名中，湖南的粮食产量虽然只排第十位，但水稻种植面积和产量却分别在全国排第一位和第二位。为什么湖南的水稻种植在长江流域乃至全国占据数一数二的位置？为什么湖南人钟情于水稻种植？是它的土质更适合水稻生长，还是它的气候更利于水稻生长？抑或这里的人在饮食结构上更青睐水稻？也许很难用一两句话说清楚。但在湖南的土地上，比如在澧阳平原，人们很早就开始种植水稻了。对于澧阳平原水稻种植久远的历史，湖南澧县博物馆原馆长曹长松颇为了解。曹长松是第一个发现城头山遗址的人，他把职业生涯的大部分时光都花在了城头山遗址研究

> ★ 我国四大重要粮食产区：东北平原、华北平原、长江中下游平原、珠江三角洲平原

澧阳平原

上，这个遗址里有世界上最早的稻田。

澧阳平原位于澧县的中部。澧县的地形呈弯月形，东西长约83千米，南北宽约46千米，东西狭长，南北较短。澧县地处武陵山余脉向洞庭湖过渡的地带，地势西北高，东南低。西北部以山丘为主，北部和南部以岗地为主，中部和东部即是广阔的澧阳平原，虽然澧县山区、丘陵、平原、湖垸各种地貌都有，但平原的面积却有1047.87平方千米，占整个澧县面积的50.5%。澧水由西向东从澧县县城穿过，在横穿津市后转为南北流向，贴着澧县的边缘狮子口、丁家垱、七里湖一线由北向南从澧水洪道出境。澧阳平原是洞庭湖平原的一部分，平均海拔在50米以下，最低点在东南部的九垸乡永和村，海拔28.6米。澧县能成为粮食主产区，平原地貌和优良的土壤只是先天条件之一，另一个条件则是得天独厚的水资源。澧县拥有大小河流47条，这些河流分属澧水、四口水系。澧水水系在县境内有6条支流，包括澹水、道水、涔水3条一级支流，境内流域面积781.75平方千米，干流境内长32千米。四口水系有界溪桥河、顺林桥河、洈水河和松滋河所属的11条大小溪河，其中一级支流5条，二、三级各3条，总流域面积570.8平方千米。奇迹就诞生在这块平原及其交织的水网之上。

1979年夏天，曹长松与同事从澧县县城去车溪乡开展田野调查。车溪乡离县城并不远，十三四千米的样子。他们乘客车到车溪乡后，每天在乡间小路上步行20多千米。第一天两个人没有什么发现，第二天他们决定改变方式，一个人选择一个方向，分开走。曹长松选择向北，往大坪、南岳庙方向走。在一望无际的平原上靠肉眼如何寻找文化遗迹？这是我见到曹长松后问的第一个问题。43年后的夏天——2022年7月，在县城靠澧水边的屈原路上，曹长松微笑着说："看平原上土堆的高度。" 76岁的曹长松戴着一顶新草帽，草帽上的麦秸黄得发亮。我恍然大悟，原来平原上隆起的土堆都不平凡。

1979年夏天，曹长松向南岳庙方向走的时候，突然看见平原上凸显出一块巨大的岗地。他很兴奋，期望这块浑圆的山丘状的土堆不同寻常。果然，曹长松在岗地周围发现了陶片并且有高5~6米、类似城垣的建筑。这块岗地统称徐家岗，高出周围地面1~2米。一条小河围绕岗地，并从岗地东边流出，最后在大河口汇入澹水。此刻，曹长松还未意识到他的发现意味着什么，最开始他问自己，这难道是一处古墓吗？但揭开土层后却看似有城墙和城门。周围的农民告诉曹长松，1958年平整土地时他们推平了部分像城墙一样的围墙，也填平了部分岗地周围的小河。各种信息表明，此地有可能是一处古城遗址。

揭开谜底的时间终于等到了。1991年10月，考古工作者开始对车溪乡南岳庙这块岗地进行发掘，整个考古工作一直持续到2001年。1991年的第一次发掘就验证了之前这片岗地可能曾经是一座古城的猜测。考古工作者对城址进行实测，解剖了西南城墙，并将筑城时间定为屈家岭文化（公元前3300—前2600年）中期。从1991年开始，在10多次持续的发掘中，这座迄今为止我国发现的年代最早、保存完整、内涵丰富的古城一点一点向世人展露出全貌。比如，在东城墙内发现了从大溪文化（公元前4400—前3300年）至石家河文化（公元前3000年—前1900）的一批房屋的基址，以及数十座大溪文化的屈肢葬墓和瓮棺葬墓；发现了压在较晚城墙外坡下的大溪文化时期的环壕。又比如，在城的西北部发现了一个墓葬区，经考证该墓葬区的时间为大溪文化晚期至屈家岭文化晚期；在城中心偏西方向，发现了大溪文化时期的陶窑、取土坑道、贮水坑、泥坑以及工棚，这显然是一个作坊区。令所有人意想不到的是，在南城墙下的环壕中，发现了碳化稻谷、数十种植物种子，猪、羊、狗、鹿等20多种家养和野生动物骨骸，以及竹、芦苇编织物和木质船桨、船艄等。到了2001年，考古工作者基本上弄清楚了这座古城的面貌，城头山古城有过4次筑城的经历，稻田就压在早期筑城的地层下。整个古城有城墙、护城河、城门，城内有民居遗址、大型厅堂或宗庙式建筑、制陶区、墓葬区。在考古发掘中，出土了丰富的遗迹、遗物，其中文物16000余件，大部分为陶器，还有少量石器、木器、玉器。

城头山的古城有多大？想象一下它的直径就知道了。古城外圆直径325~340米，内圆直径315~325米，城内中心点高出周围平原3.6米，护城河一般宽35米。这样一块岗地以及在这块岗地上保存下来的古城，因为代表了长江流域新石器时代古文明的发展高度，一经发现，便分别在1992年、1997年两次被评为"全国十大考古新发现"；1996年，城头山古文化遗址被确定为全国重点文物保护单位。2021年10月，在河南省三门峡市举行的第三届中国考古学大会上，全国"百年百大考古发现"终评结果揭晓，"湖南澧县城头山遗址"与"浙江余姚河姆渡遗址"、"湖北荆门屈家岭遗址"、"湖北天门石家河遗址"、"江西万年仙人洞与吊桶环遗址"等一起位列20世纪中国百项重大考古发现名录。有意思的是，这几处遗址都在长江流域，且都与稻作文明有关联。

在城头山遗址10多年的考古发掘中，曹长松念念不忘的当然是"稻谷"。2022年7月22日，因为疫情，也因为烈日，城头山国家考古遗址公园非常安静，游客寥寥无几。城头山古文化遗址博物馆的土黄色外墙上，有15个凹进去的印痕，深浅不一，大小不一，初看以为是脚印，后来才明白是15粒稻谷。这是一个独特的标志，它向游客提示，这里以发现史前稻谷而闻名。穿过长长的甬道，便走进了城头山古文化遗址博物馆。博物馆大厅虽然光线昏暗，但让人感到凉爽。这个博物馆不仅陈列了城头山出土的文物，还系统展示了中国稻作文明的演变轨迹。就在漫不经心的移动中，我看见了城头山遗址出土的碳化稻谷。它们似乎在历史的烟尘里被烧焦过，被熏染过，但少数稻粒依然顽强地闪耀着一丝金黄。它们就是传说，讲述着5000多年前澧阳平原上一群人的春播秋收，当然，在遗址公园我也看见了那块传说中的稻田。

对城头山遗址，我最大的困惑不是5000多年前人们如何在这里生活、生产，他们的社会组织是怎样的，他们祭祀的是天神、地祇还是鬼魂，等等。我的疑惑在于：如何知道岗地下那块稻田是5000多年的稻田，那些焦黑的稻种如何被保存了5000多年？城头山的稻作文明与浙江河姆渡、江西万年仙人洞的稻作文明相比较，有什么独特的东西？

曹长松笑了，但他尽量不让我察觉，而是耐心地讲述他的稻谷故事。原来，展览出来的碳化稻谷来自城头山遗址的护城河。5000多年前的某一天，收割稻谷的先民将它们遗落在了河边的淤泥里，然后洪水一次又一次带来新的泥沙，将它们深埋在了护城河的底下，在长期与空气隔绝的环境下碳化。通俗地说，它们就类似于树木沉在河底，最后变成了水沉木。这样的碳化稻种，曹长松在南岳庙的一口东周时期的古井里也发现了6粒。岁月如梭，沧桑巨变，这口井在时代的飞速变迁中早已湮没。

曹长松当然了解长江三角洲的河姆渡遗址。河姆渡是余姚江边的一个小镇，传说上古帝王舜的后代有一支分封在余姚，舜姓姚，因此，余姚江也称姚江、舜江、舜水。余姚江风景优美，王安石在《泊姚江》中说这里"山如碧浪翻江去，水似青天照眼明"。但犹如仙境的余姚深受洪水的困扰。河姆渡的西面、南面紧临姚江，江对面是四明山；东面、北面是一片平原，地势由西南向东北缓缓倾斜。每当汛期，位于余姚江东边地势低洼的河姆渡往往遭受洪涝灾害。正是为了排涝，1973年7月，浙江省余姚县罗江公社（今河姆渡镇）东方红大队（今河姆渡村）决定建造一座抽水站。开挖地基的生产队员在挖到3米多深时，不断发现瓦片、陶器碎片，甚至还发现了鹿角、象牙。种种迹象表明，这里有古代文明的遗址。经过文物工作者的抢救性发掘，在约4万平方米的遗址上出土了骨、石、木、陶等文物7000多件，其中的一些文物，如象牙雕刻件、榫卯结构的干栏式建筑、骨耜农具、划船的木桨等，其价值都是其他同类遗址难以企及的，因为这一切都发生在约6000年前。这便是后来被列入"百年百大考古发现"的河姆渡遗址。

对曹长松而言，他对河姆渡遗址印象最深刻的是河姆渡人种植的水稻。河姆渡遗址有许多20~50厘米厚的稻谷、谷壳、稻叶和木屑、苇编交互混杂的堆积层。有人计算，如果把河姆渡遗址发掘的稻谷换算成新鲜稻谷，估计在12万公斤左右。这些稻谷以籼稻为主，颜色并非像城头山出土的稻谷那样焦黑，谷壳依然有鲜亮的金黄色，上面的脉络和纤细的茸毛都清晰可辨。如此多的稻谷，保存得如此完好，令人惊讶。惊讶之余，曹长松也有自己的看法：河姆渡遗址没有"城"，且它只是一个时期的文化遗址。

另一个与稻作文明有关的遗址在鄱阳湖流域的江西万年大源镇。大源镇离乐安河边的万年港综合码头直线距离只有20

多千米，离鄱阳县的直线距离也仅仅50多千米。乐安河的上游原名婺江，因流经古乐安乡而得名乐安河。乐安河经乐平进入万年，与昌江汇合后称饶河，向北流，最后分为两支，分别由鄱阳县的龙口、尧山注入鄱阳湖。大源镇四面环山，118县道南北向贯穿大源镇，仙人洞与吊桶环遗址就在118县道的西边，118县道的东边则是向北经涧田、礼林，最后在乐平注入乐安河的大源河。从20世纪60年代开始，考古工作者就开始对大源镇这处石灰岩溶洞里的文化遗址发掘、研究，但由于种种原因，对发掘出的样品的年代范围难以达成一致意见。2009年，考古学家重新在仙人洞遗址采集样品，并对仙人洞与吊桶环遗址开展了更为系统的年代测定工作，结果表明仙人洞遗址早在距今2万年左右就出现了陶器。结合遗址的测年数据，专家们判断仙人洞与吊桶环遗址的先民可能早在距今1万年之前就已经开始利用野生稻。这一研究成果于2012年在国际知名期刊 Science 上发表，引起了全世界的广泛关注。2012年，仙人洞与吊桶环遗址被评为"世界十大考古发现"。

  同样，曹长松关注的是在仙人洞与吊桶环遗址发现的稻属植硅体。植硅体是沉淀在高等植物细胞内腔或细胞之间的硅质颗粒，它不是种子化石，而是存于植物细胞里的化石。与植物种子相比，这种硅质的微体化石更容易在不同的埋藏条件下被长久保存下来。而且，这种小化石在形成过程中会封存一些植物细胞中原有的有机碳，其含量可以达到植硅体质量的0.3%~6%。通过对这些有机碳进行碳14测量，就可以知道植物的年代。不同植物的植硅体有不同的形状和特征，科学家们发现，稻类植物的植硅体有扇形、双峰形和并排哑铃形三种。野生稻与驯化稻的植硅体有所不同，野生稻的植硅体，其半圆形侧面的鱼鳞状纹饰数量一般少于9个，而驯化稻中的植硅体，其半圆形侧面的鱼鳞状纹饰数量一般大于9个。科学家们正是根据这一点来判别野生稻与驯化稻，并进一步断定，长江下游地区水稻利用的开始时间必然早于目前所知的9400年前，很可能会早于距今1万年。

在此之前，国际学术界有过水稻起源于印度的说法。20世纪40年代，英国考古专家在印度河流域一处新石器时代遗址里发现了水稻化石，经碳14鉴定，这些水稻是公元前3000年—前1500年稻作文明的遗迹。对这一结论，中国科学家、中国野生稻种质资源之父丁颖并不认同。他在1957年发表的《中国栽培稻种的起源及其演变》一文中，明确提出人类栽培稻种起源于中国南方。丁颖先生的证据来自历史学、语言学、人种学、植物学和地理分布学等多个方面，比如2000多年前，中国古籍就记载了古人对米"粘与不粘"的议论。"粘与不粘"说的就是米质的"黏"性，也就是粳米与籼米。丁颖不仅是一位在稻属作物起源、分类、演化领域作出开创性贡献的科学家，也是中国首位用栽培稻与野生稻杂交、成功育成新品种的稻作学家。1926年，丁颖在广州东区（今越秀区）犀牛路边的一个池塘边发现一株野生稻，从此开始野生稻与栽培稻的杂交试验，探索中华先民驯化野生稻的路径，结果发现广东野稻与栽培稻杂交后结实率多达70%，证明了两者在亲缘上的关系。这一证据有力地支持了中国南方栽培稻种起源的猜想。当然，后来河姆渡、仙人洞与吊桶环、城头山等遗址的发现，更加有力地证明了稻作文明起源于中国南方的结论。

长期从事澧阳平原史前文明考古研究的曹长松，对稻作文明起源于中国南方当然深感自豪，而他对湖南稻作文明的连续性更加自豪。1988年考古工作者在湖南道县寿雁镇的白石寨村附近发现了一个形似蛤蟆的岩洞，这是一处旧石器时代晚期向新石器时代早期过渡的文化遗存，当地人称为玉蟾岩。2004年，中美联合考古队在这个洞里发现了5枚已经碳化的稻谷。从形状上看，5枚稻谷兼有野生稻、籼稻、粳稻的综合特征，是野生稻向栽培稻演化初期的稻种。经测定，稻种的时间距今1.8万—1.4万年，是世界上发现的最早的人工栽培稻标本。白石寨村地处泋水右岸，泋水从这里向东流淌20多千米后注入潇水。显然，人类在湘江上游播种水稻的时间更早。1985年在澧县大坪乡彭头山遗址中发现的稻壳与谷粒，距今7800—8200年；1996年，澧县梦溪镇八十垱新石器时代遗址中发现的上万粒稻谷距今约8000年，其形态介于野生稻与现代栽培稻之间，属于人类早期栽培稻实物；澧县城头山遗址的水稻田距今约6500年；1975年澧县鸡叫城遗址发现的1.1万公斤稻谷距今约4700年。曹长松说的"连续性"指的便是这些出土的稻谷在时间上的一脉相承。它说明栽培水稻的传统在湖南始终没有断裂。

我理解曹长松对湖南稻作文明历史的自豪，而综合几十年的农业考古发现，我们真正要自豪的，其实应该是长江流域对稻作文明的贡献，而不仅仅是发生在湖南的水稻种植历史。长江流域发现的稻作遗存数量远远高于其他地区。专注于农业考古的考古学家卫斯在《中国史前稻作文化的宏观透视》（《农业考古》，1995年第1期）一文中，对中国史前稻作遗存的分布地点、文化属性等进行了梳理和统计，在文章列出的97处中国史前稻作遗存点中，长江中游52处，长江下游24处，黄河流域15处，广东、福建、台湾6处。这97处史前稻作遗存不包括距今4000年以下的地点。显然，长江流域的史前稻作遗存数量在已发现的史前稻作遗存中占据绝对优势，这一事实动摇了云南、华南是稻作文明起源地区的观点，凸显了长江流域稻作文明对中国乃至世界农业发展的独特贡献。

把长江中下游不同时期的稻作遗存联系起来，我们可以窥见一个完整的稻作农业起源演进过程。比如，江西万年仙人洞、吊桶环，湖南道县玉蟾岩等洞穴遗址描绘了驯化水稻的早期图景。从洞穴里发现的大量动物骨骼碎片以及各种石器、骨器、穿孔蚌器、原始陶器等，可以推测当时的人们还过着采集狩猎生活，稻谷还不是普遍的食物来源。从遗址土样中发现的12000年前的野生稻植硅石、10000年前的栽培稻植硅石以及屈指可数的稻壳、碳化稻谷，说明当时人们以采集野生稻为主，但已经开始了对野生稻的驯化。水稻史学家张文绪等人比较分析玉蟾岩碳化稻谷后认为，这种稻谷还没有完全驯化成今天常见的栽培稻，是一种兼有野、籼、粳综合特征的演化早期的原始栽培稻（《湖南道县玉蟾岩古栽培稻的初步研究》，《作物学报》，1998年第4期）。

历史的脚步又走过几千年。到了彭头山、八十垱、城头山时代，早期长江流域人们的生活图景有了新的面貌。彭头山遗址中发现了地面式、浅穴式建筑遗迹，以及灶坑、灰坑遗迹；除了灶坑、地面式建筑遗迹，八十垱遗址发现了干栏式、台基式建筑遗迹；城头山遗址则出现了早期城池，在城池的壕沟淤泥中发现了170多种人工种植和野生植物籽及猪、羊、狗、鹿等20多种家养和野生动物骨骸。显然，这里的人们已经走出了洞穴，开始了耕作生活。彭头山遗址中的稻谷、稻壳不再是一星半点，其陶器、陶片中夹杂了大量的稻谷、稻壳。八十垱遗址中发现的碳化稻谷、稻米数量更是达到了惊人的数万粒，奇特的是这些稻谷的形态保存得相当完整。稻谷数量的增加说明原始稻作农业的规模已经扩大，而且这些稻谷的形状、大小更接近现代栽培稻。稻作农业的进步还表现在出现了稻田和灌溉系统。考古工作者在城头山遗址中发掘出了三丘古稻田，稻田的原生土上有人工开凿的水塘、水沟等初步配套的灌溉设施，专家们认为这是现存灌溉设施完备的世界最早的水稻田。

早期稻作农业的新阶段则以浙江良渚、湖南鸡叫城等遗址为代表。2023年12月9日，中华文明探源工程最新进展成果发布会在北京举行[*]。探源工程专家组认为，在古国时代的第二阶段，长江下游地区太湖东南地区的良渚文化、长江中游地区江汉平原和澧阳平原的屈家岭——石家河文化，无论是聚落等级的分化还是公共资源、人力的调配，复杂程度较前一阶段已有质的变化，率先发展出了国家这种政体，步入文明社会，这一阶段的代表有浙江良渚遗址、湖南澧县鸡叫城遗址、湖北京山屈家岭遗址、湖北天门石家河遗址。湖南澧县鸡叫城遗址向北距涔水不到2千米，向南距澧水10余千米，西南距城头山遗址13千米。1998—2021年，经过多次考古钻探，考古工作者在鸡叫城遗址揭露出了城墙、三重壕沟的水利系统等遗迹，其中，最重要的收获是发现了堆积很厚的谷糠层以及中国最早最完整的木结构建筑基础。根据这些信息，专家们推测鸡叫城的社会组织开始复杂化。

★ **中华文明起源与早期发展阶段的划分：**

从距今约5800年开始，中华大地进入了文明起源的加速阶段，可将距今5800—3500年划分为"古国"与"王朝"两个时代。

古国时代： 第一阶段（距今5800—5200年前后）

第二阶段（距今5200—4300年前后）

第三阶段（距今4300—3800年前后）

王朝时代： 距今3800年以后

在长江下游地区，良渚遗址则勾勒出一个以稻作农业为经济支撑的早期国家的权力与信仰中心。在良渚遗址发现了39万斤碳化稻谷，这种数量的粮食既说明良渚古城中有粮仓，也预示附近有大规模的水稻种植。果然如此，2009年，考古工作者在良渚遗址附近的茅山遗址发现了约80亩良渚文化中晚期水稻田，这些稻田有明确的道路系统和灌溉系统，体现出比较先进而细致的规划。良渚遗址出土的祭祀礼器玉琮、象征军权和神权的玉钺、鸟立高台刻符玉璧等玉器以及石器、陶器、漆木器，象征着良渚先民已有早期礼制文化。而良渚古城外山间谷口的11条堤坝遗址则是这个大型聚落拥有完善水利系统的证明。良渚遗址还发现了三角形石犁以及高等级墓地、祭坛等。这一切都告诉我们，良渚先民开启了犁耕时代，不但大规模种植水稻，还形成了自己的信仰文化，社会结构更加复杂，制陶水平、工具加工水平、耕种效率等取得了巨大的进步。

屈家岭遗址、石家河遗址都是长江中游地区最具代表性的新石器时代大型聚落遗址。两个遗址都位于大洪山东南山脉与江汉平原接壤处，都在汉江左岸，相距20千米左右。考古工作者从屈家岭遗址浮选出了541粒碳化水稻，这些水稻与今天长江流域所种植的水稻已经非常接近。除此外，还发现了碳化的粟、小麦、大豆种子，表明这里的稻作农业已达到比较成熟的水平。屈家岭出土的陶器有黑陶、蛋壳彩陶、彩陶纺轮、红陶，尤其重要的是发现了象征父权崇拜的"陶祖"，说明屈家岭社会的发展已进入父系氏族的社会阶段。石家河遗址代表了长江中游地区史前文化发展的最高水平，其环壕聚落与城址的建设、聚落社群分工和功能分区等发展得尤为先进。石家河遗址红烧土中的稻壳显示，4000多年前这里的先民已种植栽培水稻，而且是粳稻。数量众多的石斧、石锛，穿孔石刀、石镰、石凿、蚌镰等生产工具以及冶铜手工业的出现，说明石家河先民的生产力已经大幅提高。

今天，学术界一致认为，距今12000—4000年，从玉蟾岩、仙人洞、吊桶环，到彭头山、八十垱、城头山，再到良渚、鸡叫城、屈家岭、石家河，得益于温暖湿润的气候、充足的野生稻资源、特殊的土壤、密布的湖泊河流等，长江中下游的先民率先学会了种植稻谷。2022年9月13日，《光明日报》刊发了一场题为《稻粱生民：中国古代农业起源与可持续发展》的"学术笔谈"。四位学者参与了这场"笔谈"，其中，北京大学教授李水城从"驯化与农业起源"的角度，肯定了长江中下游地区先民在驯化水稻上的贡献，"湖南南部道县的玉蟾岩和江西万年的仙人洞遗址对研究稻作农业的起源具有重要意义"。中国科学院大学教授曾雄生从"水稻与中国历史地理"的角度指出，稻作农业是长江文明的支柱和特色，"古史记载、野生稻的分布、新石器时代稻作遗存的发现和现代遗传学的研究，都已证明长江中下游及其以南地区是亚洲栽培稻的起源地，良渚文化农业已率先进入犁耕稻作时代。"

成功驯化稻谷对人类的意义非同小可，它意味着人类开始摆脱对狩猎、采集生活的依赖，从此可以在某一个地方定居下来，过上比较稳定的生活，而不是四处流浪，不是凭机会和运气寻找食物。这是人类文明进步历程中一次巨大的跨越。这一跨越不单单体现在食物来源上，也直接影响了早期人类的生活方式、精神生产、社会分工以及社会组织结构，即塑造了人文面貌。以色列历史学家赫拉利在《人类简史》中说，今天食物热量超过90%的来源依然来自人类祖先在公元前9500—前3500年驯化的水稻、小麦等植物，"人类到今天还有着远古狩猎采集者的心，以及远古农民的胃"。远古的心、远古的胃，这一说法的本质类似于我们说的"南人食稻，北人食麦"，即饮食结构是地理、环境、气候等因素在历史中雕塑而成的。长江中下游先民驯化了水稻，随着水稻向黄河流域以及更北的土地上推广，形成了中国一半以上人口以水稻为主食的局面，因此，水稻也塑造了大多数中国人的胃。不仅如此，如同基因，稻花的清甜也弥漫在中国农耕文化的各个方面，并参与到构建中华民族共同体的历史进程。水稻从长江流域向北传播的历史，以大运河为枢纽从长江跨淮河、黄河向北输送稻米的历史，也是水稻促进文化认同和社会心理形成的历史。

退休后的曹长松依然倾心于研究澧阳平原的历史。他现在关注的是楚文化，准确地说是楚文化中的河流文化，比如远古时期长江在洞庭湖平原的走向。不过，我后来发现，他向我列举的湖南稻作文明时间链条可能漏掉了颇具特殊意义的一环。1985年，湖南文物考古工作者在洪江市安江镇的岔头乡岩里村发现了一处新石器时代的遗址，经过1991年、2004年、2005年3次发掘，出土了许多造型奇特的白陶器、釜、罐、钵等以及中国最古老的凤凰图案，被认为是国内规模最大、年代最早的祭祀文化遗址。就在这个后来被命名为"高庙文化"的遗址中，2017年考古工作者又发现了碳化稻谷，距今7400年，这是沅江中游史前稻作文明的证据。

与高庙遗址隔江相望，有一个全国重点文物保护单位安江农校。这里也被称为"杂交水稻发源地"，最早是湘西著名的胜觉寺。从沅江的流向看，高庙遗址在下游的西岸，安江农校在上游的东岸，两地相距2千米多一点儿。从1953年毕业分配到安江农校，到1971年调到湖南省农科院，袁隆平在这里工作了18

年,而他真正将家从安江迁往长沙是1990年,从这个意义上说,他在这里生活了37年。从开始研究杂交水稻,到找到水稻中的"天然雄性不育株",培育出中国第一代雄性不育株种子,发表首篇杂交水稻研究论文《水稻的雄性不孕性》,成立中国第一个杂交水稻研究小组……袁隆平人生中的许多里程碑都刻在安江。

安江虽然只是沅江边的一个小镇,东西长不过4千米,南北宽不过7千米,至今户籍人口也才8万人,却被视为沅江中游的神奇之地。沅江一路翻山越岭,到洪江后穿过雪峰山,安江小镇就位于沅江的河谷盆地之上。以沅江为轴,安江镇的东西两侧都是雪峰山,东部依靠着雪峰山的主脉,西部则是雪峰山的支脉凉山。1945年4—6月,作为雪峰山之战的指挥中枢,这个小小的峡谷盆地聚集了第4方面军司令部,中美联合作战司令部,74军、新6军指挥部以及大量后勤保障单位。为了抗战的胜利,成千上万的抗日将士将鲜血洒在了这里。当然,安江最神奇的不是远古先民的祭祀文化,也不是它曾经产生过稻作文明,而是它独特的河谷气候。据说,许多物种在这里都会产生变异。有人统计,在30年内,安江的水稻、柑橘、棉花、鸡鸭等动植物变异出的优良品种达168个,在安江进行育种研究获得的重大育种成果达31项。这些变异或与变异有关的奇迹都发生在一个小镇,无疑令人觉得不可思议。这样说来,袁隆平分配到这里,在这里开创了杂交水稻的辉煌事业,或许是一种冥冥之中的安排。

袁隆平的论文就写在这块神奇的土地之上。在以安江农校为中心的雪峰山下,到处都有他的足迹。他在黄茅园镇金中村开辟制种基地,在雪峰山下的稻田里寻找野生稻。为了寻找野生稻,他攀爬过山背花瑶梯田。山背花瑶梯田层层叠叠,从海拔 300 米的丘陵一直上升到 1400 米的高山,他一级一级地爬,一级一级地找;他能讲出一个山村与另一个山村方言的区别,他知道山背的花瑶汉子会种田,他鼓励养猪专业户不但要把猪养好,还要做到生态环保,把猪粪做成生态肥料……2021 年 5 月,山背的瑶族群众获知袁隆平去世,特地在梯田上举行了一场特别的祭奠仪式。5 月的雪峰山上,有的梯田里站着绿色的秧苗,有的梯田里积满了浑浊的雨水。花瑶汉子把钢管插入泥里,在钢管上搁上一块块木板,就这样搭起一个平台。淅沥的细雨中,不断有人戴着斗笠、披着蓑衣或举着雨伞、穿着雨衣,从山下沿羊肠小道向山顶攀爬,来此祭奠袁隆平院士。祭奠平台的周围,层层叠叠的泥水在青山的衬托下,泛出一层一层的亮光。这场在海拔 1000 多米的梯田上举行的缅怀仪式,把沅江流域农民对稻作文明的崇敬上升到了一个新的高度。

而在澧水流域,人们对稻作文明的崇敬则是用独特的对话方式来表达,即:同一片蓝天下,超级稻攻关基地与远古稻田的对话,水稻杂交技术人员与远古先民关于稻谷种植的对话。2017 年 9 月,在湖南澧县举办了一场"2017 中国城山头(首届)世界稻作文明论坛",论坛的主席是"杂交水稻之父"、中国工程院院士袁隆平。参加此次论坛的不仅有来自农业、农学、考古学、文化遗产保护等领域的专家学者,还有联合国世界粮食计划署的官员。他们齐聚澧阳平原,共同探讨稻作文明起源、稻作文明的进程与稻作产业的前沿问题。论坛期间还举办了袁隆平院士千亩超级稻攻关示范基地展示以及首届常德"米食节"等活动。袁隆平院士对澧县这块稻作文明历史悠久的土地并不陌生。1938 年 8 月,武汉会战打响,8 岁的袁隆平随家人从汉口来到澧县避难,在一个道观改造的小学——弘毅小学里读书。

袁隆平院士

此前，他在汉口扶轮小学上学。扶轮小学是为京汉铁路职工子弟开办的一所小学，校址就在今天武汉市江岸区扶轮路与韦桑东路之间。在后来的旧城改造中，扶轮小学所在的片区已经变成了沿江商务区。1939年袁隆平离开了澧县，但他一定没有料到，差不多80年后，他会再次回到澧县，上一次是读书求学，这一次是为了水稻高产的梦想。2016年底袁隆平院士决定在澧县城头山建一个千亩超级稻攻关示范基地。他要在稻作文明的源头开展现代农业科技示范，这是一场现代种植与远古原始栽培的对话。

今天，游客去参观城头山考古遗址，需要从城头山国家考古遗址公园的大门出发，乘坐一段电瓶车后再下车步行。就在步行的途中，游客定会看见路两边大片的稻田，单凭那些稻田间的水泥小径、沟渠以及布满稻田的各种管道，就能察觉这不是普通农民管理的稻田。是的，这就是城头山古城遗址处的超级稻示范基地。2022年7月的那个夏日，我也是如此穿过顶着沉甸甸稻穗的水田，过护城河，走进城头山考古遗址的。不远处，6500年前的稻田被封闭在一幢巨大的建筑里，向游客讲述着久远的稻花香。

不一样的两湖熟

有许多谚语描述长江流域粮食种植的重要性。宋朝流行的说法是"苏湖熟，天下足"、"苏常熟，天下足"，不论是"苏湖熟"，还是"苏常熟"，说的都是苏州、常州、湖州等太湖流域的粮食产量高低足以影响国人的吃饭问题。明清时期，长江下游的太湖流域桑蚕业兴起，而长江中游的洞庭湖平原、江汉平原以及鄱阳湖平原的人口增长迅猛，围垸造田、垦荒种粮的热情高涨。河网密集的江汉平原到底有多少围垸，很难说出一个具体的数字，但我们可以通过一个县的围垸修筑情况来想象。《监利水利志》记载，公元1427年时监利县境内有27处民垸，到公元1859年时增加到491个。这些民垸有的一直保存到当代。据《荆州水利志》统计，1998年特大洪水之前整个荆州市还有民垸171处，土地面积1006平方千米。由此可以想象历史上长江中游的造田景象。在明清两朝奖励垦荒种田的政策激励下，洞庭湖平原、江汉平原、鄱阳湖平原取代太湖流域，一举成为粮食主产区，新的谚语"湖广熟，天下足"、

"两湖熟，天下足"开始流行。不管是"苏湖熟"、"苏常熟"，还是"湖广熟"、"两湖熟"，也不管粮食生产的重心如何在长江中游与下游之间摆动，有一点是确凿无疑的，长江流域的农业始终在全国占据着举足轻重的位置。比如，贡献了全国40%的农业总产值、全国40%的粮食产量、全国70%的水稻产量、全国60%的绿茶产量、全国60%的淡水养殖产品……更值得注意的是，这些奇迹发生在只占全国15.5%的国土面积上，发生在占全国1/4的耕地面积上。

在21世纪中国粮食生产的版图上，长江流域依然拥有举足轻重的地位。根据2011年的统计资料，中国13个粮食主产省的粮食产量占全国总产量的75.4%，全国约95%的粮食

江汉平原

增产来自13个粮食主产省。这13个粮食主产省，长江流域有6个，即湖北、湖南、江苏、江西、四川、安徽。在统计部门公布的2021年全国粮食产量排前10名的省份中，虽然长江流域只有安徽、江苏、四川、湖南4个省在列，但如果以水稻产量排名，长江流域则有湖南、江西、江苏、湖北、安徽、四川等6个省可以进入前10名。全国13个粮食主产省的100个产粮大县中，长江流域超过20个，占比超过1/5。2019年，粮食产量超过300万吨的66个地市中，长江流域有24个，占比超过1/3，其中湖北2个、湖南5个、安徽7个、江苏5个、江西3个、四川2个。这些数据看似并非如人们想象的那么夸张，似乎上升不到"天下足"的程度，这是因为人们忽略了南方粮食种植结构与北方的不同，如果考虑到南方的粮食种植主要是水稻，就会立刻感受到这些数据原本就意味着"天下足"。

如此说来，"两湖熟、天下足"的谚语今天依然可信，只是21世纪的"两湖熟"与历史上的"两湖熟"已经有了不同的内涵与外延。今天的"两湖熟"不是简单的成熟和丰收，而是长江南北整个农业生产过程都在发生本质的变化。这些变化体现在产业结构的调整、农产品的深加工、名特优产品的产业化开发、农业科技的深度介入、老少边穷地区的脱贫与振兴、农业生态及水利设施的建设与完善等多个层面。一句话，这些变化其实就是传统农业向现代农业的转变。

这些变化在澧阳平原上随处可见。21世纪以来，尤其近10年以来，农业现代化已经席卷了这片古老土地上的每一块稻田。在这里，延续了数千年的水稻生产模式正悄悄发生改变，现代之风、科技之风吹过南方稻作文明的起源地，同样的稻花散发着不一样的清香。

"种子"是种植农业最基本的生产资料，是农业的基础，有人形象地称之为农业的"芯片"，因此，现代农业的变化首先体现在种子上。2017年9月，中国工程院院士袁隆平来到澧县城头山，除了主持"2017中国城山头（首届）世界稻作文明论坛"外，他还要去看看千亩超级稻高产攻关田。城头山的这片稻田里种植着由他领衔开发的"Y两优143"和"超优1000"。

"Y两优143"是什么？简单地说，它是一种新的水稻种子。当然，更详细地说，它是用抗稻瘟病强优势恢复系P143与广适型两系不育系Y58S配组育成的两系杂交水稻新组合。即使这样，估计绝大多数人还是很难体会到"Y两优143"到底与传统的稻种有什么不同。一颗种子里到底包含了什么样的技术革新，这只需看看"Y两优143"的"家谱"就明白了。

"Y两优143"的父本为"P143"。该品种是以"扬稻6号"为母本，与从国际水稻研究所引进的IR69713-127-2-1-3-2R杂交选育而成。"扬稻6号"是一种中籼迟熟常规水稻品种。它茎秆粗壮，产量稳定，抗倒性强，用它加工出来的大米可与泰国米相媲美，做出来的米饭松软可口。更重要的是，这种稻谷适宜在江苏、安徽和湖北等长江中下游地区作一季中稻种植。看起来，它就是根据气候、土壤等条件专门为长江中下游地区定制的。由此可以想象"扬稻6号"受欢迎的程度。在国家水稻数据中心对水稻品种的统计中，"扬稻6号"位列应用面积最广的恢复系品种第三名。截至2016年，以"扬稻6号"作恢复系育成的两系杂交组合累计种植2.1亿亩，而2020年我国常规稻的种植面积是2.45亿亩，杂交稻的种植面积是2亿亩。如此说来，以"扬稻6号"作为恢复系的稻种累计推广的面积已经接近 2020 年杂交稻的种植面积。P143 的父本 IR69713-127-2-1-3-2R 则是有东南亚水稻血缘的引进品种。IR69713-127-2-1-3-2R，这一连串字母和数字是一个水稻品种的谱系编码，是国际水稻研究所保存的水稻种子之一。总部位于菲律宾的国际水稻研究所拥有世界上最大的水稻种质库，这个水稻种质库有 11 万份水稻品种资源。IR69713-127-2-1-3-2R 的优点是它有 2 个抗稻瘟病基因 Pita 和 Pi9，而且还具有一般水稻没有的耐高温能力。P143 就这样继承了"扬稻 6 号"和 IR69713-127-2-1-3-2R 身上的抗稻瘟病、耐高温、抗倒伏等众多优点。

在杂交水稻专家眼里，像 P143 这样集众多优点于一身的种子是再合格不过的父本。当然，与 P143 配组的母本 Y58S 也不差，它分蘖力强、成穗率高、穗大粒多，而且生产出来的大米品质好。大米好不好要看其外观、蒸煮、营养等各方面的表现。一般用 5 项指标给大米分出等级，其中，对一级大米的要求是：整精米率至少要达到 50%、垩白粒率在 10% 以下、垩白度在 1% 以下、碱消值要达到 6.0 级以上、蛋白质含量不能低于 8%。Y58S 的 5 项指标分别是整精米率 66.8%、垩白粒率 5%、垩白度 0.8%、碱消值 7.0 级、蛋白质含量 11%，显然都达到了国颁或部颁一级优质米的标准。这么好的种子，又能生产出这么好的大米，正是杂交水稻理想的母本。专家们希望 Y58S 的后代依然保持这样优秀的品质。事实正如育种人所料，以 P143 和 Y58S 杂交培育出的"Y 两优 143"，既保持了 P143 抗高温、抗稻瘟病、抗倒伏的优点，也展现了 Y58S 的强分蘖力、高成穗率以及优质大米的品性。与此相似，"超优 1000"（也叫"湘两优 900"）则是以广湘 24S 为母本、

R900 为父本配组选育出来的新品种。

这些都是发生在稻田里的种子革命，是传统农业走向现代化的遗传基因层面的内涵。"Y 两优 143""超优 1000"都是袁隆平院士超级杂交稻第五期攻关的重要品种，同时也是"十三五"国家重点研发计划"水稻杂种优势利用技术与强优势杂交种的创制"项目品种。此前的 2000 年、2004 年、2012 年，袁隆平院士的科研团队已经实现了第一期、第二期、第三期超级杂交稻的攻关目标，百亩示范片亩产分别达到 700 公斤、800 公斤、900 公斤。

2013 年，第四期攻关启动。这一次袁隆平团队的目标是百亩示范片实现亩产 1000 公斤。资水上游的隆回、沅江中游的溆浦是首批超级稻第四期攻关的两个示范点。隆回的示范基地在羊古坳。羊古坳在隆回以北 40 多千米，新新高速（新化至新宁）穿过羊古坳，辰水支流三都河从羊古坳注入魏源湖，从羊古坳到魏源的家乡仅一山之隔，直线距离约 4 千米。羊古坳向北约 32 千米便是著名的紫鹊界梯田。新化紫鹊界周边海拔 500~1100 米的十几个山头上蜿蜒盘旋着 8 万多亩梯田，当地苗族、瑶族同胞从秦汉时期起便在这片梯田上种植水稻。2018 年 4 月 19 日，包括湖南新化紫鹊界梯田在内的中国南方稻作梯田等 4 个项目被联合国粮农组织认定为"全球重要农业文化遗产"。

或许是巧合，或许是古老农业文化遗产的启示，紧邻紫鹊界的羊古坳从一开始便被选为超级杂交稻的试验基地。望云山脚下的雷锋村海拔 400 米左右，这里昼夜温差大，稻田往南几百米便是三都河，灌溉方便。试验基地四面环山，土地肥沃。从 2009 年起，羊古坳著名的种粮大户王化永在这里承包了156亩的稻田，参加袁隆平院士团队的超级杂交稻的试验，每次试验的种子都由袁隆平院士团队选定。2009年他种植的"Y两优3218"平均亩产达到了856公斤，顺利实现高产攻关第一期目标；2010年他种植的"广占1128"平均亩产达到了874公斤，实现高产攻关第二期目标；2011年他种植的"Y两优2号"平均亩产达到了926.6公斤，实现高产攻关第三期目标；2014年他种植的"Y两优900"平均亩产达到了1006.1公斤，实现高产攻关第四期目标。

2014年10月10日，溆浦的试验基地也传来好消息。当日，农业部委派的专家组对溆浦龙潭镇横板桥的超级杂交稻进行了现场测产验收，通过随机抽样测得平均亩产1026.7公斤。这个数据不仅标志着袁隆平领衔的超级杂交稻第四期亩产千公斤攻关取得成功，也创造了世界水稻史上大面积亩产的新纪录。

横板桥的试验田在溆水南边的溪谷小盆地之上，海拔500多米，昼夜温差大。小盆地的土壤很特别，以花岗岩风化物发育的麻沙泥为主，溪边田块则为河流冲积平原，耕作层较深，土壤有机质丰富，是超级稻生长的宝地。

横板桥距离龙潭镇3千米，距离袁隆平青年时代寻找野生稻的山背花瑶梯田30多千米。从横板桥到溆水江边仅仅300米左右，它背后500米便是始建于清乾隆年间的古村落阳雀坡。湘西雪峰山会战的最后一战便发生在龙潭镇。1945年4月9日至6月7日，为保卫芷江机场、阻止日军南犯，中国抗日军民与数万日军在龙潭镇鹰形山、弓形山和青山界一带激战两个多月，歼敌2000多人，夺取了湘西会战的最终胜利。2000多年前，被楚王流放的屈原进入溆浦，有学者认为他在溆浦至少生活了9年之久，并写下"入溆浦余儃徊兮"以及"吾将上下而求索"等著名诗句。五四运动爆发后,青年向警予走出溆水,踏上寻求妇女解放的探索之路。当代溆浦人的探索主题变了,这片山高林深的土地上,他们孜孜以求的是通过现代水稻栽培技术不断提高水稻的产量。横板桥自2008年起就是超级稻攻关示范基地,与隆回羊古坳一样,横板桥村的种田人在技术人员的指导下,见证了超级稻攻关突破亩产800公斤、900公斤、1000公斤、1026.7公斤的目标。也因为此,在溆浦,横板桥最早从杂交水稻技术中获得收益,而龙潭则被袁隆平称为"制种故乡"。像横板桥这样的示范点在溆浦还有3个,示范基地的农民都看见过骄阳下的袁隆平,也看见过风雨和泥泞中的袁隆平,他们都自称为袁隆平种田的人,因为他们的种子来自袁隆平院士团队精心培育的超级稻品种,其实,他们都在为把饭碗牢牢端在自己手上而种田。

1996年,农业部启动了中国超级稻计划。该计划以"863"计划、农业部超级稻专项基金等为支撑,以袁隆平提出的"形态改良与亚种间杂种优势利用相结合"为育种技术路线,在全国13个省份选定24个百亩示范基地,分5期开展攻关试点。2000—2014年,通过专家、农业行政部门、承包示范片种植的农民等多方面的共同努力,实现了亩产从700公斤到1000公斤的跨越。每一步跨越,都意味着粮食更加安全。

2014年10月,袁隆平在长沙宣布将启动第五期超级稻攻关,目标是每公顷16吨,即亩产接近1100公斤。对这个目标,袁隆平非常有信心,因为"超优1000"在海南三亚试种时亩产达到了1000公斤,而在长江南北的日照、气温条件下,"超优1000"的生长期会比海南三亚长,因此,亩产达到1100公斤是可以实现的。于是攻关计划在全国几十个百亩示范片、3

个千亩示范片展开，争取在2018年实现百亩示范片亩产达到1100公斤、千亩示范片亩产达到1000公斤的目标。其中的差别很好理解，土地面积越大，要做到精耕细作就越难。

澧县城头山的示范片属于"千亩示范片"，这里试种的种子正是"超优1000"、"Y两优143"等高产品种。2017年9月22日下午，在"2017中国城头山（首届）世界稻作文明论坛"开幕式之后，袁隆平来到城头山古城遗址博物馆附近的千亩超级稻示范基地。之所以在城头山开辟千亩超级稻示范基地，不仅仅因为城头山是世界稻作文明的著名起源地，还因为澧阳平原具有水稻生产所需的良好条件——土地肥沃、水源充沛、光热充足。这是平原湖区首次进行超级稻大面积亩产1000公斤攻关。可事不凑巧，城头山的千亩示范片第一次试种就遇到了2017年的高温，而且高温之后又是持续的大风。尽管如此，经过取样调查，城头山示范基地200亩"超优1000"理论亩产量达1130~1170公斤；另外几百亩"Y两优143"的理论亩产量也在970~1030公斤。

虽然测产并不代表最终的验收，但9月22日这个炎热的下午，置身城头山试验田间，看着叶青籽黄的水稻长势，袁隆平一行还是非常兴奋。尽管眼前正是水稻的结实期，对一般水稻品种，这个阶段气温每升高1℃，产量就可能下降10%，但对自己研发的这几种超级稻具备的高冠层、矮株层、超大穗、抗稻瘟病、结实率高、耐高温、抗倒伏能力强等一系列优良品质，他们心里有数。更何况，这几个超级稻品种此前在其他地方试种已经收到效果。比如，2015年，云南省个旧市的"超优1000"百亩片平均亩产就达到了每亩1067.5公斤。2016年9月14日，湖南省科技厅组织专家对位于个旧市大屯镇新瓦房村的百亩连片杂交水稻示范项目进行实地测收，选择的三块田实收面积均在500平方米以上，平均产量为1088.0公斤。或许云南的示范基地地处高原，海拔较高，光照充足，昼夜温差大，给试验带来了其他地方并不具备的优势，但即使在低海拔地区，第五期攻关传来的消息也令人振奋。2016年11月9日，在河北省邯郸市永年区的水稻示范基地，"超优1000"测产达到了亩产1082.1公斤。而"2017中国城头山（首届）世界稻作文明论坛"开幕前半个月，袁隆平院士及长江中下游众多水稻专家在江西新余见证了超级稻第五期攻关结果，新余基地101.5亩水稻的理论亩产量可达1041.6公斤。

这样的好消息，从湖南邵阳、湖北蕲春、江苏如东、云南蒙自等各处传来，既让科研人员深受鼓舞，也让水稻主产区农民信心倍增。澧县所在的常德是湖南的水稻主产区，从2000年开始，常德连续18年水稻种植面积和产量位列全国第一，其中，大面积推广的超级稻功不可没。2015年，常德市共推广超级稻230.2万亩。据农业农村部数据，截至2015年底，全国累计种植超级稻10.9亿亩，合计增收稻谷600亿公斤。到了2018年底，全国超级稻累计推广应用14.8亿亩，所占水稻种植面积比重由8.7%提高到30%。而2022年，全国杂交水稻的种植面积超过2.5亿亩，占到水稻总面积的50%，仅每年增产的粮食就可养活7000万人。

现在，我们明白了，在城头山，在城头山以外的洞庭湖区，在洞庭湖区以外的长江中下游平原，那些风姿绰约的"超优1000"、"Y两优143"等水稻品种究竟与记忆中的稻谷到底有什么不同。

种子革命不仅发生在稻田，也发生在油菜地里。湖南既是水稻生产大省，也是全国5个油菜面积超过1000万亩的省份之一，年产油菜籽超过100万吨，占全国总量的10%左右。而常德又是湖南油菜种植传统优势区域之一，油菜播种面积占湖南全省的22%以上，油菜籽产量占湖南全省25%以上，均居全省第一。可以说，如果没有常德的油菜种植，湖南打造千亿油料产业就没有了支撑。在常德的油菜版图上，南县、澧县、安乡县等地又是重要板块。别的县市不说，仅澧县油菜种植面积就在60万亩以上。早在2003年，湖南省澧县就进入了全国油料产量百强县行列。2012年，澧县油菜籽播种面积为66万亩，油菜籽总产量为8580万公斤左右，可向社会提供商品量约6006万公斤。10年后的2022年，即使遭遇疫情和极端天气等多重困难，澧县的油菜籽播种面积依然达到64.8万亩，总产量达到了9200万公斤。

澧县种植的油菜，绝大多数是双低油菜。双低油菜是指油菜籽中芥酸低、菜籽饼中硫苷低。芥酸是自然界中存在的碳链最长的高碳链脂肪酸，它以甘油酯的形式天然存在于多种植物油和某些动物油中，是一种很难消化的脂类化合物。菜籽油中的芥酸含量可高达35%~55%。如此高的含量在人体内很难代谢，对心脑血管以及血糖、胆固醇的控制都有影响。在植物体中，内源芥子酶和硫苷同时存在于不同的部位，完整的硫苷并不具有生理活性。但当其被食用或机械破碎时，硫苷在内源芥子酶的作用下容易水解产生异硫氰酸醋、硫氰酸醋和腈类等不同化合物，这些有毒化合物对动物机体伤害很大。因此，油菜籽中的芥酸含量、菜籽饼中的硫苷含量越低，越有利于人的健康。在湖南广泛种植的双低菜籽油是芥酸含量在3%以下、硫苷含量低于30微摩每克的油菜品种。这种油菜在生产菜油的过程中，既为脱毒创造了有利条件，同时可以显著提高菜油的有益营养成分，因此，双低菜籽油被认为是良好的食用植物油。

不仅澧县种植的油菜是双低油菜，长江流域大多数油菜产区种植的也是双低油菜。长江流域是我国最重要的油菜产区，常年种植面积与总产量均占全国的90%以上。以2021年为例，2021年中国油菜籽产量排名中，前九名都是长江流域的省份，分别是第一名四川，338.7万吨；第二名湖北，251.8万吨；第三名湖南，230.3万吨；第四名安徽，91.1万吨；第五名贵州，80.9万吨；第六名江西，73.4万吨；第七名江苏，56.4万吨；第八名云南，54.5万吨；第九名重庆市，52.5万吨。

与水稻种植面积、产量的排名一样，湖南与湖北这两个长江中游的"鱼米之乡"也常常在油菜的种植面积上不相上下。比如，在2018年第27届中国食品博览会上，有新闻报道说："湖北省作为全国油菜种植大省，油菜种植面积连续23年位居全国第一。"而专注于行业分析与产业研究的"中国报告网"在"2010—2019年我国油菜籽播种面积、产量及单位面积产量数据统计表"中提到，2015—2019年"我国油菜籽播种面积排前三的省份为湖南省、四川省、湖北省，分别为1240980公顷、1222610公顷、938310公顷"。如果2015—2019年湖南的油菜种植面积都排名第一位，怎么2018年的新闻依然认为湖北的油菜播种面积连续23年全国第一呢？当然，受各种因素的影响，一个地方的油菜种植面积无疑会有所起伏，比如，到了2020年，长江流域几个油菜种植大省的形势又发生了变化，一家专门提供产业大数据和市场研究报告的机构华经产业研究院在《中国油菜籽播种面积、产量、单位面积产量及进出口量分析》一文中披露："2020年中国湖南省油菜籽播种面积第一，产量第三；四川省播种面积第三，产量第一；湖北省油菜籽播种面积和产量均排第二位。"这一年，原来的第二名四川省排到了第三名，湖北的油菜播种面积和产量都上升到了第二名。不管怎么说，全国的油菜播种面积和产量的前三名大致都在湖南、湖北、四川三个省之间。

之所以长江流域的油菜种植有如此地位，一个重要原因是这些油菜都是甘蓝型油菜。与传统的油菜相比，它抗病性强、产量高。在引进甘蓝型油菜之前，我国传统种植的油菜是白菜型油菜和芥菜型油菜。白菜型油菜就是有薄而光滑的椭圆形叶片的油白菜以及红菜薹，在各个菜市场、超市的蔬菜区很容易见到。它的特点是植株矮小，生长快，根系较多。白菜型油菜的含油量不高，1000粒油菜籽重3克，种子含油量在35%~38%。白菜型油菜生长期短，成熟期也相对较早，同时耐贫瘠、抗病力弱，生产潜力小，稳定性差，不适合广泛种植。芥菜型油菜也就是通常说的高油菜、苦油菜、辣油菜。高是指它长得高，苦是指它的叶子吃起来略带苦味，辣是指它有一丝芥末味，它的种子就带有明显的辣味。芥菜型油菜的含油量更低，1000粒油菜籽重才2克左右，种子含油量一般为30%~35%。与白菜型油菜不同的是，芥菜型油菜的生长期较长；与白菜型油菜相似的是，芥菜型油菜也不耐贫瘠，且榨出来的油品质差，不耐藏。

20世纪40年代，中国大地上的油菜开始改变形象。一种籽粒产量高、含油量高、抗病性好，名叫甘蓝型油菜的新油菜被引进到了长江流域。甘蓝型油菜是白菜与甘蓝自然杂交而成的复合型油菜，据说它起源于地中海北部和东部沿岸。欧洲人从16世纪开始在地中海北部和东部广泛种植甘蓝型油菜，19

世纪甘蓝型油菜籽漂洋过海到了日本福冈和北海道，然后继续漂洋过海到了朝鲜。长江流域种植甘蓝型油菜，得益于两位在国外留学的学者。1928年，小学教师于景让从江苏赴日本京都帝国大学农学院学习遗传学，1937年卢沟桥事变后，于景让决心回到祖国，正是这位日后成为浙江大学农学院教授的学者把朝鲜的"日本油菜"引进到了国内。同样是在1937年，在美国明尼苏达大学获得硕士学位的青年学者孙逢吉也回国来到浙江大学任教。1941年，已担任浙江大学农学院教授的孙逢吉从英国引进了具有19条染色体的原产欧洲的大油菜，即欧洲油菜。于景让是江苏昆山人，孙逢吉是浙江杭州人，巧的是，由他们引进的甘蓝型油菜首先在江苏和浙江种植起来，而由于抗战，浙江大学向贵州迁移，甘蓝型油菜又在贵州种植起来。就这样，贵州、江苏、浙江成为我国最早栽培甘蓝型油菜的3个省份。从20世纪50年代开始，株型高大、枝叶繁茂，还开着一层一层金黄大花（比白菜型油菜和芥菜型油菜的花大）的甘蓝型油菜在长江南北安家落户。甘蓝型油菜的花香，在南方和煦的春风中，从长江下游的里下河平原到鄱阳湖平原、洞庭湖平原、江汉平原，再到长江上游的成都平原，越传越广。甘蓝型油菜代替白菜型和芥菜型油菜，成为种植最广泛的油菜类型。这是长江流域也是中国油菜生产的第一次跨越。

在把长江流域打造成世界上甘蓝型油菜三大集中产区之一的过程中，另一位科学家功不可没，这便是一直工作在长江中游武汉的傅廷栋院士。傅廷栋有一句朴实而经典的话："油菜花是世界上最美的花。"1956年，广东中山县横栏区（今中山市横栏镇）的农业技术员傅廷栋考入了华中农业大学。1960年，他成为新中国第一位油菜育种专业的研究生。从此，他的人生就与油菜紧紧地联系在一起。

尽管在傅廷栋触及油菜之前，甘蓝型油菜已经在长江流域栽培并逐渐取代过去的白菜型、芥菜型油菜，但油菜的产量并不高。20世纪50年代长江流域的油菜产量每亩只有30.9公斤，20世纪60年代、70年代，油菜的产量有所提高，分别为每亩32.0公斤、45.4公斤。而利用杂种优势培育出优质的品种，是提高油菜产量最有效的途径，因此，摆在傅廷栋面前的困难与袁隆平院士的一样，就是去寻找雄性不育株。只有找到了雄性不育株，才有可能开展甘蓝型油菜种间、属间的远缘杂交研究，培育出杂交油菜。事实上，早在浙江大学西迁贵州湄潭期间，曾经引进欧洲油菜的孙逢吉教授就发现油菜的杂种优势现象。据浙江大学校史记载，1943年，在贵州湄潭，孙逢吉发现芥菜型和白菜型品种间杂种优势显著，并首次测定了油菜杂种的产量优势。但孙逢吉也感叹，没有大量产生杂种一代的方法。作为育种先驱者，孙逢吉所感受到的艰难，傅廷栋这一代科研工作者将继续体会。从20世纪60年代开始，傅廷栋便开始寻找理想中的雄性不育株。年复一年，他在春天金黄的花海中一株一株辨别，一遍一遍搜寻，在茫茫花海中找到自己"心仪"的那一朵。这不是浪漫，而是一条渺茫的道路。没有人知道，"那一朵"究竟在哪里，哪一天才会显露真容。

天地有情。经过上百万株的寻找之后，奇迹出现了。1972年3月的一天，傅廷栋从一种叫波里马的甘蓝型油菜中，首次发现19个典型雄性不育株。这一发现在中国油菜栽培历史上具有里程碑的意义，即从此可以培育出品质更加优良的甘蓝型油菜。傅廷栋和科研人员用不同品种及波里马中的可育株花粉给不育株授粉，共测交了45个组合。1972年秋，播种了这些测交种子和不育株自由授粉种子71份。1973年春，在71份材料中，仍出现许多不育株和大量半不育株。傅廷栋的发现被称为"波里马油菜雄性不育种"，这是国际上公认的"第一个有实用价值的油菜雄性不育类型"。从此，波里马雄性不育种被广泛应用于育种实践。这预示着培育油菜新品种的道路即将被开辟出来，中国油菜种植生产将出现全新的面貌。20世纪80年代，由于丰产性好、抗（耐）病性较强的甘蓝型品种的推广与应用，中国油菜单产迈上了一个新的台阶，种植面积、亩产水平和年均总产量分别为6368.3万亩、76.7公斤和488.4万吨，分别比70年代增长98.1%、68.9%和233.6%，实现了我国油菜向高产、稳产、高抗转变的第二次革命。进入90年代后，我国油菜无论是种植面积、单产水平还是总产量均继续保持快速增长的势头。20世纪90年代的前8年（1990—1997年）全国油菜种植面积、亩产、总产量平均为9152.2万亩、88.5公斤和812.9万吨，分别比20世纪80年代增长43.7%、15.4%和66.4%。在傅廷栋走进油菜科研领域时，全国油菜种植面积不到3000万亩，2010年增长到1亿亩，亩产增长到116公斤，种植面积和亩产都提高了2倍多。尽管这些数据通常说的都是"全国"，但了解油菜的都明白，1亿亩的油菜花，90%都开在长江流域。这是长江的优势，是长江的自豪，当然，也是傅廷栋的自豪。

那么，近10年来，长江流域的油菜花与过去相比，有不同的地方吗？回答是肯定的：有。看上去，都是油菜花，稍稍探究才知晓，花与花并不完全一样。10年之中长江流域的油菜再一次经历了变革。

油菜花的颜色变了。金黄的油菜花是无数人刻骨铭心的印象，但科技尤其是杂交育种技术可以改变和丰富人们对油菜花的认识。就在于景让、孙逢吉两位大师曾经工作过的浙江大学农学院，新一代的育种科技工作者把油菜花的颜色改变了。在浙江德清县的新安镇，人们可以看到金黄的油菜花，也可以看到白色的、粉色的、黄绿的、橘黄的油菜花。在浙江的宁波、温州、诸暨、萧山等地也能见到这些七彩的油菜花。这些七彩的油菜花超越了人们的认知，但它们的确是油菜花，而不是别的什么花。它们的颜色之所以与通常的油菜花不同，是因为它们是油菜与甘蓝、青菜、萝卜等诸多十字花科农作物杂交的结果，专业的术语叫"分子聚合育种"。使用这些前沿技术改造油菜花颜色的是浙江大学设计育种创新团队。他们培育七彩油菜并不只是为了好看，更是为了保留甚至提升油菜的品质。比如，论产量，七彩油菜的产量并不低，黄绿的油菜可以达到每亩350~400斤；论含油量，白色的油菜可以达到55%；论植株形态，七彩油菜的根系能分泌多种有机酸，增加土壤中速效磷等多种元素含量，有利于涵养土地和保护环境。

  油菜的效用变了。婺源的油菜花海早已成为知名的旅游景点。而近10年，在长江两岸，像婺源这样的油菜花旅游目的地遍地都是。在长江的下游，江苏兴化东旺村的近五千亩垛田油菜花，以其独特的地貌景观吸引大量游客纷至沓来。兴化地处里下河平原，前文提到的"扬稻6号"就是里下河地区农业科学研究所培育出来的著名水稻品种。这里不仅诞生过著名文人施耐庵、郑板桥，出产肥美的大闸蟹，也有壮观的油菜花。与婺源那种山间丘陵的油菜花不同，兴化的油菜花开在垛田上。垛田是一块块田地漂浮在水上的耕地，农民需要划船才能到垛田上播种、收获。这些浮在水上，或长或短、或方或圆或椭圆的岛屿，传说是岳飞抗击金兵时设计的迷宫。事实上，垛田是里下河平原独特的农耕文化。里下河地区海拔低，大部分地区海拔不足 5 米，有的地方甚至低到 1 米以下。低洼地势，加上河网密布，使得土地特别宝贵。在兴化垛田镇，人们把河网、沼泽、湖荡的淤泥堆成一块一块的农田发展农业，并且定期清理河网的淤泥，补充因雨水冲刷而流失的土地，形成了湖荡河网与田地交错的景观。这种地理地貌常给人一种困惑：到底是河网把土地切割成了一块一块，还是土地把宽阔的水域分割成了一条条水道。垛田上的油菜花因此也成为独特的油菜花，它们漂浮在水上。每年春天，近五千亩油菜花开，赏花的游客便如约而至。游客坐在船里，小船穿行在纵横交错的沟渠里，船

婺源

从一片水域到另一片水域，游客的视线则从一块田转移到另一块田。

兴化东旺村的垛田耕种已有上千年的历史。2014年，"兴化垛田传统农业系统"被联合国粮农组织确定为全球重要农业文化遗产。2022年，"兴化垛田灌排工程体系"被国际灌溉排水委员会列入《世界灌溉工程遗产名录》。10年中，兴化的千年垛田不仅进入了两个遗产名录，还成为兴化经济发展的助推器。2016年的兴化油菜花节仅景区门票收入就达到2000万元。2023年兴化油菜花节，40天景区接待游客达到36.5万人，进入兴化市的游客达到60万人，旅游收入超过3000万元。

今天，兴化垛田的油菜花有了一个正式的名字——千垛油菜花，而且被游客誉为中国四大油菜花海*之一。

> ★中国四大油菜花海：云南罗平油菜花、江西婺源油菜花、陕西汉中油菜花和江苏兴化油菜花。

不仅仅是长江下游里下河平原的兴化人看到了油菜花对拉动乡村文旅经济的价值，在长江上游的成都平原，有比兴化垛田面积大得多的油菜花田。四川的油菜种植在全国、在长江流域有着非常重要的地位。自2018年以来，四川油菜总产量就持续稳居全国第一位。2021年，四川油菜种植面积2016万亩，排名全国第一位，在此基础上，2022年四川又扩种了100万亩。因此，在四川，面积万亩以上的油菜花田稀松常见。比如，崇州重庆路油菜花田10万亩、屏山中都镇梯田油菜花田5万亩、凉山州越西油菜花田4.7万亩、金堂三溪镇油菜花田1.6万亩、道孚惠远寺油菜花田2万亩，甚至宜宾市南溪区的长江岸边都有上万亩的油菜花田……丰富的油菜花资源为开展乡村旅游提供了广阔的平台。以崇州为例，整个崇州市有30万亩油菜花田，自2013年起，崇州市就举办赏花节，到2022年已经连续举办了十届。

与长江下游兴化的垛田油菜花不同，崇州的油菜花可以在公路上观赏，在田间小路上观赏，甚至可以坐着小火车穿行花海中。这些方式中，最火爆的当然是沿着有"中国最美乡村公路"之称的"重庆路"观看。重庆路大致呈南北向贯穿崇州，北端在怀远镇方向连接川西旅游环线，南段穿过王场镇折向东北，抵达崇州市044乡道附近田园都市赏花节1号营地，然后折向南到白头镇，路线全长42千米。春天，42千米重庆路的两边都是油菜花，当然，远处的丘陵小山下也有别的花，但不管有多少种花，油菜花始终是重庆路的主角，也是崇州春天的主角。成千上万的人涌向崇州，他们被重庆路牵引着一路穿过崇州，穿过金黄的春天。2021年，崇州的赏花节接待了400万人次游客，实现旅游收入14.25亿元。

同样是金黄的油菜花，但油菜花节却各有各的不同。长江中游江汉平原的沙洋油菜花节是另外一幅景象。沙洋是荆门市管辖下的一个县，地处江汉平原的西北。荆门市是全国油料产业带的核心区和湖北省最大的优质油菜生产区，油菜种植面积常年保持在150万亩左右，约占湖北油菜种植面积的1/10，油菜籽总产量约占湖北的1/7，油菜籽加工年产能200万吨，居全省第一。有句形容荆门油菜地位的话，叫"中国油菜看湖北，湖北油菜看荆门"。而沙洋县的油菜种植面积有78万亩，占荆门市油菜种植面积的一半。沙洋的油菜籽平均亩产184公斤，多年稳居湖北首位；总产量14万吨，连续多年居湖北省乃至全国前列。全县油菜籽加工企业年处理能力达到80万吨，接近荆门市加工产能的一半。正因为沙洋的油菜种植和生产有如

此成绩，2015年3月4日，沙洋县被中国粮油学会授予"中国菜籽油之乡"称号，成为全国唯一获此殊荣的县市。因此又有了一句话："中国油菜看湖北，湖北油菜看沙洋。"

可以想象，70多万亩的油菜花有谁又能视而不见，沙洋人必定要想方设法做好油菜花的文章。事实正是如此。在2019年的沙洋油菜花节上，开展了江汉运河国际半程马拉松暨江汉运河桨板10千米表演赛、农民乡土趣味运动会以及"荆品名门"区域公用品牌发布会暨特色农产品展示展销会。更重要的是，当游客如潮水般涌向千里花海时，来自油菜育种、生产管理、菜籽油加工等领域的专家也相聚沙洋，举办了"油菜产业发展高峰论坛"。参加论坛的专家中，就有著名的油菜专家傅廷栋院士。有意思的是，在此前的2016年油菜花节上，沙洋曾举办过"双低油菜产业化高峰论坛"，中国工程院院士、

沙洋油菜花

国家油菜工程技术研究中心主任傅廷栋应邀参加并做了专题讲座。在 2022 年沙洋油菜花节举办的油菜产业高峰论坛上，傅廷栋院士也作了专题报告。

2023 年春天，当游客们徜徉于金色沙洋时，油菜花节的主办方同时开展了"2023 湖北最美油菜花海"、"2023 湖北菜籽油特色品牌"的评选和揭晓。显然，沙洋是要把油菜花的观光旅游与油菜种植及产品研发的全产业链条紧紧地绑在一起。于是，我们便理解了为什么沙洋有全国首家、湖北省唯一一家油菜文化博物馆，因为沙洋人思考的不仅仅是吸引游客看看油菜花，他们追求的是立足油菜、超越油菜，他们的梦想是建设江汉平原油菜产业集聚核心区。到 2025 年，沙洋人力争打造出油菜百亿全产业链，创建国家现代农业产业园。

油菜与文旅的结合今天已经不再是新鲜事物，但在油菜领域，新生事物的出现从未停止过，油菜功能的挖掘和利用，油菜的育种、种植、管理、生产等，与油菜相关的世界一直处于不断创新之中。

2023年4月28日，在江西婺源县江湾镇洋田的油菜地里，进行了一次特殊的测产。测产的不是单纯的产量，而是不同油菜的抗病率及其产量。现场宣布的结果是，华油杂62R实测除去水分杂质折后亩产量243.3公斤。经田间调查，该品种田间根肿病发病株率3.79%，对照品种1发病率55.5%，对照品种2发病率100%。华油杂115R实测除去水分杂质折后亩产量239.1公斤。经田间调查，该品种田间根肿病发病株率5.7%，对照品种发病率61.1%。来自江西省农业农村厅、油菜主产县市区农业农村局的农技推广人员，种植大户代表以及湖北、湖南、安徽、贵州等省区相关人员见证了这一结果。数据最有说服力，3.79%与55.5%、100%，5.7%与61.1%，抗病品种与不抗病品种的差别如此之大，令测产现场的每一位不得不对油菜育种新技术的进步深感佩服。华油杂62R、华油杂115R正是傅廷栋院士团队针对油菜根肿病选育的抗根肿病新品种。

根肿病是蔬菜中流行的一种病害，在我国主要危害大白菜、青菜、芥菜等十字花科蔬菜。农作物受根肿菌侵染后，在根部形成大小不一、光滑或龟裂粗糙的肿瘤，严重阻碍作物对营养物质及水分的吸收，幼苗枯死或成株生长发育迟缓，植株矮小，严重时造成植株死亡。油菜感染根肿病后，除减产外，还严重影响油菜籽品质，如含油量下降等。

20多年前，我国部分地区便出现过油菜根肿病。傅廷栋院士未雨绸缪，十多年前就与科研团队开始抗根肿病育种研究，并于2018年、2022年分别完成了新品种的选育和登记，这便是今天在长江流域很多油菜产区正在推广的抗根肿病油菜华油杂 62R、华油杂 115R。华油杂 62R、华油杂 115R 等抗病新品种经过四川、湖北、江西、湖南、安徽等广大油菜产区的试种，收到了既能抗根肿病，也能抗倒伏，还能高产稳产的综合成效，这着实出乎意料。表现良好的新品种受到广大油菜种植户的欢迎，目前已在全国推广种植 800 万亩。

2022 年 9 月 29 日，由农业农村部主管、中国农村杂志社主办的"微观三农"公众号梳理分享了 10 年来我国农业科技的 30 个标志性成就，在第 14 项成就"创制大豆油菜新品种，谱写产业谱新篇"的表述中，将华油杂 62R、华油杂 115R 称为"具有完全自主知识产权"的新品种，它的出现终结了我国"油菜生产中无抗根肿病品种可用的被动局面"。

油菜领域的变化，不仅表现在种子，也不局限于对油菜的综合利用，还波及油菜的生产模式，油菜直播技术便是其中突出的变化之一。我们所见到的油菜生产的传统模式，说白了就是依赖劳动力的方式，比如育苗、播种、覆盖、压实、施肥、灌溉、病虫害防治等基本靠人力来完成。这种延续一代又一代的生产方式，不仅劳动强度大，而且效率极低，同时对资源的浪费也极大。直播技术采用机械设备进行育苗、播种和管理，省掉了育苗、移栽环节，不仅高效，而且节约了劳动力成本。

2022 年 5 月，华中农业大学植物科学技术学院教授周广生和他的团队算过一笔账。在机械直播方式下，一亩地至少减少 4 个工，如果一个工 100 元的话，一亩地省了 400 元人工费用，刨去机械使用费用，每亩地节本增效在 100 元以上。周广生团队把研发科学种植模式、推广高效直播技术作为团队攻关的重难点。为了获得充足的试验数据，并把参数告诉老百姓，让老百姓掌握直播技术，立夏过后，他和他的团队便来到湖北江陵县马家寨乡万场村指导农民采用直播技术收割油菜。

与周广生一样，长江上游的乐山市农业科学研究院正高级农艺师王艳惠也算过账，运用机械化栽培技术，可以将传统种植油菜亩均7个工减少到0.5个工，按每个工80元计，每亩节本增效520元，经济效益显著，可改变油菜生产效率低、效益低的局面。王艳惠所在的乐山市农业科学研究院有一个四川油菜创新团队，他们在夹江县的青衣街道千佛村建设了一个"旱地油菜优质高效栽培暨全程机械化示范片"。这个示范片采用机械化整地、无人机飞播、无人机施肥、无人机飞防、机械化收割等技术，实现了油菜生产的节本、增产、高效。2023年4月27日，四川省农业农村厅组织有关专家对这个示范片进行了田间验收。

华中农业大学周广生团队指导湖北江陵县马家寨乡农民用机械收割油菜的时候，长江右岸的油菜种植大县——湖南澧县的油菜收割已接近尾声。2022年6月14日，澧县农业农村局发布了全县油菜生产的主要数据，其中特别提到2022年全县65万亩油菜综合机械化水平达到76%以上，油菜秸秆还田或综合利用率达到97%以上。也许，在综合机械化水平上，湖南澧县走到了长江流域许多油菜产区的前面。之所以这样说，是因为权威数据显示，2021年我国油菜综合机械化水平为61.92%。

纵观近10年长江流域农业的变化，最显著的无疑是种子的改良，其次是机械化水平的提高，除这二者之外，农业生产的组织模式也发生了巨大变化。在澧县城头山袁隆平院士的高产试验基地附近，2017年3月10日，城头山镇国富村的油菜地开始使用无人机喷洒农药。无人机来自澧县新正植保技术服务有限公司，这家于2012年3月注册的科技推广和应用服务企业专门从事无公害农作物病虫防治、不再分装的小包装种子批发零售、农产品收购、农业生产资料销售等业务，它折射出澧县农业从传统向现代化的转型。

农业技术服务的变化只是农业生产组织方式改变中的一个序曲，更重大的改变体现在"专业合作社"的出现。众所周知，传统农业的典型特征是单个农户分散经营，这种生产方式不仅生产规模小、生产成本高、市场竞争能力低，而且很难做到现代农业所追求的专业化、标准化、规范化。

20世纪90年代初，市场经济体制改革的浪潮席卷神州大地，向市场经济转型成为整个经济领域的共同目标，农业也不例外，农村经济合作组织的迫切性就此凸显出来。有了农村经济合作组织，农民和市场之间就可以建立起有效的沟通，农业产业化各个环节的连接和协调也就能得到保障。正是在这一时期，农村经济合作组织如雨后春笋般发展起来。据统计，1992年全国共有专业合作组织13万个，社员近500万人，全国县级以上合作组织达到1700多个，其中：地区性联合会800多个，全国性的专业合作组织24个，跨省的有40个。但这一时期的农村经济合作组织主要还是以能人和专业大户为主，缺乏有竞争力、带动力强的龙头企业，农村经济合作组织的质量和效率都需要进一步提升。

2006年，我国颁布了《中华人民共和国农民专业合作社法》，农村经济合作组织的经济主体和法律地位得到明确，农村经济合作组织进入创新发展和快速增长时期。截至2021年底，全国依法登记的农民专业合作社达220万家，农民专业合作社日益成为为农民提供产前产中产后服务、引领我国小农户实现农业大生产的重要力量。

锦绣千村农业专业合作社就是这一时期在澧阳平原上崛起的一个典型。城头山国家考古遗址公园西门向西 500 米左右，有一个叫"周家坡榨油坊"的地方，这里是锦绣千村粮食产业园的基地，锦绣千村农业专业合作社就设在这里。2011 年，由于农村人口大量外出，缺乏劳动力，种田效益低下，农民种粮积极性下降。城头山镇周家坡农民龚佑琼牵头办起了湖南锦绣千村农业专业合作社，以开展农业生产社会化服务为主业，提供购、耕、种、管、收的全程服务。她的目标是实现从一粒种子到一粒谷子，再到一粒米饭的全链条式标准化服务。

通过多年的探索实践和转型升级，锦绣千村农业专业合作社建成了粮食产业园、农业综合服务中心、农资配送中心，还建有 15 家分社、137 家服务站，形成了"规模化种植、标准化生产、集约化服务、产业化经营、品牌化运作、信息化管理"的农业社会化服务模式，为近 7000 名合作社社员提供"全程、多元、高效"的综合服务。

2020 年，锦绣千村农业专业合作社的理事长龚佑琼被评为"全国十佳农民"。我们通常说中国有 8 亿农民，在 8 亿农民中评选 10 位优秀农民，相当于在 8 千万个农民中挑一个，可以想象这个荣誉的含金量。这个荣誉是对龚佑琼 10 年不懈追求的肯定。2021 年，锦绣千村农业专业合作社被评为全国农业社会化服务创新试点单位。

在湖南常德，除了龚佑琼和她的锦绣千村农业专业合作社外，还有许多在品种培优、品质提升、品牌打造、标准化生产、提升质量效益和市场竞争力等方面发挥示范带动作用的农民合作社。2023年5月8日，农业农村部、国家发展和改革委员会等7部门联合公布2022年国家农民专业合作社示范社名单，常德市武陵区阳光雨露水稻种植专业合作社、鼎城区农盛水稻专业合作社等13家合作社获得"国家农民专业合作社示范社"称号。到2023年4月，常德全市农民专业合作社数量达8572家，其中，国家农民专业合作社示范社52家，省级农民专业合作社示范社185家，市级示范社484家。

"两湖熟"中的两湖，不仅仅是指湖南、湖北，更是长江流域的一种代指；"两湖熟"，不仅仅指长江流域的粮食丰收，更多地意味着长江流域的农业面貌发生了实质性变化，如种子、机械化水平、生产组织的社会化以及农业与互联网、智能化的融合。它们最近10年来发生的深刻变化，就如我们乘坐的火车从传统的绿皮车变成了高铁。

山茶花及其他

十八洞，湖南西部一个溶洞的名字，也是一个普通村落的名字。

传说湖南省湘西土家族苗族自治州花垣县双龙镇境内的莲台山之中隐藏着18个溶洞。这些溶洞庞大而繁杂，入口隐秘难寻，洞内景观奇特，神态各异，鬼斧神工。这里是喀斯特地貌发育区，也是苗族同胞的聚居区。山林、峡谷、溶洞，传统木屋、青石板地面、竹编夹泥墙，古老的苗寨风景如画，却也交通闭塞，极度贫困。2013年11月3日，习近平总书记来到十八洞村考察，同村干部和村民亲切座谈，首次提出了"实事求是、因地制宜、分类指导、精准扶贫"的重要理念。

从那时起，作为"精准扶贫"首倡之地的十八洞村便走在了减贫、振兴的征途上。人均耕地只有0.83亩，他们到有耕地的地方流转，在"飞地"上发展猕猴桃产业；没有路，他们打通近20千米村组道路；他们不大拆大建，但因地制宜改厨、改厕、改浴、改圈、改危房。没有资源，上百年的苗族民居就

十八洞村

是资源；打糍粑、磨豆浆、苗绣、苗族服饰等，举凡苗族风土人情都是资源；喀斯特的地理、地貌，一山一水、一石一岩、一洞一壁，都是资源。

视角变了，世界就是另一幅景观。古老的民居与喀斯特山水天然融合，山道弯弯四通八达，农家小楼干净整洁，鸟语花香中徜徉的都是南来北往的旅行者，潺潺溪流与沟沟壑壑边往来的都是观光客。传统村落空间、地理自然资源、民族文化遗产在十八洞人创新转化中活起来了，也火起来了。

10年来，十八洞村人立足自身资源禀赋，走出了一条文旅融合的脱贫之路和振兴之路，打造出了乡村振兴的湘西样本。2022年，十八洞接待游客18.43万人次，旅游收入超1200万元，人均收入由2013年的1668元增加到2022年的23505元。

同样是山地的脱贫、振兴历程，位于长江上游的云南昭通市绥江县板栗镇罗坪村走的是另一种模式，他们从高山往山下搬迁。与十八洞村相似的是，罗坪村也是一个以苗族同胞为主的村庄，而且他们的搬迁、脱贫、振兴也因地制宜，充分立足本土资源禀赋，这种资源便是竹子。

昭通很多地方都有竹子。相传三国时诸葛亮就利用盐津的竹子顺利通过了豆沙关。豆沙关被称为入滇第一关，传说诸葛亮南征从这里经过，守将让他三天之内从沙子里把豌豆捡出来，不然就不准通过。诸葛亮发现当地到处都是竹子，眼睛一亮，命人伐竹制筛，很简单就分出了沙子和豌豆，此后，关口就叫"豆沙关"了。

今天听起来，这个传说很难令人相信，对诸葛亮而言，这个考验智商的题目未免过于简单。不过，这个故事中有一个细节是真实的，那就是盐津多竹。不仅盐津，昭通的大关、永善、绥江、镇雄、彝良、威信、水富都盛产竹子。世界公认云南是竹子的故乡，竹子种类占全国一半，而昭通的竹类有13属61种，占云南竹子属数的46%。世界上唯一出产竹子新品种"罗汉方竹"的地方就在昭通。令人惊奇的是，罗汉方竹每年可以采挖两季竹笋，亩产达500公斤以上，是普通筇竹、方竹的两倍。从昭通出发，沿宜昭高速到镇雄，沿宜毕高速到威信，沿S302经镇凤公路、柿凤公路到盐津，沿水昭高速在串丝村转串佛高速到绥江，一路上，随处可见散生的毛竹、水竹、斑竹、桂竹，丛生的慈竹、车筒竹、硬头黄、麻竹以及混生的筇竹、方竹、苦竹、箭竹。它们或高立在山腰，或围绕山下的村庄，或随小溪小河一同翻山越岭。

串佛高速起于盐津县普洱镇串丝村，止于绥江县南岸镇的佛耳岩，全长49千米。从金沙江向南，这条高速公路的两侧分布着花山竹产业基地、方竹产业区、三渡竹产业基地、罗汉坪竹产业基地，总面积50多万亩。竹林中设竹材加工园一个、竹笋加工园一个、竹笋初加工厂一个。49千米的高速公路就像一根丝线，把这些竹子串了起来。流经绥江县的82千米金沙江又似一条飘带，沿江的竹林就摇曳在飘带上。

　　串佛高速是绥江的第一条高速，由它带动的竹产业未来可以达到50亿元。17万绥江人都看见了，在这条路上，有漫天的青翠，也有金山银山。竹林深处罗坪村的苗族乡亲是看着这条路修成的，从红岩山、董家山，到马颈子、梨子坪，从一个山头穿过，钻入另一个山头，一步一步走出罗坪村。村子里七八十户人家过去都居住在铜厂沟、木瓦沟海拔1300多米的高山上，从2016年起他们搬下山来，在一片近4万亩的竹林中安居，每家每户住上了90平方米的楼房，水泥路从竹林通向集镇和高速公路。这个搬迁安置点同时也是康养中心，文化墙、民宿、生态乐园、露营地、花海、演艺厅、餐厅，一个个项目眼下正在收尾。罗坪村的苗族乡亲都安下心来了，不仅因为生活殷实了，还因为他们眼中的一切都是以"蝴蝶"命名的。传说中"蝴蝶"是苗族同胞的祖先，现在，他们时刻都可以看见五彩的蝴蝶在青翠的竹林中飞舞。

　　李白诗云："山随平野尽，江入大荒流。"长江出西陵峡，过了枝城之后，两岸的山"随平野"而尽，扑入眼帘的是广袤的江汉平原、洞庭湖平原。这里的乡村没有瀑布，没有峭壁，没有吊脚楼，没有摆手舞，总之，没有独特的民族风情和丰富多彩的自然地貌。因此，这里的脱贫、振兴故事与云贵高原、武陵山脉有所不同。

长江中游有许多"河口",也就是小河、支流注入长江的入水口。很多河口都有沙洲,沙洲是长江上一种独特的河流地貌,沙洲上的乡村发展也是长江上一道独特的风景。比如,沮漳河进入长江的河口就有"马羊洲",马羊洲对面则是长江上中游第一大沙洲"百里洲"。

马羊洲地处沮漳河与长江的交汇处,因为它离沮漳河现在的入江口太近,人们总以为它是沮漳河冲积出的一个沙洲,其实,它是地地道道的长江上的沙洲。有人以为马羊洲就是《诗经》"关关雎鸠,在河之洲"的所在,这个说法并不可靠,因为《关雎》中反复提到了"参差荇菜"。一个被长江包围的沙洲无论如何都很难生长荇菜。长江不是溪流、小河沟、湖泊,它的岸边有挺水植物,但多半是芦苇、狄芦竹,而蒲草、荸荠、莲、水芹、茭白笋、荷花、香蒲,包括荇菜,很少生长在长江岸边。在长江这样的大江大河之上,过去有女人驾船,但多是渔船,她们不会去采岸边或水上的什么植物。一句话,采摘荇菜,一定是在蜿蜒的细流上。那种河流,水不深也不急,近乎湖泊、沼泽。

马羊洲虽然不是"在河之洲"的洲,但究竟也是河上之洲,它上面有牛,有田,有树,有村庄、小船、码头,以及掰玉米、拔萝卜、割麦子、摘棉花的乡亲。在长江上,所有的沙洲一旦遭遇大水,都要准备破堤,让洪水通过,马羊洲也不例外。正因为这个原因,国家和地方政府在财政投入时,都极为小心谨慎,以避免投进去的钱打水漂。直到1985年,马羊洲才通电,只有村委会里才有沙洲上唯一的一盏电灯。15年前,这个洲上只有一条500米的水泥路,1600多人出门只能依靠一条破

马羊洲

旧的渡船。洲上的农民主要靠种植棉花、麦子为生。

  马羊洲人没等没靠。他们筹集资金190多万元修建了12千米水泥路，铺了5千米"晴雨路"，把简陋的渡口改造成汽车轮渡。沙洲上建起了集办事、医疗、超市等各种功能于一体的服务中心，以及文化广场。如果说马羊洲的变化是一首《关雎》，这些就是序曲，是起兴。2016年，马羊洲村被纳入国家发改委和旅游局乡村旅游扶贫工程规划，争取到了省级"绿色幸福示范村"项目资金支持，请来了旅游专家，以及崔德基乡村建团（韩国设计师崔德基从2006年起，开始在中国参与新农村建设的设计，其企业湖北崔德基新村建设设计有限公司简称"崔德基乡村建团")、绿乡萌（湖北省绿色幸福村镇乡建策划师设计师联盟的简称，是由湖北省乡建策划师、设计师、相关法律专家等组建的志愿者团队）等乡建团队，想让大家看看马羊洲到底有无魅力、有什么魅力，如何让她绽放魅力。这些第一次来到马羊洲的外地人徜徉在狭长的洲上，眼前的长江傍村东去，沙洲像一枚多彩的树叶漂流在水上，长满金黄的麦子、绿色的蔬菜。这样四面环水的沙洲怎么会没有魅力呢。于是一幅图在了他们的脑海中勾勒出来，也映在了马羊洲人的梦想中，这便是成立田园旅游专业合作社，打造集基础农业、创意农业、农事体验于一体的田园综合体，开启"休闲旅游＋精准扶贫＋美丽乡村建设"的乡村振兴新模式。

如今，这些梦想正在变为现实。从河边的渡口开车，几分钟便到了村庄，竹林、篱笆、卵石小道环绕，已经有27户住房改成了休闲民居，3家农家乐开始接待游客，围绕沙洲的10千米道路正在硬化，"诗经小镇"正渐显雏形。曾经靠种蔬菜和玉米打天下的马羊洲人也吃上了"旅游饭"，马羊洲成了十里八乡的"明星村"。

当然，蔬菜还是要种。马羊洲平均每户最少10亩地，最多20亩。过去种过萝卜、苦瓜、蒜薹，但萝卜每亩只能收到三四千元的收入，现在他们种豇豆，年收入可以达到两三万元。或者干脆把田流转出去，成立蔬菜合作社。如今马羊洲有300多人在大大小小的蔬菜种植合作社打工。从凌晨两点开始，你可以看到洲上那田里星星点点的灯光，那是头戴顶灯的农民在剪豇豆，天亮前这些豇豆将通过汽车轮渡运到七鸦公路边的各个收购点。

从这个沙洲的最下端依然看不见沮漳口，但马羊洲人很固执，他们认为这就是沮漳口，认为《关雎》写的就是这个洲。在他们眼里，绿色的蔬菜，紫色的葡萄，白色的萝卜，银色的长江，浅水沙滩，夜晚天上的漫天繁星，凌晨地里闪闪的灯光，如此诗意盎然的沙洲，难道不是《诗经》中的在河之洲？那些勤劳的男女，难道不是《关雎》中唱歌的君子与淑女？只是他们长大了，老了，而《关雎》写的不过是他们的青春。

10 年之中，长江中游的许多乡村都在以自己的方式发生着变化，这种变化也折射着它们各自的性格和气质，比如武汉周边的乡村脱贫和振兴就带着大江大湖的气质。武汉市西部蔡甸区的"花博汇"就是一个典型的例子。

武汉花博汇位于蔡甸区的天星村。2013 年，武汉出台生态控制线规划，在 6 个板块划定了永久生态底线区。天星村地处后官湖畔，理所当然被划在了永久生态底线区，无法拆迁，无法规模化经营，大部分劳力不得不外出打工，全村的土地基本撂荒，200 余户的天星村荒废的房屋就有 170 多栋。在当时看来，天星村已经成为一个土地荒芜、房屋凋敝的十足的"空心村"。这样一个乡村要振兴，难度丝毫不比其他地方小，一个首要的困难是村子里的人都出去了，也没有产业，除了传统的农业外，没有任何项目和资源，更不能开发。

如何盘活农村的闲置资源，吸引人、财、物等资源要素向乡村回流，让"空心村"重新激发活力？2017 年，武汉市出台"三乡工程"（市民下乡，能人回乡，企业兴乡）等措施，鼓励当地利用农村空闲农房发展休闲农业、乡村旅游、文化创意和养老产业，从而推动大都市的乡村振兴。

时代呼唤担当和作为。在"三乡工程"的吸引下，武汉阅景汇投资发展有限公司决定将天星村整体打造成集特色农产品种植、花海农旅观光、科技农业产业、美丽乡村体验、花卉贸易展销等功能于一体的田园综合体。他们的基本理念是坚持"不大拆，不大建"，不改变土地用途，保留原有土地上的村湾、农田、房屋、沟渠、树木，在维持乡村肌理的基础上完成改造升级。今天人们在花博汇看见的每一棵树都是原来的树，每一栋房子都是天星村原来的民居，每一个水塘都是当年的水塘，甚至每一条道路都保持当年的原貌。

武汉花博汇毗邻中法武汉生态示范城和武汉经济技术开发区，规划面积5300亩，总投资50亿元。一期工程于2017年10月投入运营。截至2023年，已累计吸引国内外游客800万人次入园游览，接待国内外参观考察团队1600组、2万余人次，实现综合收益20亿元。花博汇二期与一期北部相接，位于西湾、西板桥、小集3个村，规划面积3500亩，总投资30亿元，涉及农户608户977人，农房660栋，建筑面积14.5万平方米，规划重点打造十大业态*。花博汇二期于2020年5月启动建设，2023年4月对游客开放。

> ★ 武汉花博汇十大业态：莲博园（特种莲花种植基地）、市民农园（5G智慧农田）、农耕文化园、蔬果采摘园、虾稻养殖基地、奶牛牧场、萌宠园、林下花海、鲜花苗木培育基地、农村电商交易中心。

那么，天星村原来的村民在干什么？他们有的依然在自己的农田里耕种，只不过过去种粮，现在种花。花博汇引进上游花卉科研、种苗等产业资源，从外地请来花卉种植专家，把天星村以及周边的农民工组织起来，教他们种花，种出来的花可以用在花博汇里作为景观展示，也可以销售给游客。农户在园区指导下种植郁金香、朱顶红等花卉，成本30元，售价60元，一亩地的产值就能达到 30 万元，远远高于种粮收入，农民"务农"重新有了利益驱动。有的村民继续从事他们熟悉的职业，比如种菜。花博汇市民农园提出了"市民分享农业"的新概念，建成了一个 5G 智慧农田养护系统。在这里市民会员既能够亲自到地里种菜，又能够通过手机看管自己的菜地，甚至通过手机完成自助灌溉，或者通过手机"一键代摘"、"送菜到家"，享受便捷的物联网云种菜。但是，大多数市民无暇顾及自己的菜地，因此天星村或附近的农民则被请来帮忙种菜。蔡甸区是"中国莲藕之乡"，花博汇莲博园引进、种植、展示来自世界同纬度地区的荷花品种 36 个、睡莲品种 28 个。而打理湖泊、水塘，种莲，养鱼，恰好是湖泊水乡地区农民的专长。有的则是在园区从事园艺、安保、环卫等力所能及的工作，有稳定的工资收入，人均每个月可以达到 5000 元。这样既能获得土地流转的收益，还能在花博汇就业的天星村以及附近村民超过 1000 人。也有的村民在花博汇里找到了创业的平台，开办民宿、餐馆，等等。

总之，花博汇让项目所在地的村民、农民都找到了自己的位置，也给武汉市民创业提供了舞台，一些旅游、农业种植、广告创意行业的机构纷纷搬到花博汇，依托这个庞大的综合体开启了各自企业新的一页。

武汉花博汇无疑是成功的，它被评为湖北省首批特色小镇、湖北省"三乡工程"样板、荆楚乡村旅游十大美景、武汉市十大赏花游生态景点等。2020 年，花博汇被评为国家 4A 级景区，花博汇所在的天星村入围第二批全国乡村旅游重点村名单。

武汉花博汇有什么？简单地说，什么都有。旅游、观光、民宿、游乐园、中西美食、婚纱摄影、戏院、书店、娱乐、文创、网红、直播、音乐节、新车发布、大型路跑、花卉种植、会议、拓展、研学实践、超市购物等，置身花博汇，你能想到的，这里都有。这是一个大世界，一个需要体力和耐力的世界，如果你没有体力和耐心以及时间，那么，你一定看不到花博汇的全貌，只能看到它的一角。

那么，武汉花博汇究竟是什么？是赏花经济？是旅游？是农业？是网红打卡地？是公园？是景点？是村庄？都是，又都不是。我觉得在多种说法中，有一个说法更合适，叫"法式文旅小镇"。它是一个政府引导、市场主导、多方联动的大城市近郊乡村振兴模式。它深度整合本地生态资源优势，完善了项目周边的城市功能，开创了农业休闲发展新模式，提升了本地老百姓的生活指数，促进了就业和税收，实现了生态效益、社会效益和经济效益的共赢。

长江中游右岸的幕阜山下，湖北咸宁市的通城县与江西九江市代管的瑞昌市都以产业发展模式助力脱贫攻坚和乡村振兴。在2021年2月的全国脱贫攻坚总结表彰大会上，咸宁市有四个单位获得"全国脱贫攻坚先进集体"称号，通城县的湖北黄袍山绿色产品有限公司就是其中之一，而且是其中唯一的企业。

"绿色产品"的范围很大很宽很广，湖北黄袍山绿色产品有限公司聚焦的方向是油茶产业。作为一家科技创新企业，他们具有一般油茶企业不具备的研发实力。自2007年开始，他们对油茶品种选育、基地种植、油茶深加工、产品市场培育等环节进行了大量的研究和探索，在良种繁育、种植技术、油茶果前处理技术、茶皂素提纯等方面取得了突破性进展。

令湖北黄袍山绿色产品有限公司更自信、更自豪的是，他们拥有国内首创的"油茶籽脱壳冷榨生产纯天然油茶籽油"工艺，这项技术达到了国际先进水平。与传统的"热榨"相反，这项生产工艺的核心是"冷榨油茶籽"。据说冷榨出来的茶油能最大限度地保留各种生物活性成分，营养更丰富，食用更健康。

就是这样一家企业，一家在研发、工艺、技术等各方面都做好了充分准备的企业，来到了幕阜山下，并且要扎根幕阜山。他们要在通城建设集精深加工基地、食用油储备基地、油茶品种科研与观赏基地、油茶产业培训教学基地、油茶生态综合利用示范基地于一体的"通城县油茶精深加工产业园"。当然，他们走进幕阜山时，整个通城正在向贫困发起最后的宣战。

黄袍山绿色产品有限公司生逢其时。他们围绕"转农、惠农、富农"的宗旨，把产业发展与强农富农有机结合，创新基地建设模式，大力开展高标准油茶基地建设。公司先后累计投资1.5亿余元，建设高标准油茶基地61200亩，其中股份制基地38000亩；对接行政村78个，带动农户7600多户，其中贫困户2400多户，为贫困山区探索出了一种产业扶贫的新模式。简而言之，这个模式就是黄袍山绿色产品有限公司与农户签订协议，你种油茶，我免费提供苗木和技术服务，然后，你把收获的油茶果送到公司，公司保价回收。这样好的事，农民当然没有理由拒绝。

对种植油茶，有人算过一笔账。如果一亩地种植90棵油茶树，一棵树结油茶果6~10公斤，每10公斤油茶果晒干后得油茶籽3公斤左右，那么，一亩油茶树产油茶籽200公斤（即400斤）左右。400斤油茶籽可以卖多少钱？2023年6月20日，线上农产品批发交易市场惠农网的报价大厅给出了6个产地的价格行情：福建建宁县9元/斤，河南光山县11元/斤，江西浮梁县9.2元/斤，湖南蓝山县11元/斤，湖北随县9元/斤，云南楚雄市10元/斤。如此看来，农民种植油茶，除去投入，一亩的收益大约2000元。这样好的事，有什么理由不干？更何况龙头企业承担了树苗、技术服务等成本。

通城的许多贫困户就这样脱贫了。但脱贫摘帽是奋斗起点，不是终点，黄袍山公司正在思考如何在巩固脱贫攻坚成果、接续推进乡村振兴的新征程中做大做强油茶产业，为通城的乡村振兴注入"中国国油"的力量；如何升级冷压榨生产线，提高出油率，从而对产品做到精细和高端化开发……

从2013年开始，黄袍山绿色产品有限公司陆续投入800余万元，开发鲜果前处理工艺，解决油茶鲜果储存、烘干、蒲籽分离、茶籽烘干和储存、茶蒲综合利用的技术问题。黄袍山绿色产品有限公司没有把这一技术攻关看成单纯的工艺问题，他们深知，如何处理油茶树上采摘的鲜果，直接影响到农民的经济利益。新鲜收获的油茶果水分含量非常高，极易发霉变质，不易储存。传统的暴晒依赖天气和场地，一旦天公不作美，处理采摘的鲜果便成为大问题。因此，如果有成熟的鲜果前处理技术，农民就可以直接把鲜果送到企业，从而避免损失，减少周转环节和劳动量。当然，800余万元的技术开发投入最终获得收效。如今，黄袍山绿色产品有限公司实现了直接处理油茶鲜果。目前，该公司年加工油茶籽4万吨、生产高品质茶油1万吨，已形成11个品种的高端油茶籽油系列产品和20大类天然活性洗护用品等。

10年来，在黄袍山绿色产品有限公司的带领下，通城农业产业发展迅速。全县的油茶林总面积已达32.5万亩，有3万余名农民从事油茶产业，年综合产值20亿元。通城一跃成为湖北省油茶的主产区、全国油茶重点县、全国经济林产业区域特色品牌建设试点县。

在通城的黄袍山国家油茶产业示范园，有各种各样的油茶树，开着各种颜色的山茶花。这里不仅是油茶树种的博物园，也是老百姓休闲赏花的景区。除了以树以花宣传、推广、普及油茶知识，黄袍山绿色产品有限公司还在油茶产业示范园修建了全国首家油茶博物馆，博物馆的外观如一艘船。在这里参观者可以了解油茶的种植、加工历史以及高新技术时代的油茶衍生产品。这艘船象征着企业的追求，他们要做油茶行业的一艘大船，一艘装载着幕阜山千年梦想的大船。

- ◎ 天地有大炉
- ◎ 山清水秀送来祥瑞
- ◎ 21世纪的铜草花

工业环保

第二章

青铜歌谣

青铜器的出现标志着人类的文化发展取得又一个划时代的进步。长江流域是中国青铜文化起源地之一，长江中游有代表了古代中国青铜文明最高发展水平的湖北大冶铜绿山古铜矿遗址，有江西瑞昌铜岭商周铜矿遗址以及长江流域早期青铜文明中心武汉盘龙城遗址；长江上游有神秘奇幻的三星堆遗址；长江下游有安徽铜陵古铜矿遗址，等等，它们是中华文明多元一体的丰厚遗产。神奇的是，大冶、瑞昌、铜陵等地也是当代长江沿线的冶金重镇。在21世纪的新发展理念下，它们在新的时代冶炼出了新的文明之花。

天地有大炉

长江流域是青铜文明的发源地，这里不仅有最早的铜矿开采、冶炼的印迹——湖北大冶铜绿山古铜矿遗址，还有被称为"长江流域早期青铜文明中心"的武汉黄陂盘龙城遗址以及有"神秘青铜王国"之称的四川广汉三星堆遗址。它们从不同侧面描绘了我国古代采矿、冶铜面貌，揭示了长江流域与黄河流域古代文明的交流与融合，共同书写了我国青铜文明的辉煌篇章。

武汉黄陂盘龙城是商代中期距今3500多年的古城遗址。1954年抗洪抢险的防汛人员在黄陂的盘龙湖取土时发现了这个古城遗址。据考证，盘龙城遗址城垣的修筑时间在二里岗文

铜绿山

化早期与殷墟文化初期之间，距今3500—3200年。这个湖边岗地出现的古城一经发现便在学术界引起了热烈的争论，最终，大多数人认为它是商朝在南方的政治、军事和经济中心。经过多次专业发掘，在面积达20万平方米的发掘场地上出土了各类青铜器500多件。就数量而言，它是同时期我国出土青铜器最多的遗址，堪称中国长江流域的青铜文明中心。盘龙城遗址的价值不仅表现在它出土青铜器的数量，更在于它的某些青铜器表现出与黄河流域青铜器的紧密联系。比如，有盘龙城镇馆之宝之称的"青铜大圆鼎"就是如此。青铜大圆鼎高85厘米，口径55厘米，重24.36千克。按体型，它是已发现的商前期最大的青铜圆鼎。青铜大圆鼎有两个立耳，立耳为圆角方形。专家发现，这两个立耳与郑州张寨出土的方鼎的耳部形制类似。另外，盘龙城青铜大圆鼎的颈部有一圈流动体饕餮纹，由细线云纹构成。这种装饰纹是商前期的典型纹饰，郑州杜岭出土的公元前 1400 年左右的方鼎，其四壁的中上部就装饰有 8 组饕餮纹。商代社会是一个以宗教信仰为核心的社会，人们重视对神灵的崇拜和祭祀。在祭祀仪式中，饕餮往往被作为祭品祭献，以求得神灵的保佑和庇护。当然，饕餮也往往被认为是神秘的妖怪或邪神，代表着财富和权力。

长江流域发现的青铜器有着与黄河流域青铜器一样的饕餮纹，毫无疑问凸显出南北文化的交流与融合。大多数情况下，尤其在盘龙城被视为商人南下开拓长江流域的"桥头堡"的情况下，盘龙城青铜大圆鼎上的饕餮纹往往会被当作中原文化向长江流域传播的实例。可深入的研究表明，事情可能正相反。在对饕餮纹与良渚出土玉器的神人兽面纹进行全方位、多角度对比之后，不少学者得出了一个大胆的结论：商周青铜器上的饕餮纹，无论是构图形式还是其所反映的社会意识，均与良渚文化玉器上的兽面形象有承袭关系。历史学者赵燕姣认为，商周铜器上的饕餮纹极有可能来自良渚文化玉器神人兽面纹（《学习时报》，2022 年 4 月 29 日）。无论属于哪一种情况，盘龙城大圆鼎和郑州方鼎的饕餮纹都是商代长江文化与中原文化交流融合的见证。盘龙城遗址还出土了全国其他地方没有的青铜器，即铜带錾觚形器。这件青铜酒器造型奇特，有类似爵的喇叭形敞口、类似觚但比觚粗胖的身躯，与斝一样供手提的錾。此种形制的酒器在之前的考古发掘中从未出现过，它的"另类"风格可谓是荆楚地区浪漫绮丽想象的体现。

今天，人们在欣赏、对比、分析盘龙城青铜器与中原出土的青铜器之后，不免会惊叹它们在造型纹饰和铸造工艺上的基本一致，惊叹它们俨然处于完全统一的文化系统中。同时，当人们从盘龙城青铜器的本土特色中领略到长江流域青铜文化的独特魅力，或许又会惊叹长江流域创造出了比肩中原的青铜文明。

本土特色或地域特点，在四川广汉三星堆青铜器身上表现得更加突出而鲜明。三星堆遗址不是单个遗址，而是一个由多处遗址组成的庞大遗址群，距今已有3000~5000年历史。遗址点沿广汉西北的鸭子河左岸分布，东西长5~6千米，南北宽2~3千米，总面积约1200公顷。三星堆引人注目的是其中出土的青铜器与人们熟悉的形象、面貌、造型迥然不同，打破了人们对古代文化已有的思维和认识。比如，高2.62米的青铜大立人就是代表。该青铜立人戴一顶高冠，穿窄袖与半臂式衣服，斜挂一条方格纹饰带，衣服上有龙纹、鸟纹、虫纹、目纹。对参观者来说，这些都算正常，而青铜立人硕大的耳朵、向外鼓出的眼珠、向脸两侧过于延伸的嘴唇、近乎三棱锥形的鼻子，这些夸张的造型才是最具视觉冲击力的。人们不禁要问，这是哪个民族、哪个种族的人的抽象？很快，人们就在古蜀文化中给这个青铜立人的身份找到了解释。大家猜测他就是古蜀的一位祭司，尽管他的手中没有东西，但他弯曲的手做出了"握"东西的动作，他曾经握在手中的可能是象牙、玉琮，或者权杖。

这种对眼睛、鼻子、嘴巴、耳朵的夸张造型在三星堆青铜器中并非个例，而是普遍现象。三星堆出土的20余件大、中、小青铜人面具都带有这种风格，其中的青铜纵目面具则把夸张做到了极致。如果说其他青铜面具的眼珠只是不像中原人的眼珠，青铜纵目面具的眼珠则更加"离谱"，呈柱状，凸出的柱体有

三星堆文物

16厘米长，好像插入眼睛的两个木桩；双耳向两侧伸展，像两扇翅膀；短鼻梁；口缝快要延伸到耳朵的下面。这种想象力在已经出土的青铜器中极为罕见。对这幅面具，不同的人有不同的解说。有人认为这就是传说中的"千里眼、顺风耳"，而更多的人认为这就是神话中的"蚕丛"。"蚕丛"是蜀人的祖先，传说他"教民蚕桑"，在山崖上开凿石洞供人居住，并在成都平原上建立了第一个都城"瞿上城"。蚕丛最典型的面部特征便是"目纵"，即眼睛类似螃蟹的眼珠，是两个向前突起的圆柱。

三星堆出土的青铜神树也被认为与古蜀文化相关。这棵神树高3.95米，枝叶分三层，每层三根树枝，树枝上的花果或上翘，或下垂。上翘树枝的花果上都站着一只鸟，共九只鸟。神树下部悬一条龙，龙头朝下，龙尾在上。不少人猜测这棵青铜神树就是《山海经》中的神木"扶桑",神树上的九只鸟即太阳鸟,象征九个太阳。

不管三星堆青铜器的造型多么独特、奇幻,不管它们蕴藏的地域特色、地域风格多么鲜明、强烈,三星堆青铜器依然显示出了它与整个长江文明和中原文化的统一性。比如,三星堆遗址3号坑出土的圆口方尊,器腹、圈足为方形,口部为圆形,主体腹部纹饰为饕餮纹,并有兽首装饰;肩部有对称的立鸟。专家认为,这件尊的方体圆口确实少见,立鸟是南方风格,但其饕餮纹、兽首装饰却是商代青铜器常见的"标配"。随着对三星堆关注的深入,人们还发现1957年安徽阜南县出土的兽面纹尊与1986年三星堆遗址出土的龙虎纹尊堪称"神似",都是大口、折肩、斜直腹、高圈足,腹部都有浮雕兽面纹。这说明三星堆文明并非孤立现象,3000多年前长江上游与长江中下游无疑存在着文化交流。这种交流、学习、借鉴也不仅限于长江流域,三星堆出土的文物如青铜尊、青铜罍以及玉璋、玉琮、玉璧、玉戈等与黄河流域一致,充分显示了三星堆文明具有中华文化的共同属性。青铜立人、青铜神树、青铜纵目面具等文物,不仅呈现了古蜀文明的灿烂辉煌,也印证了中华文化的丰富性和多样性。

盘龙城的青铜器也好,三星堆的青铜器也罢,它们的前提是必须有铜矿,有冶炼铜矿的技术,不然,打造奇幻的三星堆青铜器和精美的盘龙城青铜器都无从谈起。那么,长江流域的先民开采铜矿、冶炼铜矿的技术如何,铜矿又在什么地方呢?要准确回答这一问题并不容易,但长江中游的湖北大冶铜绿山古铜矿遗址或许会给我们提供一些启发。

黄石是长江中游的冶金工业重镇,大冶是湖北黄石下辖的县级市，这里的铜绿山古铜矿遗址被认为是改写了世界冶金史的考古发现。从遗址发掘出的地下采区、采矿井巷、冶炼场、炼铜炉、炼铜炉渣等，经科学鉴定，时间可以追溯到距今3000多年前的殷小乙时期。根据遗留的40多万吨炉渣推算，古人在铜绿山炼出的铜不少于8万吨。而且，考古工作者发现，铜绿山的矿工已经采用竖井与斜井、群井与短巷联合开采，井下支护、排水、通风、照明等措施完善。在冶炼技术上，铜绿山遗址发现的鼓风竖炉可以使炼铜温度达到1200℃左右，并且可以实现连续加料、冶炼、排放渣液和铜液。对铜绿山遗址炉渣的检测还表明，东周时期古人在铜绿山炼出的粗铜，其纯度高达93%以上，已处于当时世界先进水平。

就开采、冶炼铜矿的历史而言，黄石是一块古老的土地；但就地名而言，"黄石"却是一个年轻的城市。1949年之后才有"黄石市"，在此之前，大冶县设置有"石灰窑镇"和"黄石港镇"。石灰窑镇所在的黄荆山明代就有人烧制石灰，到了清代，烧制石灰已成了产业，形成了一个集镇。黄石港镇的得名，则是因为它是当时长江武汉到九江段的重要港口，且这里曾经有一个矶头，矶头上石头的颜色呈黄色，所以把港口叫"黄石港"。此后，石灰窑镇、黄石港镇又合称为"石黄镇"。1949年5月，中南军政委员会在大冶成立湖北省大冶工矿特区，管理大冶及石黄镇地区，这是新中国第一个工矿特区。1950年7月，在大冶工矿特区的基础上成立了黄石市。1950年8月经国家政务院批准，黄石市正式建立，石灰窑镇、黄石港镇再一次分开，成为黄石市管辖的镇，而过去的大冶则成为黄石市管辖的县级市。

很显然，"黄石"的"黄"来自"黄石港"，"石"则取自"石灰窑"。这座城市的名字似乎一开始就在提醒人们，黄石是一座与矿、与港口密不可分的城市。幕阜山脉是洞庭湖平原与鄱阳湖平原之间的一列褶皱断块山脉，山体呈北东—南西向绵延于湘鄂赣三省边境，北边是江汉平原，东边是鄱阳湖平原，西边则是洞庭湖平原。黄石正处于山脉末端抵达的长江右岸。据说，幕阜山原来的名字叫"幕浮山"。它的意思是，不管洪水有多大，这座山始终漂浮在水面之上。这个说法不一定新奇，却很形象。幕阜山的西、北、东三面被洞庭湖、鄱阳湖、长江包围着，都是水。幕阜山的主峰天岳山海拔1596米，在我国各大山脉中并不算高，却具有许多大山没有的神性。比如，不少人认为幕阜山就是伏羲的陵苑，即《禹贡》记载的"岷山导

幕阜山森林公园

江……又东至于澧……至于东陵"的东陵。据说大禹治水时曾登幕阜山祭拜伏羲，晋代葛洪在《幕阜山记》中说："山有石壁刻铭，上言：禹治水，登此山……洪水之灾，居其上可以度世。"可见此事并非空穴来风。幕阜山在秦始皇的心目中也很重要，公元前210年、公元前219年，秦始皇两次巡视南方都到过幕阜山。公元前219年这一次，秦始皇是先东行，登泰山，勒石刻碑，然后南下安徽，渡淮河，到河南、湖南。而公元前210年这一次，秦始皇则是先来到长江边的云梦泽、洞庭湖，南下湖南，然后到安徽、江苏、浙江、山东，至今幕阜山上还有一处景观叫封岳台。

除了帝王，各路神仙也钟爱幕阜山。道家把幕阜山称为第二十五洞天，传说葛洪就在幕阜山羽化成仙，平江古八景之一的幕阜丹岩以及下狮岩的炼丹石室都是与葛洪有关的遗迹。民间传说八仙之一吕洞宾在幕阜山上与仙人下过棋，证据来自吕洞宾自己的词句"昨日南京，今朝天岳，倏焉忽焉"，这首《沁园春》见之于许多典籍，也被视为书写岳阳的名作，收录在《隆庆岳州府志》中。八仙中的另一位张果老也曾在幕阜山修炼，幕阜山山门坐落的山岭至今还叫"张果老"。幕阜山优美的风景不仅吸引神仙道士，也因为其独特的气候和丰富的植被，成为采药人眼中的宝库。幕阜山东段湘鄂交界处有一座山就叫"药姑山"。传说一个从昆仑山来的姑娘在此种了很多药草，就缺甘草与黄连，原来她在来的路上将甘草与黄连掉在了四川，至今药姑山还有歌谣"药姑山上百草全，只缺甘草和黄连"。当然，有了幕阜山，也就有了幕阜山上的各种异草怪木，也就有药师在此采药。传说春秋时期的药王桐君就有过在幕阜山结庐采药的经历。

幕阜山就是这样一座沉淀了深厚文化的大山，但人们在赞美它的时候，却往往遗忘了这里还有另一种宝库，即丰富的铜矿、铁矿、金矿以及石灰石、硅灰石、方解石、白云石、石膏、陶瓷土等非金属矿产。不可思议的是，这些丰富的矿产似乎都集中在幕阜山向北延伸的边缘——长江边的黄石大冶。大冶的市域面积约为1566平方千米，只比武汉市的新洲区稍大一点点，但在这块土地上，已发现和探明大小矿床273处，发现矿产65种，探明资源储量的有42种，其中，能源矿产1种，金属矿产12种，非金属矿产29种。能源矿产主要是煤，储量7625万吨；金属矿产以铜、铁、金为主，其中，铜储量239万吨，是全国六大铜矿生产基地之一；铁36451万吨；金13.48万吨。非金属矿产主要有石灰石、硅灰石、方解石、白云石、石膏、陶瓷土、水泥用灰岩等，其中，硅灰石储量居世界第二位。

如果只是比较铜矿的储量、产量，大冶并非一家独大，在全国七大铜矿、铜冶炼基地中，大冶往往排在第六位。在长江下游，离黄石约400千米的地方，有著名的因铜而兴、因铜得名的铜陵。铜陵不仅有悠久的铜矿开采冶炼历史，其铜矿已探明地质总储量1亿吨，占安徽省的40%，日采选矿石13000吨。而在鄱阳湖东边离余干县仅120千米的地方，有号称"铜都"的德兴市，这里有中国最大的露天铜矿，境内现已探明有开采价值的铜金属储量达1000多万吨，年产铜量居中国之首。在长江的上游金沙江畔的东川等地，有储量居全国第二位的云南铜矿基地。云南东川有2000多年的铜矿开采历史，素有"天南铜都"之称。东川铜曾经是清朝铸币的主要原料，据说清朝钱币的70%系东川铜所铸。2019年云南三源地质勘查有限公司发布资源核查报告，称东川矿区累计查明铜矿石量387.5千吨，铜金属量4320.11吨。

既然如此，大冶在中国铜矿开采和冶炼历史中的地位在哪里呢？关键在"古老"和"持续时间"，大冶铜绿山铜矿是"持续开采时间最长的古铜矿"。说古老，大冶开采铜矿始于商代，在中国已经发现的古铜矿遗址中开采时代最为久远；说持续时间，大冶铜矿从商代经西周、春秋战国延续至汉代，长达1000余年，在中国已经发现的古铜矿遗址中持续生产时间最长。

1973年6月，大冶有色金属公司的矿工准备采用机械化进行露天开采。这家企业虽然冠以一个并不知名的小地名"大冶"，但地位却不一般。1953年，即国家"一五"计划提出的当年，大冶有色金属公司就成立了，国家"一五"计划总共有156个重点项目，大冶有色金属公司即是其中的一个。当然，今天它也不一般，经过70年的发展，它已成为集采矿、选矿、冶炼、化工、压延加工、余热发电、综合回收、科研设计、地勘、建筑安装、机械修造、动力运输等于一体的国有特大型铜业联合企业。在2013年中国企业500强的排序中，大冶有色金属公司位列第180位。

此前，经过几年的准备工作，矿山基建已经完成，可以露天开采了。就在露天开采的过程中，工人们不断发现矿体顶部、山腰及山坡地表似乎有被人捷足先登的痕迹，如采矿井巷、各种支撑构件、堆积的炉渣、古老的冶炼炉、挖掘工具、生活用具等，矿工们对此深感困惑，感觉到有人已经在此开采过铜矿。"莫道君行早，更有早行人"，现在，这些操纵现代大型挖掘机的工人们明白了，他们并不是第一批在铜绿山挖矿的寻宝人。

大量不同寻常的发现引起了企业领导的注意，他们决定将所发现的一件工具寄到北京。1973年10月20日，大冶有色金属公司将一件重达3.5公斤的铜斧放在一个木箱里，并附上了一封简单的信函，邮寄给中国历史博物馆（今国家博物馆）。这封简短的信函写在一张"大冶有色金属公司铜绿山矿"的信笺纸上，在手写的9行字里，执笔者表达了对这枚铜斧的猜测，即它可能是当地人传说的800多年前岳飞带领士兵开矿留下的遗物。写信人也表达了邮寄铜斧的初衷，即为了保护历史文物，希望对历史研究能起到一点作用。信的落款是"大冶有色金属公司铜绿山革命委员会"。

铜绿山的矿工们没有想到，很快就收到了中国历史博物馆的回复，要求铜绿山矿保护现场，等待专家组调查。1973年11月7日，中国历史博物馆的专家范世民、孔祥星和湖北省博物馆的专家李天元一起来到铜绿山，一项考古史上的重大发现由此拉开序幕。从1973年11月开始，直至1985年，经过持续十多年的考古调查，考古工作者在铜绿山约2平方千米的采冶遗址范围内清理出7个露天采场、18个大型地下开采区，发现古代采矿竖井、斜井199座，大小平巷177条，井巷长8000多米。除此之外，还在50多处古冶炼场发现古炼铜炉数十座，以及铜斧、锤、锛、凿、锄、铁质斧、木制铲、锹、桶、陶罐、陶片等400多件，矿冶标本1000多件。

青铜的挖掘和冶炼是人类进步的标志。它的出现意味着人类不再以石头作为工具，社会生产和生活面貌焕然一新。河南安阳小屯村是3000多年前中国商朝的都城遗址，自19世纪20年代开始，考古工作者在这片30多平方千米的土地上发现了大量的青铜器。这些青铜器不仅是统治者权力、财富、地位的象征，也是殷商王朝巩固和扩张国家势力的重器。令人疑惑的是，考古工作者在河南安阳殷墟只发现了坩埚、陶范和陶模，却没有发现铜矿石，表明这些青铜器的原料并不在当地。而只有明确了铜矿石的来源，才能说明殷商青铜文明的属地性质。

20世纪80年代以后，人们对青铜器的研究深入到铜器的合金成分和微量元素方面。各地的铜矿所含的微量元素不同，而且有些微量元素极其稳定，不会因为冶炼加工而改变，这些数据就如矿石的基因，是铜矿的独特标识。在科技考古的进展中，国内外考古工作者发表了大量各地铜矿的铅同位素数据，这些数据对认识青铜器铸造原料的来源开辟了新的视角。

铅同位素技术之所以被用于判断青铜器原料产地，一个重要的原因是，铜与铅、锌等元素常伴生在一起，天然铜矿一般都含有铅、锌、镍、钴、矾等元素。另一个重要的因素是铅元素的性质。自然界中铅以204Pb、206Pb、207Pb、208Pb四种稳定同位素存在，其中204Pb为非放射性成因的铅，自地球形成以来就没有变化；后三种放射性成因铅分别是238U、235U、232Th经一系列衰变后的最终产物。根据后三种同位素含量的比值，地球化学工作者将地球上的铅划分为普通铅和高放射性成因铅。Pb（207）与Pb（206）的比值为0.7~0.78的铅被称为高放射性成因铅。一件青铜器无论它的原料来自哪里、经过如何的冶炼和铸造过程，铅同位素比值一般不会发生变化，也就是说，青铜器里的铅依然保持着原料产地的铅同位素比值；而不同区域铜矿的铅同位素比值不同。由此，便可以通过测定青铜器的铅同位素比值来探索其矿料来源。

自20世纪60年代开始，利用测量青铜器的铅同位素比值判断铜矿产地逐渐成为科技考古领域的重要手段，并成为科技考古的新兴领域。这一科技手段也极大推动了中国考古界对青铜器的分析与研究。我国最早把铅同位素用于考古的学者金正耀在对殷墟部分青铜器进行铅同位素测定后，发现6件出自妇好墓的青铜器，其铅同位素比值与湖北大冶铜绿山古铜矿遗址样品的铅同位素比值接近。盘龙城遗址有部分青铜器的铅同位素比值也在大冶铜绿山样品的铅同位素比值范围内。这意思是殷墟以及盘龙城的青铜器可能利用了大冶铜绿山的铜矿原料。20世纪90年代，随着铅同位素技术的进一步发展（尤其是测试仪器、设备的升级），中国科技大学彭子成教授等专家分析了江西瑞昌、铜岭，河南安阳、郑州、淅川，以及安徽、河北、新疆等地的青铜器、炼渣、古矿石样品。铅同位素测试表明，河南安阳的矿料部分来源于郑州古铜矿或大冶铜绿山铜矿。随着2020年三星堆"祭祀坑"新一轮考古发掘工作的启动以及2021年三星堆6座"祭祀坑"考古发掘成果的发布，三星堆青铜器原料来源及其性质再次引起关注。2022年6月24日，《中国文物报》刊发了北京大学考古文博学院崔剑锋教授等人的文章《试论高放射性成因铅——商代中华文明多元一体的科学实证》。该文回答了三星堆与中原文化的关系，当然也从铅同位素技术和青铜资源管控模式的角度，回答了有关三星堆青铜器来源的疑问和猜测。

在铅同位素比值的测量中，科技工作者发现三星堆青铜器含有高放射性成因铅，但关于商代高放射性成因铅的地质来源一直没有定论。崔剑锋等人认为三星堆遗址中发现了曾经和中原商文化密切交流的证据，即商人独有的铜礼器，这说明三星堆高放射性成因铅与同时期殷商铜器中的高放射性成因铅具有共同来源，可能来自中原或者长江中下游地区。同时，崔剑锋等人提出了另外一个路径：与其讨论高放射性成因铅的来源，不如探讨商代铜矿资源的管控模式。通过搞清商代铜矿资源的管控与流通，同样可以获得对三星堆以及其他遗址青铜器原料产地的认识。

崔剑锋等人在对商代青铜资源的管控模式进行研究后发现，武汉盘龙城等商人据点获得的青铜资源和河南郑州、偃师的完全相同，这些区域的商人都掌握与中原差不多的铸造技术。这说明早商时期在商人控制的区域内，技术、原料都可以顺畅流通。晚商时期，商文化急剧收缩，商文化以外的三星堆等非殷控制区域很可能通过贸易获得青铜器或者青铜原料。三星堆等遗址的本地风格器物虽然各具特色但依然带有浓厚的中原印记，这就是晚商时期铸铜技术和原料广泛互动的体现。因此，风格独特的三星堆文化无疑是商代中华文明多元一体的宏大格局的确证。

将古老的青铜器中透露出来的信息汇集起来，人们对长江边的大冶铜绿山古矿原料的去向有了比较清晰的认识。原来，商代晚期，大冶等古铜矿的一部分原料流向了商王朝统治南方的政治中心盘龙城，并以盘龙城为中转站输送到了中原的商王朝或其他地方。

虽然今天盘龙城所处的位置在武汉的三环线外，与长江之间隔着汉口众多的高楼大厦，但3000多年前盘龙城与长江之间却不是这般景象，而是蜿蜒着府河、汉江，以及由它们冲积而成的众多湿地。盘龙城出土的青铜器在我国出土的商代前期文明中算得上首屈一指，数量超过郑州商城，而且考古工作者还发现了大规模铸铜的遗址，如浇铸青铜器的陶范、铸铜的木炭，以及铜颗粒、坩埚，等等。考古学家、历史学家一直认为

盘龙城遗址博物馆

  这些精美的青铜器是商王朝势力扩展到长江的证据，而盘龙城不仅是商王朝在南方的政治中心，也是商王朝南征的据点，是商王朝控制南方战略资源铜的中转站。

  从黄石大冶经长江到武汉盘龙城只是大冶铜矿向外输出的线路之一。学者们认为，新石器时代至夏商周时期，大冶铜矿还经长江，进汉江，最后抵达天门石家河古城。石家河是江汉平原腹地天门市的一个乡镇，它就如一片树叶躺在大洪山与江汉平原接合部，地势由北向南倾斜，南北长、东西短，海拔为28~36米。石家河石姓居多，又有河流连通天门河，由此得名石家河。从大洪山下来的东河、龙西河由南向北穿过石家河镇，汇入汉北河、天门河，然后由西向东，汉北河在武汉市东西湖区与汉川市交界的新沟汇入汉江，天门河在汉川市城区汇入汉江。当然，它们也可以通过龙咀河、杨家新沟等南北向的小河沟直接注入汉江。石家河距黄石大冶200千米左右，距离汉北河边的著名集镇、明代竟陵派文学创始人谭元春的家乡黄潭10多千米，到江汉边的大码头岳口也不到30千米。

便利的水上交通为铜矿向石家河输入提供了可能。在发现盘龙城遗址的同一年，即1954年的冬天，人们在石家河兴修水利工程的时候发现罗家柏岭、杨家湾、石板冲、三房湾等多个村湾都有古遗址存在，这便是后来被列入中国20世纪100项考古重大发现之一的"石家河遗址"。在许多人眼里，石家河一直以"玉器文化"而闻名。这里出土了240余件玉器，它们代表了史前中国乃至东亚地区玉器加工工艺的较高水平。这些4000多年前的玉雕作品即使放在今天的玉石加工工艺水平面前，也毫不逊色。比如，石家河遗址的人首面像、神人头像、连体人头玉玦，其生动细腻的神态、逼真写实的轮廓、强烈的装饰性和设计美感，都令观者惊叹。人们很难想象，几千年前的古人如何用简单的工具打造出如此精美绝伦的艺术品。

少为人知的是，石家河也有古人冶炼铜的痕迹。在石家河的邓家湾、肖家屋脊、罗家柏岭发现了多处铜绿石、铜渣以及铜器残片。经化验，铜绿石为品位相当高的铜矿石，很显然它们不是石家河本地的矿产，而是从外地运来的原材料，其时代相当于石家河文化早、中期。除此之外，石家河遗址中还发现了打碎矿石、洗选矿、研磨矿料粉、鼓风、冶炼、熔铜液、锻造、铸造、加工铜器的各种工具。毫无疑问，石家河的先人们曾经冶炼过铜。著名历史学家郭静云等人认为石家河曾经是青铜冶炼的中心。那么，石家河的铜来自哪里？巧合的是，在大冶铜绿山的考古中，发现了石家河文化晚期或后石家河文化时期的陶罐（鼎）残片。令人兴奋的巧合还有，2016年考古工作者在铜绿山遗址墓葬区的一个壁龛中发现了一件石家河文化的陶鼎足。1981年考古工作者在阳新县白沙镇土库村发现了炼铜坩埚、铜铁矿料、炼渣、红烧土堆积和青铜片等冶炼遗存，经鉴定，这些遗存在时间上属于石家河文化晚期和后石家河文化时期。这片遗存后来被命名为阳新大路铺遗址，离铜绿山东南约15千米。这些迹象表明，石家河的铜矿来源于大冶，或者说石家河人去过大冶。有专家推断，距今4000年左右，石家河文化先民曾经在大冶、阳新等幕阜山地区多个矿区从事铜矿开采活动。

幕阜山地区的金属矿藏主要分布于主脉西北侧的余脉上，地形多为低山丘陵，西北起于大冶，经阳新、瑞昌而至九江一带。今天，黄石到瑞昌的公路距离为100多千米，一个多小时。如果走长江，黄石到瑞昌仅70多千米。从地形上看，长江在武汉的青山拐了一个大弯，由西南—东北方向转而向东，在鄂州则斜向东南插过去，过了浔阳就从湖口转向东北，朝南京流去。大冶、阳新、瑞昌就处在鄂州到九江这条斜线上，由西北向东南并排躺在长江边，它们的背后则是横亘在湖南岳阳与江西九江之间的幕阜山脉。历史学家认为，就在这块长江边的幕阜山区诞生了长江中游的青铜文明，在这一带的人们掌握青铜采冶技术的时候，周围地区还没有青铜文明，至少还没有考古证据表明周围地区也有人掌握青铜冶炼技术。

在长江边，幕阜山绽放出的耀眼异彩就像是天造地设。幕阜山以及长江下游的另一个青铜文明中心安徽铜陵，在大地构造上主要属于下扬子台褶带，位于扬子地台的东北端，靠近中朝地台东南部，为一向南突出的弧形断裂坳陷带。在下扬子坳陷中由武汉到镇江的沿江地段，从早古生代开始到早中三叠世，普遍为坳陷沉降带，中三叠世后各地普遍隆起。这一地质构造演化特点对铁铜矿床的分布起着明显的控制作用，即相对的沉降区以铁为主，相对的隆起区以铜（金）为主。安徽铜陵、江西九江、湖北阳新一带为相对隆起区，在中酸性侵入岩体同石炭—二叠纪、中下三叠纪碳酸盐岩围岩的接触带上，有大量铜（金）矿床产出，如安徽的铜官山、铜山等，而在坳陷区和相对隆起区的过渡带（如大冶），在闪长岩类、石英二长岩和花岗闪长岩与三叠纪碳酸盐岩石的接触带上，则有铁（铜、金）矿床分布。事实的确如此，幕阜山区的金属矿床，除了湖北大冶的铁（铜、金）矿床、阳新的铜（金）矿床外，还有江西瑞昌的铜（金）矿床。从瑞昌往东北300多千米，安徽的铜陵更是长江下游著名的金属矿产地。

令人困惑的是，在没有找矿技术，没有勘探工具的远古时代，长江中下游的先民是如何找到铜的呢？人们对此有许多猜测。当然，在地质学诞生之前，在采矿工程技术出现之前，所有的猜测无一不是来自经验。可以想象，一个人突然看见一块铜与一个小朋友在路上突然发现一枚硬币一样，无比意外又令人惊喜。这个幸运的先民在山坡上攀爬的时候，也许是在溪流边饮水或者在灌木丛中寻找食物的时候，突然发现一块紫红色的石块。开始他以为只是一块色彩很特别的石头，但经过敲打，发现这块石头与他过去见过的石头都不一样，柔软，很容易打造成各种形状。他当然不知道手中的石块就是纯度达99%以上的自然铜（红铜）。不仅他有这样的好运气，蚩尤也在地面上遇见过自然铜。传说有一年山洪暴发，洪水将许多石头从山里冲出来，蚩尤发现有的石头与常见的石头颜色明显不同，很快又发现这种石块可以熔化并敲打成兵器。既然山洪可以冲出这种石块，那么山里一定还有，于是他开始专门寻找这种石块，并用来冶炼兵器。《山海经》曾经以四个字"蚩尤作兵"记录蚩尤制造兵器的事迹。掌握了先进兵器的蚩尤得以兼并了其他部落，并有了与黄帝争霸的实力。不过，在女神旱魃的鼎力相助下，黄帝最终赢得了战争。蚩尤的兵器输给了女神的法力。

与《山海经》差不多同一时期的著作《管子》则对蚩尤以铜造兵器的故事作了适当演绎："葛庐之山发而出水，金从之，蚩尤受而制之，以为剑铠矛戟。是岁相兼者诸侯九。雍狐之山发而出水，金从之，蚩尤受而制之，以为雍狐之戟芮戈，是岁相兼者诸侯十二。"这几句简短的文字叙述了蚩尤的壮大过程，每一次都与铜有关。第一次是在葛庐山发现了铜，凭借这些铜做出来的兵器，他兼并了9个部落。第二次是在雍狐之山发现了铜，凭借这些铜造出来的兵器，蚩尤兼并了12个部落。金，并非指黄金，而是铜。葛庐山、雍狐山在今天什么地方说法不一，有人认为二山都在山西运城附近，甚至认为葛庐山就是中条山。今天人们已经知道中条山不仅有铜，而且铜矿储量达330万吨。也有人说雍狐山在今天张家口或者承德的滦平，蚩尤派出的采金队花费了许多时间，终于在雍狐之山发现了一处优质的含铜矿石。更有人说，对照《山海图》的记载，《管子》提到的雍狐山、葛庐山应该在今云南或贵州。要把神话中的每座山定位到今天的地图上，这无疑很难，但有一点是肯定的，《管子》不止记录了蚩尤找铜矿的两座山，而且汇集了远古时代神州大地上诸多有金属矿藏的山，从而成为最早的探矿指南。《管子·地数篇》总结了山的颜色与金属矿藏，以及不同矿藏相生相伴的

铜草花

关系，比如"山，上有赭者，其下有铁"，就是寻找铁矿的经验，赭色的土一般都是赤铁矿风化后形成的。又如"上有铅者，其下有银；上有丹砂者，其下有金；上有磁石者，其下有铜金"以及"上有陵石者，下有铅、锡、赤铜"，这些都是对铅与银、丹砂与金、磁石与铜金等不同矿藏亲密关系的总结。

早期先民在梳理找矿经验时却遗漏了重要的一条，即根据一座山的植物来寻找矿藏。长江中下游的铜矿带，从湖北大冶、江西瑞昌，到安徽铜陵，都生长着一种俗称"铜草花"的植物。今天，在长江中下游，人们依然相信古代先民正是踏着铜草花的脚步找到了铜矿，有古老的民谣作证："牙刷草，开紫花，哪里有铜，哪里有它。"牙刷草是民间对铜花草的另一种形象的叫法，这种称呼虽然俗气，却准确描绘了植物的花形，即形似牙刷。从9月开始，一直到11月，从江南到江北，许许多多的山丘上都可以见到这种草，开着玫瑰紫的唇形花，穗状花序明显偏向一侧，像一把把竖立的牙刷。它的学名叫香薷，是唇形科里的一种一年生草本植物，茎方形，直立，高30~50厘米；叶对生，卵状三角形，边缘呈锯齿状，长3~6厘米，宽0.8~2.5厘米，全草香气浓烈。在《本草纲目》、《千金方》等古人的中医药著作中还可以见到香薷更多的别名——香菜、香戎、香茸、紫花香菜、蜜蜂草。并且，在各地生长的香薷中，江西的产量最大，品质最好，俗称"江香薷"。中医认识到这种野草性味辛、香气浓，煮水后饮用可以发汗解表、利尿消肿。《红楼梦》曾写过林黛玉用香薷汤解暑的情节。听说有人要给贾宝玉说媒，林黛玉受了刺激，刚喝下去的香薷汤便吐了出来。现代药理学解释，香薷的治病机制在于挥发油，也就是精油。香薷挥发油的主要有效成分是香芹酚，另含香芹酚乙酸酯、麝香草酚、对聚伞花烃、香薷二醇，还含有 γ-松油烯、β-蒎烯、α-水芹烯。这些成分使得香薷具有广谱抗菌和杀菌作用，并有直接抑制流感病毒的作用。看来，在社会生活的层面上，香薷在很长时间被古人当作一种有疗效的香料植物。

尽管长江中下游很多地方都有香薷，但植物学界仍然把香薷叫"海州香薷"。1932年10月16日，植物学家张宗葆在连云港的云台山发现了紫花烂漫的香薷。云台山靠海，并不高，却名气很大，传说西游记中的花果山水帘洞就在这里，如今此地在行政区划上的地名叫"海州"，"海州香薷"就这样被记入了《中国植物志》。将近20年后，人们才认识到海州香薷与铜矿有关。1950年，勘查地球化学家谢学锦刚刚获得了一份新的工作——在南京矿产测勘处化验室分析矿石。谢学锦的父亲是著名地质学家、矿床学家、中国近代矿床学的开拓者谢家荣。作为地质矿产领域大师级的专家，谢家荣无疑会对从事矿产勘测的儿子产生重要的影响。果然，谢家荣在一本英文杂志上读到一篇关于勘查地球化学的文章，他异常兴奋，因为当时的中国几乎还没有人从事这一工作。谢家荣告诉谢学锦，未来，作为一门学科，勘查地球化学必将处处有惊喜，遍地是舞台，他要谢学锦前往安徽，迅速着手勘查地球化学调查。1951年9月，谢学锦与好友徐邦梁一起来到了安徽安庆市怀宁县月山镇。怀宁县月山一带在地理上大致属于沿江平原低山丘陵区，地处大别山外围余脉。这里离安庆仅仅18千米，并不算偏僻，但很少人了解月山镇有丰富的矿藏。早在20世纪20年代初期，谢家荣就对长江中下游的地质矿产进行过系统考察，对长江两岸的矿藏情况，他比一般人要清楚得多。在他的心里，月山镇就是一座宝库，他希望能从化学的角度验证他的猜测。

28岁的谢学锦在月山到处采集土壤、岩石，然后把他们带到租住的民房里做化学分析，希望通过分析数据找到矿藏。在看似平淡的工作中，谢学锦突然想到，为什么月山到处都有一种开紫花的叫"海州香薷"的野草？这些野草的穗状花序似乎听从某种命令一律倾向一侧，这与月山的土壤有关系吗？谢学锦通过化验，发现"海州香薷"的根部、茎秆里的铜含量比一般植物高很多倍，这些铜毫无疑问来自月山的土地，因此他猜想"海州香薷"可以作为铜指示植物。这是一个具有里程碑意义的实验，是中国勘查地球化学的首次实验，并且发现了铜矿指示植物——海州香薷。在中国找矿历程中，这次看似有趣、偶然的发现被视为中国勘查地球化学的起点和奠基石。

今天，人们已经熟知，安庆怀宁的月山镇是一个蕴含丰富矿藏的小镇。从1956年开始，经过几十年的勘测，科技工作者已经查明，月山镇境内矿产资源主要有石灰石储量3.9亿立方米，铜储量500万吨，铁储量近千万吨，钼储量2600万吨，另有金、银、铀等稀有矿产待开发利用。20世纪80年代，铜陵有色公司着手在月山镇筹建了安庆铜矿（原名西马鞍山铜矿），那些从地层深处被挖掘出来，闪烁奇异光彩的石头，验证了谢学锦当年从"海州香薷"含铜量得出的猜测。就在安庆铜矿开始筹建的时候，1980年，谢学锦当选为中国科学院学部委员。

山清水秀送来祥瑞

现在，人们终于明白铜草花歌谣里的"哪里有铜哪有它"原来并非说说而已的歌词，它实际上道出了铜草花与铜矿之间千真万确的关系。在长江中下游的产铜区，古人似乎从未怀疑过铜草花歌谣的真实性，并把这首简单的歌谣当成了生存和进步的指南。

铜草花对江西省瑞昌市夏畈镇铜岭村的村民有特别的意义，因为这里有古代采矿遗址，即铜岭古矿冶遗址。与在大冶发现铜绿山古矿一样，铜岭古矿冶遗址的发现也是因为施工，不同的是，此次是修路。1988年3月铜岭村村民在江西铜岭钢铁厂（即后来的江西九江冶金总厂）矿区修路时，发现了大量已腐蚀的古矿井木支护和木铲、木锤等木制采矿器具。经过现场勘察，初步确定这里是一处古代大型采矿遗址。在随后的考古发掘中，当地农民还上交了一个修路时挖掘出的木辘轳，对木屑进行碳14鉴定，显示其距今约3300年。这说明铜岭村遗址是商周时期的采铜遗址，后来的研究则将铜岭村铜矿开

瑞昌

采的最早年代界定为商代中期，历经西周、春秋以至战国早期。从 1988 年开始到 1993 年，经过 5 期考古发掘，共梳理出竖井 103 口，平巷 19 条，马头门 8 座，露天槽坑 2 个，工棚 6 处，选矿厂 1 处，围栅 2 处，斫木场 1 处以及采矿、选矿生产工具和生活用具 468 件。整个遗址分采矿区、冶炼区、生活区，总面积约 3.5 平方千米。这是继湖北铜绿山古铜矿遗址之后，在长江边发现的另一处早期采矿遗址。

今天，在游览铜岭古矿冶遗址的时候，你多半会听到导游对古人找矿的猜测，导游也多半会骄傲地向游客介绍当地遍地生长的铜草花。在当地人看来，铜草就是铜矿的苗，而夏畈铜岭的铜草花则被列为瑞昌市的"五朵金花"*之一。从铜草花到"五朵金花"是瑞昌转型发展的一个形象说法。

> ★瑞昌市的"五朵金花"：夏畈铜岭的铜草花、武蛟乡的油菜花、洪一乡和肇陈镇的桃花、横立山乡的梨花、南阳乡的荷花

在相当长的时间里，江西瑞昌的经济是一枝独秀，这一枝便是以"铜草花"为代表的工矿业。在江西，瑞昌算不上大县，论人口只能排在四十位之外，同样隶属九江市管辖的修水县、都昌县的人口都比瑞昌多，分别为71.06万、57.77万，而瑞昌市只有40.4万人；论国土面积，瑞昌市在江西也只能排在第四十位，修水、都昌都超过瑞昌，瑞昌的国土面积1423平方千米，修水的国土面积4504平方千米，是瑞昌的3倍多。尽管如此，瑞昌市却是江西省重点工业县市，矿产资源极为丰富。根据勘测资料，瑞昌的金属矿产以金、银、铜为主，但铁、锡、铅、锌、钼、钴、镁的储量也不小。瑞昌已探明的黄金储量达80吨，矿点56个，黄金生产在江西名列第一位，人称"万两黄金市"。除了金属矿产外，瑞昌还有大理石、白云石、方解石、滑石、石灰石、云灰岩、煤、硫、镁质黏土、瓷土、硫矿等非金属矿产。其中，以大理石为主的石材资源储量多达3.5亿立方米，石灰石储量25亿立方米以上，已探明的硫矿储量1246万吨。

40万人，1423平方千米的版图，却拥有如此丰富的矿藏，对这样一块淌金流银的土地，古人大约早已看出了端倪，于是，干脆把汉语里表达无比吉祥的名字给了它——瑞昌。瑞昌其实并非一开始就叫瑞昌，公元939年之前，浔阳西部这块土地还叫赤乌场。赤乌是传说中远古时代的一种瑞鸟，至于究竟是什么鸟，说法纷纭，有人以为就是乌鸦，有人则认为是鹡鸰的

鹈，反正是红色的鸟。《吕氏春秋·应同》记载，这种鸟曾经口衔丹书飞到岐山，向周文王宣谕天命。因此，能有幸看见赤乌是一种祥瑞。三国时期孙吴政权的程普看见过赤乌，并且就在瑞昌这个地方。传说他头天看见赤乌，第二天就从赤壁传来了大败曹操的战报，于是便将此地命名为赤乌。今天在瑞昌市区以及南阳、武蛟、范镇等乡镇，还有近2000人号称程普后裔，他们持有的《程氏宗谱》不但记载了程普在浔阳的行迹，还绘图标明了程普墓的位置，根据这个位置人们找到了程普墓。当然，孙权也看见过赤乌，并因此把"赤乌"作为年号使用了14年（公元238—251年）。南唐升元三年（公元939年），江州浔阳县的赤乌场升格为瑞昌县，取祥瑞昌盛之意。

原来，古人并不是单凭"铜花草"找到了这块宝地，还有其他的线索。当代人自然不会忽视瑞昌宝地。瑞昌向北10千米左右就是长江，向西则是幕阜山的崇山峻岭，20世纪60年代开始，众多三线企业开始向瑞昌迁移，丰富的矿藏、便利的水陆交通、方便隐藏的地理环境，这是布局三线企业不可多得的好地方。小小的瑞昌一下成为江西长江边技术人才和机器设备密集程度最高的地方。武山铜矿、造船厂、船用机械厂、仪器厂、水泥厂、油嘴油泵厂等一批大中型企业纷纷崛起，形成了矿冶、轻纺、机械、建材四大支柱产业。经过几十年的经营发展，瑞昌市成为江西省30个重点工业县（市、区）之一，拥有江西最大的台资企业亚东水泥、江西最大的港资企业理文造纸和理文化工、江西最大的造船基地江联造船。亚东水泥、理文造纸、理文化工等3家工业企业税收过亿元，武山铜矿、天启新材料等17家重点企业税收过千万元。2020年江西民营企业100强中，瑞昌市有3家；制造企业100强中，瑞昌市占了 4 家。早在 2010 年，瑞昌规模以上工业企业就达到了 109 家，实现工业增加值 36 亿元；规模以上工业主营业务收入完成 144 亿元、实现利税总额 13.6 亿元。对于一个 40 万人口的小县，这样的成绩堪称奇迹。

瑞昌的变迁史中有一个细节令人至今念念不忘。1989 年瑞昌申请撤县设市，当时撤县设市有一条硬标准，即总人口 50 万以下的县，需要同时满足县政府驻地所在镇的非农业人口 10 万以上、常住人口中农业人口不超过 40%、年国民生产总值 3 亿元以上三个条件，才可以设市撤县。3 亿元这个门槛拦住了许多想要变成市的县，不了解瑞昌的人以为这一条也会难倒瑞昌。他们哪里想到，这个硬指标对富裕的瑞昌根本算不上事，瑞昌轻而易举实现了撤县设市。根据《九江市志》的"县市概要卷"，1990 年瑞昌全县工农业总产值（按当年价计算）52362 万元，其中农业总产值 19813 万元，占 37.8%；工业总产值 32549 万元，占 62.2%，当年财政收入 2492.9 万元。不用说，瑞昌的经济水平远远超出了撤县设市的标准。1989 年 12 月 20 日，经国务院批准，瑞昌顺利成为江西省第四个县级市。同在长江边，湖北的农业大县监利县直到 2020 年才获准撤县设市。监利县的总面积 3460 平方千米、总人口 156.6 万，面积是瑞昌的 2 倍多，人口是瑞昌的 3 倍多。不得不说，就如遗传基因，资源禀赋对一个地方的发展影响太大了。

铜草花、矿、三线厂，是瑞昌工业觉醒、工业积累的象征，而新时代的瑞昌吹响的是第三次创业的号角。这个因地下矿藏而成为长江中游工业强县的祥瑞之地，走上了努力升级转型、打造"美好瑞昌"的新征程。

瑞昌 10 年变化的一个鲜明特色是"绿"——环境的"绿"、

产业的"绿"。

首先是环境的"绿"。从湖北省黄石市阳新县与江西省九江市瑞昌市交界的下巢湖开始,长江进入江西,流经著名的工业强镇码头镇,过赤湖边的瞰江亭后出瑞昌。长江干流在瑞昌的流程约19.5千米,走向为标准的东西向,江面平均宽度1100米,航道宽度400米,平均水深18.6米,全部为双向Ⅰ级航道。这样的航道在长江中游很是少见。长江主航道的各个航段水深不一,一般来说,重庆永川羊角滩到湖南岳阳三江口白尾闸是2.9米,白尾闸到武汉的武桥水道是3.2米,从武桥到安庆的皖河口是4.0米。瑞昌处于武桥与皖河口之间,也就是说,从安徽安庆到九江瑞昌,在正常情况下,主航道一般水深4米,而瑞昌水域的深度远远超过了4米。港口的水深也是如此,瑞昌上游的城陵矶港常年水深10米左右,武汉港的阳逻港区水深在7米以上;瑞昌下游九江港彭泽港区红光码头的前沿水深接近10米,都没有达到瑞昌的18.6米。航道和港口的水深直接影响港口进出货轮的大小以及吞吐量。"一米深,一米金",水越深,停靠的货轮就越庞大。15米的水深可以停靠3000~8000吨的货轮,25米的深水码头可以停靠10000吨的船。

优质的长江岸线无疑会吸引众多船只的目光,它们都希望在此有一席之地,但不是所有的岸线都适合做码头,瑞昌市19.5千米的长江岸线只有8.45千米可用来修建港口码头。码头镇10平方千米的范围内集中了700多家企业,规模以上的企业就有七八十家,经济的高度活跃使得本来就紧张的长江岸线捉襟见肘。高峰时期,小小的码头镇江边曾经有52家码头、77个泊位。在码头镇江边的大堤上,排列着趸船和趸船上皮带廊、架空钢引桥和桥塔、皮带机和皮带机轨道，机器轰鸣，颇为壮观；往来穿梭的重载卡车，飞扬的石灰石、矿石、砂石，呛人的烟雾和刺鼻的气味，把码头镇打扮得蓬头垢面。忆往昔，码头镇曾是历史上著名的柴桑之地，青石板街巷，黑瓦木板房，紫黑的桑葚，橙红的褚实子……一切都亲切而美好。柴桑，指的是离长江大堤20多千米的柴桑山。传说中的柴桑山不仅有银矿，还有青玉、滑石、红土，更有许多柳树、桑树、枸杞树、构树。

瑞昌人决定找回他们记忆中的美好景象。他们先是将岸线重新布局，"黄沙向东、矿石向西"，设立1个矿产品通道和1个砂石通道，然后对所有码头进行整合，向规范化、集约化、专业化、规模化提升。2013年，瑞昌投资3.29亿元修建理文物流公用码头，开启了大企业建设公用码头，对长江岸线进行合理开发的新篇章。

2015年瑞昌市投资3.46亿元，修建第二座公用码头，该码头由4个3000吨级泊位组成，年通过能力280万吨，迈出了规范化、集约化、专业化、规模化利用长江岸线资源的重要一步。

2017年，瑞昌市对沿江非法码头和非法砂场进行拆除清理，这是瑞昌治理码头小、散、乱最关键的一步。治理行动要求"三清一绿"，即对水上所有设施设备全部拆解，岸上的物质材料全部清理，附属建筑物全部捣毁，货场物料全部清空，拆后的码头全部复绿。经过共同努力，拆除各类码头24座27个泊位，迁出趸船27艘，拆除19座钢引桥、16条皮带机。共清理沿江滩涂碎石、水泥块等杂物30多万立方米，复绿面积达到1300亩左右，其中种树面积约750亩，复草面积约

550亩，栽种树木约42000棵，撒种草籽2000余公斤。长江瑞昌段的码头数量从原来的52个减少到16个。

江滩公园多了，码头少了；树多了，粉尘少了。瑞昌现在的长江岸线从空中看下去，先是堤顶公路，公路外有草坪、绿地、树林、江滩公园，然后是廊桥、趸船，最后是浩瀚的长江。显然，19.5千米的长江岸线成为绿色生态线。

水绿，山也要绿。在治理长江岸线的同时，瑞昌市对山体污染源开展集中整治，使矿山企业由过去的54家减少到现在的15家，武山铜矿、亚东水泥都是矿山整治成效显著的代表。

海州香薷盛开的地方，铜草花歌谣流行的地方，大多是矿业发达的地方，这些地方往往都先是因炼铜而起，其他炼矿跟着兴盛，瑞昌当然也不例外。1966年开始建设的武山铜矿便是瑞昌矿业的代表。武山铜矿因瑞昌境内的武山而得名，这座山位于瑞昌北部白杨镇，赤湖的西南边缘。G220国道贴武山铜矿穿过，经G220向北可一路到达山东东营，向南可一直抵达广东深圳。武山铜矿离长江边的直线距离不到10千米，自建铁路专线仅需1.5千米便可与外部铁路连接。便捷的交通、大自然馈赠的地下宝库，成就了武山铜矿。

毋庸讳言，矿冶行业对生态环境影响较大。矿石开采有废渣、废料、尾矿、矸石等固体废弃物；矿石粉碎有颗粒、粉尘及有害气体、液体；矿物筛选有废气、粉尘及尾矿、尾矿水。不说其他环节，单说尾矿的处理就是一个巨大的难题。按照设计，武山铜矿日处理原矿至少3000吨，日排除尾矿至少2000吨，为处理日积月累的尾矿，企业修建了3座相互毗邻的尾矿库，其中云池口尾矿库设计总库容2620万立方米，如果把这个库全部填满，就是一座72米高的大山。除此外，武山铜矿还有两座废石堆、小孤山充填站、武山村充填站等设施，废石堆的部分区域还堆存着 20 世纪末坑道掘进产生的废石。粉尘、废水、废渣、重金属等污染源众多，酸性、碱性、有毒、有害等成分复杂，暑来寒往，风吹雨打，其中的环境风险不言而喻。不说别的，单说云池口尾矿库一项就令人担忧。武山铜矿的东部是九江十大淡水湖之一赤湖，赤湖水通过彭家湾注入长江。尽管平水期湖水边缘离矿区还有 1 千米多的距离，但一到汛期，湖水便可漫延至矿区边缘的云池口尾矿库，因为云池口的海拔只有 12.5 米，而赤湖的最高水位可达 20.27 米。

　　紧迫感既来自外部，也来自内部。外部，企业要与社会、生态环境和谐共生；内部，企业的增长模式必须转型。武山铜矿下定决心要把自己打造成长江最美沿岸矿山企业。他们从矿区环境生态恢复、矿山资源综合利用、节能减排、科技创新与数字化矿山等方面列出十三项重点整治项目，编制了《武山铜矿绿色矿山建设规划》，并设定了一个时间点，即在 2020 年前达到国家级绿色矿山的各项指标，把武山铜矿建成和谐美丽的矿山。在这个令人鼓舞的愿景中，对矿区内 10 万余平方米的废弃工业场地进行生态恢复治理，让寸草不生的矿石堆充满盎然生机，是第一步。

　　2018 年，武山铜矿启动了废石堆生态恢复治理工程。该工程分为两个标段，分别对北废石堆、老南副井、西风井、东风井废石堆、原鑫达公司采石场边坡进行复绿及生态恢复治理。矿山种树种草看似简单，实际上有学问、有技术。因为矿山的土与开采之前的土相比，酸碱性质发生了变化。武山铜矿废石堆场的土壤为酸性，需要先对土壤进行改良。为此，企业引进了先进的"原位基质改良+直接植被技术"。针对裸露比较多的岩石、碎石区域，则清除危石碎石，将山体悬崖、陡坡降为缓坡，削成水平台阶，喷播"基质改良"客土，或者直接在陡坡下开挖条沟铺设"基质改良"客土。总之，先改良土质，然后再种植30余种灌、乔木类植物进行原位复绿，以建立和恢复合理的生态系统。这样做可以减少废石堆场酸性水及重金属对覆土的二次污染，而十字花科和豆科类植物可以吸收、降解废石堆中的重金属，从源头上达到生态总体恢复重建的效果。企业在复绿的同时，也开展矿山景观重建，把废石堆、矿山废墟打造成休闲公园。在这项持续的复绿工程中，武山铜矿先后播撒各类草籽 4.4 吨，种植各类苗灌木 7 万余株。原先因风化和雨水冲刷而沟壑纵横的废石堆终于披上了绿装，矿山久违的植物生态群重新映入人们的眼帘。

今天，在武山铜矿矿区山丘上，处处有郁郁葱葱的栀子花、桂花、湿地松林，高高的废弃井口房下，漫山遍野的藤蔓中，随处可见黄秋英的小黄花点缀在紫穗槐、刺槐、刀尖茶的枝叶空隙，芒草的锯齿叶片则在矿区的道路旁、小沟边摇曳。

相似的故事也发生在亚东水泥。水泥是高污染、高耗能行业，在节能减排的新形势下，亚东水泥的转型也面临巨大的压力。但企业经营者意识到自己肩上的新使命，那就是推动企业走上高质量发展的轨道。他们通过一系列技术上的求新求变，实现了水泥生产与固废协同处置、企业与自然和谐共生的绿色发展格局。

亚东水泥有码头、新屋田、下张 3 座灰岩矿，矿区面积合计 340 余公顷。自 2017 年开始，亚东水泥把采矿与生态修复统筹起来，采取内凹式开采，即自上而下，层层开掘出类似于高山梯田的平台。平台高度全部为 12 米，每个台段规划 6 米宽的平台。当一个台段开采完后，就立即在平台堆置种植土，对平台进行植栽绿化。与此同时，针对边坡岩石居多，土壤贫瘠，或者根本没有土壤，很难快速覆盖植被的情况，亚东水泥自2018年开始引进挂网喷播、植生袋、植生沟、藤蔓牵引、岩壁刻字等新型边坡修复技术，因地制宜地推进露天矿山高陡边坡修复，补齐矿山生态修复短板。即在边坡上锚固金属网、钢筋网或高强塑料三维网，采用压缩空气喷枪将混合好的客土喷射到坡面上，再在客土上喷射植被种子，通过植被发达的根系和网体的紧密结合，恢复岩石边坡的自然植被。这种开采便于修复生态，从而真正实现边开采边治理。

　　植生复绿与生态恢复是即时的，所以大大降低了通常矿山开采后光秃秃的视觉冲击。亚东水泥采用这种方式治理矿山，植被覆盖率达90%。到2021年，亚东水泥10座矿山中的6座取得了国家级绿色矿山认证。

　　经过近4年的考验和努力，瑞昌全市累计完成露天矿山高陡边坡修复约45万平方米，修复成效日益显著，为露天矿山披上"新装"，增添了矿区"颜值"。

　　武山铜矿和亚东水泥的矿山修复只是瑞昌露天矿山生态修复的两种模式。不同企业的矿山有不同的具体情况，坡度不同、土质不同、矿石性质不同、开采工艺不同，生态修复的模式也不完全相同，但他们有同一个理念，即"绿水青山就是金山银山"；他们有同一个准则，即坚持山水林田湖草沙一体化保护和系统修复。

　　龙瑞建材的塘家勒矿是一座灰岩矿，坡度陡。一般坡比大于1∶1就不适合单纯喷播，植物的种子在陡坡上很难生根发芽，因此需要采用植生袋沿边坡表面层层堆叠，然后挂网固定植生袋，使植生袋与边坡表面紧密结合起来，形成一层适宜植物生长的环境，再喷播修复。而对物华石场边坡的修复，则是采用土壤培肥+藤蔓牵引的方式，原因是这个石场是一个深坑，边坡非常陡峭，对这种陡坡，需要发挥藤蔓植物耐贫瘠耐干旱、根系发达、长势迅猛、吸附缠绕力量强大的优势，在短时间覆盖破损的山体。

夫山白云石矿在2013年就已废弃，但大片岩体裸露在外，对当地形象造成负面影响。2018年瑞昌市采用岩壁刻字+自然修复的方式，在此种植红叶石楠、桂花等苗木3万余棵，打造绿化带2.7万平方米；同时，通过规划设计，有意留下部分裸露岩壁，营造出自然风化的意味，凸显出矿山公园效果，使一座废弃的矿山最终演变成一个总面积达56亩的夫山矿山公园。

绿色矿山当然并非仅仅指采矿场地的植被恢复，而是一套包括矿区环境、资源开发方式、资源综合利用、节能减排等在内的指标体系。无论是亚东水泥的绿色矿山创建还是武山铜矿的矿山创建，它们在绿色转型的多个领域都有可圈可点的科研成果以及创新工艺。

武山铜矿的绿色革命就如武山上的铜草花，随处可见。在采矿方法上，他们根据围岩及矿体特征的不同，分别优选了下向水平分层进路式分级尾砂胶结充填采矿法及下向水平分层进路式水砂充填采矿法。这个工艺名称很长，很拗口，道理却很容易懂。简单地说就是对地下采空了的区域，以尾砂作为充填骨料，与一定比例的胶结材料和水混合搅拌均匀后进行充填。如果不充填，采空区可能塌陷、沉降，而且地下某些用来保护安全的空间无法开采利用。相比传统的采矿方式，它将尾砂作为远景资源储存于地下，待将来技术成熟时可进行二次开发利用，同时减少了地面的尾砂堆积量，更重要的是确保了安全，提高了采矿效率。当然，任何技术都有难度，尾砂胶结充填采矿法难在如何浓缩充填材料、如何选择胶结材料、如何优选灰砂的比例以及如何确保充填料浆的制备质量、如何流畅输送充填料浆等，每一个环节都需要反复试验、总结，这才是对技术创新的考验。但武山铜矿技术人员经过不懈探索，终于将这项技术实现了成熟应用，采矿效率得到显著提升，企业单产能力由每天85吨提升至每天200吨以上，矿山开采回采率达到94%以上，每年利用尾砂达到70万吨以上。

在选矿工艺上，武山铜矿也有创新。如在矿石破解方面，过去都是用金属球（比如钢球）作为磨矿的介质，但这种方式容易产生物料过磨现象，而且钢球磨损产生的杂质铁进入流程，覆盖在矿石表面，造成药剂消耗，增加了生产成本。因此，从2016年开始，他们就尝试用氧化铝研磨球来取代钢球。这个球并不是金属球，而是高铝球，是以α-氧化铝粉为基础原料，经过1600℃高温烧结而成的陶瓷球。与金属球相比，它硬度大、耐磨性好、消耗速度慢；耐腐蚀，与酸碱都不反应；强度高，不容易破碎；密度为钢球的一半，细磨工况下可减少过磨与设备的磨损，降低设备噪声，降低电耗；本身无毒无害。这么多优点，当然是粉碎矿石的好介质。武山铜矿选准铝球这个目标，进行"氧化铝研磨球取代金属球的试验研究及推广应用"科技攻关，终于在2018年把研究成果转化应用于选矿。选矿工艺的改进带来了显著的成效。武山铜矿的选铜回收率由86.5%提高至87.77%，铜精矿品位由23%提高至24.1%；选硫回收率由62.58%提高至70.92%。这几个数据代表武山铜矿的选矿工艺及技术指标在行业内达到领跑水平。

绿色转型之路还在延伸。武山铜矿在如何提高资源综合利用、固体废弃物资源化利用及生产废水循环利用等方面也动了不少脑筋，如把与铜伴生的硫、金、银等资源的综合利用率由过去的55.63%提高到63.91%；对老尾矿库尾砂综合回收利用，回采尾砂约360万立方米，在回收的尾砂中又生产出标硫32万吨，还节约了充填用砂110万吨以上；对选矿工业废水以及废石堆场淋溶废水进行再利用；改造空压机的控制系统，安装压风机余热回收装置，在矿井下全面推广节能灯……一件件、一项项措施都彰显出节能减排的效果。

亚东水泥生产的各个环节也充斥着新技术、新工艺。比如，为有效减少窑尾烟室内的结皮问题，降低生产成本，提高水泥熟料质量，亚东水泥发明了一项实用新型专利技术，利用入窑提升机头轮将生料分一小部分通过下料管进入烟室，通过烟室气流带入分解炉，从而减少烟室堆料量和结皮现象。他们的创新甚至深入到装船和称重这样平淡无奇的工序中。亚东水泥在瑞昌拥有全长625米的装船码头，8个泊位一年的吞吐量达到2000多万吨。亚东水泥的技术人员认为原来的装船计量过于粗糙，如果加以提升，一定可以收获良好的社会、环境和经济效益。于是，他们改变原有的皮带称及水尺计量方式，研发出水泥及熟料装船静态计量系统，使用散装水泥装船机、熟料装船机清仓与快速装船，大大提高了熟料装船和散装水泥装船的效率和计量误差，码头作业效率提高了、装船过程更加环保了，而且更加安全和省电。该计量系统已经获得国家实用新型专利。

又比如，亚东水泥重新让人们认识了低温余热的价值。通常情况下，200℃以下的余热气、冷凝水、热水以及150℃以下的气体、烟气等低温余热常常被认为缺乏利用价值，实际上这些能源可以用来发电。为了节能，亚东水泥专门配套了纯低温余热发电系统，高效回收水泥生产过程中窑头和窑尾废气余热并将其转化为电能，有效减少余热能源的浪费，大幅减少煤炭消耗，降低温室排放。在亚东水泥的节能减排计划中，还有利用工厂和矿山土地投资建设风力发电、太阳能发电等更多绿色能源的细节，计划风力发电装机10兆瓦、太阳能发电装机10兆瓦，如此，年发电量约2500万千瓦时，每年可减少碳排放约1.53万吨。未来，亚东水泥还将建设生物质替代燃料、工业固废替代燃料等项目，希望到2025年实现燃料替代率超过10%，单位产品碳排放比2021年减少5%，提前完成碳达峰碳中和目标。

2019年7月4日，江西省自然资源厅、生态环境厅联合委托江西省矿业联合会专家组对江西铜业集团武山铜矿进行绿色矿山评估。专家组经过听汇报、看材料、验现场等一系列流程，对矿山依法依规办矿、约束性指标、矿区环境、资源开发方式、资源综合利用、节能减排、科技创新与数字化、企业管理和企业形象等八项指标进行评估并逐项评分，最终武山铜矿以优异的成绩顺利通过专家组评估。这是瑞昌市继江西亚东水泥之后第二家通过评估的绿色矿山。

产业"绿"是瑞昌10年发展的第二个"绿"。2022年11月工信部公布了第四批99家工业产品绿色设计示范企业名单。瑞昌市码头城工业园的森奥达科技有限公司成功入选，成为江西唯一入选的企业。森奥达科技有限公司是干什么的？它当然不是做植被恢复之类的绿色产业，而是内涵上的绿色产业，即改造旧机电，使之达到节能的目的，从而实现绿色发展。森奥达科技有限公司使用旧机电的外壳、转子和定子，结合自主研发的新型磁钢和磁阻材料，再通过一种叫"永磁化"的再制造技术，提高能效10%~30%，达到国家能效一级标准。在节能效率上，这是了不起的成绩，该产品因此被工信部列入《再制造产品目录》及《国家工业和信息化领域节能技术装备推荐目录》。通俗地说，他们在转子上加上了一种叫"钕铁硼"磁钢（稀土金属钕和过渡族金属铁硼形成的合金）的材料。这种经一定工艺制成的材料不仅有极强的磁性，而且其磁性能持久保持，因此被称为永磁材料。改造后的电机靠永磁体的磁场就可以保证正常运转，发电效率和功率较普通电机高得多，而且体积较小，重量较轻，还可以在满载条件下可靠启动，机械强度和可靠性大大增强。

引领瑞昌制造业绿色转型的还有化工企业。在大多数人的印象中，化工与污染紧密相连，因此，化工企业的转型或许更能让人理解绿色发展的内涵。瑞昌有一家化工企业是国家级绿色工厂，这便是成立于2011年的江西理文化工有限公司。理文化工占地1600亩，总投资达65亿元人民币，主要从事氯碱化工、氟化工的生产和经营，产品覆盖从烧碱、甲烷氯化物到双氧水、氯化亚砜、聚氯化铝、氟聚物的完整产业链。众所周知，氯碱化工业的第一个特点是能源消耗、盐消耗比较大。通常情况下，我国生产1吨100%的烧碱耗电2400千瓦时，耗蒸汽3吨，盐耗普遍在1.55~1.6吨，有些企业高达1.67~1.76吨（国外烧碱的盐耗一般在1.5吨以下）。第二个特点是废水废气对环境的影响较大。既然如此，氯碱化工业的转型关键就是尽可能地降能降耗，高水平地解决废水废气问题。从2017年开始，江西理文化工群策群力，针对化学产业面临的挑战，一项一项去解决。针对废水废气，江西理文化工采取了一系列措施，如清污分流、废水高空明渠输送、对污水处理站进行提标改造，等等。

有措施就有回报，比如，污水处理提标，将企业外排废水中的化学需氧量从363毫克/升下降到114毫克/升；又比如，高空明渠输送废水，彻底改变了过去管道隐藏在地下监管难、查找和处理风险难的局面。在节能方面，2017年江西理文化工主动对燃煤锅炉进行超低排放改造，2020年在江西率先做到了超低排放，SO_2实际排放10毫克/米^{3}左右，远低于35毫克/米^{3}的国家标准。在降耗方面，要求首先采购精制盐，减少盐泥，并新增一套盐泥烘干设备，将烘干后的盐泥用作锅炉烟气脱硫剂使用，实现了废物综合利用。总之，通过一项项针对性极强的技术改造、工艺优化，江西理文化工在生产洁净化、废物资源化、能源低碳化等方面取得了实质性的进展。

2022年1月15日，工信部公布了2021年度绿色制造名单，这个名单包括绿色工厂662家、绿色设计产品989种、绿色工业园区52家、绿色供应链管理企业107家。经过第三方评价、地方工业和信息化主管部门评估确认以及专家论证等程序，江西理文化工成功进入662家绿色工厂名录。

在瑞昌，像江西理文化工这样走上绿色发展轨道的化工企业还有瑞易德新材料股份有限公司。瑞易德公司是一家生产氯化橡胶、氯化聚丙烯等树脂材料的化工企业，其产品覆盖船舶、工程机械、桥梁、港口、交通运输、电力、钢结构、混凝土结构，以及化学品贮槽罐、日常生活等广泛领域。总之，只要需要涂料，就可能和它产生联系。在人们的印象中，涂料生产是很难做到环保的，但瑞易德公司践行绿色理念，在节能环保上的确下了很大功夫。比如，他们发明了一种新工艺，使得溶剂法氯化橡胶生产实现可持续发展。这看似平常，却是氯化橡胶生产领域里的大事，因为氯化橡胶生产进步与否，关键在于能否找到更好的溶剂。瑞易德公司新的生产工艺在生产过程中可以充分利用余热、余压、物料，并能循环利用溶剂，减少了原材料的消耗量和污染物的排放量。他们还对尾气处理工艺进行了改进，成功将副产盐酸转化为氯化钙产品并对外销售，有效减少废气产生并提高了经济效益。在2022年江西省工信厅公布的年度绿色制造名单中，瑞易德新材料股份有限公司被评为江西省绿色工厂。这样，瑞昌就有了3家绿色工厂，其中，国家级绿色工厂1家，省级绿色工厂2家。

21 世纪的铜草花

在长江下游右岸的铜陵，也流传着铜草花的歌谣。离长江边 20 多千米的万迎山以及离江边五六千米的铜官山、笔架山，一到秋天就开满了紫红色或紫蓝色的铜草花，成为铜陵秋天靓丽的风景线之一。"铜陵"，字面的含义是有铜的山陵。远古的时候，铜陵属于古扬州的范围。《禹贡》对扬州物产、贡赋的描述是"厥贡惟金三品"，可见人们很早就知道铜陵产铜。

从 20 世纪五六十年代开始，铜陵的矿企在生产中不断发现古人留下的矿冶遗迹，比如老窿、废矿堆、炼渣、铜斧、铜凿、铁木制水车以及采矿井巷。这表明《禹贡》对铜陵的记载并非传说，"铜陵"的名称也并非虚妄。经过考古工作者几十年的发掘、整理、研究，铜陵大地上的采矿遗迹已经基本清晰，铜官山、狮子山、凤凰山、金山等地较为集中，其中铜官山铜工业基地更是闻名遐迩。

"铜官山"得名于官方在此设置的管理机构——"铜官"。司马迁在《史记·吴王濞列传》中讲述了刘邦侄子刘濞叛逆作乱，最后众叛亲离、身死国亡的故事。"吴有豫章郡（鄣郡）铜山，濞则招致天下亡命者益（盗）铸钱，煮海水为盐，以故无赋，国用富饶。"刘濞发动吴楚七国之乱的前期准备之一，正是网罗亡命之徒在铜山私自造钱。其后，以铜陵为基地的采矿、炼铜、铸钱活动被纳入朝廷的管辖之下，西汉在此设立了铜官，东汉设置铜官镇，从此，"铜官山"的名字就定格了下来。古代铜官山的采冶范围包括了铜官山及其周围的凤凰山、狮子山、金山、铜山等地的近百处遗址，总面积600多平方千米。据测算，自先秦至唐宋，历代遗留下来的铜渣有1000万吨之多，如按1∶15的铜和渣比例计算，炼60万吨铜才会产生这些渣。

铜陵

面积近 1 万平方米的金牛洞古采矿遗址位于凤凰山南部,距铜陵长江大桥约 27 千米,水上交通方便。可以想象,当古人发现金牛洞的铜矿离长江如此之近时,一定欣喜若狂。在考古学家到来之前,当地人并不知晓金牛洞所在的小山丘有铜,他们不断在此挖掘,只是因为山丘下有铁矿,谁承想在开采铁矿的过程中发现了古人开采铜矿的井巷和遗物。经过对金牛洞遗址发现的采矿井巷、采掘工具、古代炼渣等作进一步鉴定,考古界断定这是一处春秋至西汉时期的古代采矿遗址。

铜官山北侧的罗家村隶属于今天铜陵市郊区桥南办事处管辖,这里有一处炼渣堆被称为罗家村大炼渣,这块褐色的巨石状炼渣堆直径 1.8 米,高 1.2 米,重达 6.6 吨,堪称奇观。传说李白多次在铜官山一带游览,见证过铜陵规模宏大的冶炼场面,"炉火照天地,红星乱紫烟"的冶炼劳动给李白留下了深刻的印象。就在铜官山热火朝天的冶炼中,李白酒醉后吟出了"我爱铜官乐,千年未拟还。要须回舞袖,拂尽五松山"的深情诗句。这首《铜官山醉后绝句》只是李白书写铜陵诗作中的一首,诗中提到的五松山就在罗家村向北三四千米处。这座无名小山因为多松树,被李白称为五松山。在这里,李白先后写下《答杜秀才五松山见赠》、《宿五松山下荀媪家》、《五松山送殷淑》、《与南陵常赞府游五松山》、《纪南陵题五松山》等多首关于五松山的作品,描绘铜陵古代冶炼活动的著名诗句"铜井炎炉敲九天,赫如铸鼎荆山前"便出自《答杜秀才五松山见赠》。经过李白的反复书写,五松山终于变成了铜陵一个乡镇的名字。

与金牛洞遗址相邻的是万迎山冶炼遗址。在铜陵的古铜矿遗址中,万迎山遗址的特点在于不仅有采矿遗迹,同时也有冶炼和铸造遗迹。1984年，在万迎山脚下发现了一件菱形铜锭，经检测为硫化铜冶炼遗物，说明此地在春秋早期就已经使用硫化铜技术。在义安区天门镇新民村的木鱼山冶炼遗址，学者们在炼渣中也发现了中国早期使用硫化铜冶炼的实物——冰铜锭。木鱼山冶炼遗址离长江不远，但离顺安河更近，顺安河从木鱼山向北17千米即汇入长江。1987年，在万迎山遗址附近又发现了锸形石范，这是万迎山曾经有过铜器铸造活动的证据。大工山古矿冶遗址在凤凰山东北，这个遗址是西周至唐宋时期的采矿冶炼遗址，它的特点是点多、面广、历史久、保存良好、采矿冶炼并存。铜陵县朱村乡高联村境内的高联矿冶遗址，则为汉、唐时期铜矿开采与冶炼遗址。

到了当代，铜陵采矿冶炼的炉火又开始熊熊燃烧了。20世纪50年代开始，铜陵走上了工矿资源型城市的建设轨迹。1953年5月1日是一个具有标志性的时间点，这一天，新中国第一炉铜水浇铸的铜锭在铜陵有色第一冶炼厂诞生，冶炼厂的铜矿便来自铜官山。几千年前，古人在铜官山采矿炼铜。如今，铜陵人在这块古老的土地上建起了新中国第一座大型铜矿和新中国第一个铜冶炼厂。1955年铜官山产铜5000吨，1956年增长到9000多吨，从这里产出的铜料、粗铜曾经占到全国产量的47.4%。1956年7月依靠炼铜副产品，铜官山建成了年产量8万吨的硫酸厂。一个以有色金属采矿、选矿和冶炼为主，以硫磷化工为辅，以有色金属、化工产业、建筑材料、纺织、矿山机械等为骨干产业的工业基地在长江下游浮出水面。20世纪90年代以后，铜陵的铜产业产值一度撑起全市90%的经济总量，随着铜杆线、铜板带、铜管、铜棒、铜箔等铜产业链的延伸，铜陵的铜工业在全市工业经济中的比重可以达到

40%以上。1994年，全国首家经营铜系列商品及其他有色金属的综合性、多功能大型专业市场安徽省铜商品市场在铜陵成立。1996年11月，中国铜业第一股安徽铜都铜业股份公司在深圳证券交易所上市。在化学工业领域，1991年底，铜陵市新桥硫铁矿、铜陵磷铵厂、铜官山化工总厂和铜陵市有机化工厂等4家独立化工企业实行强强联合，组建起大型化工企业集团铜陵化学工业集团有限公司。这个集团不仅是安徽省化肥行业和铜陵市地方经济的支柱企业，也是全国重要的硫磷化工企业，先后跻身全国重点工业企业512户、全国化工100强和安徽省50户重点骨干企业行列。此外，1996年成立的专门生产橡胶防老剂的安徽圣奥化学科技有限公司、2001年成立的专门生产化学助剂的毕克化学（铜陵）有限公司，都是化工行业的骨干企业。著名财经网站"中国财经风云榜"在2020年曾经整理了一份100家铜陵市化工企业名录，这100家仅仅是根据大数据筛选出来的"有名的"化工企业，理所当然还有许多企业没有进入这个名录，由此可见化工在铜陵工业经济中的地位。有一个数据很有说服力：2012年铜陵化工行业总产值131.5亿元，而这一年铜陵规模以上工业企业完成的总产值是1622.4亿元。

2009年，一个消息令铜陵人大吃一惊，他们引以为骄傲的"千年铜都"被正式列入资源枯竭型城市。100多万铜陵人开始思考他们未来的城市生活，铜陵的企业也在思考未来的发展，时代向铜陵提出了如何从传统工矿城市向现代化宜居城市转型的问卷。

2012年铜陵开启了新的一页，他们要告别经济结构单一、环境破坏严重、经营机制落后的过去，探索资源枯竭型城市的高质量转型之路。新篇章的标志之一便是铜陵有色投资超过70亿元的"双闪"项目投产。双闪是闪速熔炼、闪速吹炼的简称，闪速也就是快速。传统的冶炼方法有反射炉冶炼、电炉冶炼，这些过去铜陵长期使用的冶炼方法耗能高、污染重、效率低，在高质量发展的大趋势下必将退出历史舞台。闪速熔炼是用富氧空气或热风将干精矿喷入闪速炉的反应空间，使精矿离子悬浮在高温氧化性气流中，迅速发生硫化矿物的氧化反应，并放出大量的热。这种反应速度可以使单位时间内放出的热量占整个热收入的42%~50%，熔炼生产率为反射炉与电炉熔炼的2倍，而燃料消耗只有反射炉熔炼的1/2甚至1/3，其增效、节能和减排的成效可见一斑。铜陵有色引进的这个闪速熔炼炉一年可以生产阴极铜40万吨，这个炉子也因此被业界比喻为铜冶炼的"航母"。

新篇章的标志之二是搬迁著名的金昌冶炼厂。金昌冶炼厂是铜陵有色集团第二冶炼厂，位于长江边的笠帽山脚下，与贵溪冶炼厂、钦州金隆冶炼厂、云南冶炼厂并称我国四大铜冶炼厂。1971年4月24日，冶金部批准在铜陵特区建设第二冶炼厂；1972年7月25日，主厂房开工建设。在其40多年的历程中，累计生产阴极铜267万吨、硫酸856万吨、黄金88.76吨、白银1638吨，实现销售收入1155亿元。其主产品"铜冠"牌高纯阴极铜是伦敦金属交易所注册产品；"铜冠"牌银锭则为世界权威金银检测监督机构、全球最大的金银交易市场管理机构伦敦金银市场协会注册产品。"铜冠"牌阴极铜、黄金、硫酸均为名牌产品。可以说，金昌冶炼厂书写了中国有色金属工业发展史辉煌的一页。

2013年11月，铜陵有色以断骨再造的决心，启动实施金昌冶炼厂异地搬迁改造升级项目。这个项目可以归纳为"退城入园、转型升级"，其核心有两个：一是技术升级，二是腾出原来厂区700多亩土地，新厂进入铜陵市循环经济工业试验园并从此改叫金冠铜业。于2015年获得国家环评变更批复的奥炉改造工程是铜陵有色集团公司践行绿色发展理念，决心彻底解决金昌冶炼厂由于设备工艺逐渐老化落后而滋生的环保问题而采取的重大举措。

"奥炉"具体地说是喷枪富氧顶吹浸没式熔炼炉。它最早由澳大利亚澳斯麦特法公司发明并使用，因此"奥炉"实际上是"澳炉"。这种金属冶炼法的核心是通过喷枪鼓入高速、高压的富氧空气与炉内物料进行强氧化熔炼，其优点是工艺简单、灵活、能效高、设备成本比较低，同时减少了外围设备的规模和复杂性，物料投送简单，不需要干燥和磨矿。但该工艺也有缺陷，如喷枪烧损严重，喷枪的强力搅拌会剧烈冲刷熔炉，使耐火材料承受巨大压力。强氧化会导致高熔点物质生成，操作温度偏高，炉内熔体温度变化快，同时炉体冷元件经常堵塞，冷却效果差。物料输送过程中存在卡料、下料不均、物料水分较大等问题，从而导致炉温波动大、热震应力大、炉砖脱落快、寿命短。这些设备和技术上的问题最终都会体现为环保问题。

2016年3月18日，总投资32.84亿元的奥炉改造工程正式开工。金昌冶炼厂逐一对备料料仓、导料装置、奥炉送风机、奥炉喷枪、铜渣排放通道、贫化电炉绝缘装置、水淬系统、电收尘系统等80多个项目进行了改造。同时，还对整个工艺进行了重新布局，把过去的流程改为"奥炉+智能数控转炉+回转阳极炉"生产工艺，并配套了完善的制酸技术。采用永久不锈钢作为阴极，将传统的电解改为现代电解工艺。经过改造和对生产控制参数的调整，金昌冶炼厂的奥炉炉型设计更加优化、自动化控制程度更高。目前，奥炉喷枪平均寿命在 30 天以上，远高于设计寿命值的 5 天，奥炉的作业率提高到 99% 以上。更重要的是通过创新，较好地解决了环保问题，比如，工艺生产过程中硫总捕集率可达 99.9% 以上，水循环利用率达 97.86% 以上。金昌冶炼厂的此次转型被视为未来建设绿色、环保、高效铜冶炼企业的一个标杆。

2017 年 4 月，随着最后一炉铜吹炼结束，46 年炉火不熄的金昌冶炼厂生产系统全面关停。2020 年 9 月 4 日，长江边，笠帽山脚下，曾经的铜陵地标——金昌冶炼厂两根 120 多米高的大烟囱轰然倒下，传统炼铜工业时代结束，一个秉持绿色理

金昌冶炼厂 120 多米高的大烟囱被拆除

念、现代高质量炼铜的时代开始。

金昌冶炼厂只是铜陵市转型发展的一个样本。

2013年以来，铜陵的转型之路步步不忘"铜"，事事都有"铜"。不过，这里的"不忘"、"都有"是另一层含义，即铜陵人说的"抓住铜、延伸铜、不唯铜、超越铜"。也就是说，铜还是要炼，但不能满足于挖矿和炼铜，而是要用更现代、更环保的技术炼铜，而且要把铜做得更尖端、更高级，做出更多以铜为基础的产品，并衍生出产业集群。举一个例子，铜陵的炼铜企业早就可以生产铜箔，但今天的铜陵人已经能把铜箔的厚度做到4.5微米，只有头发丝直径的1/5。过去，生产这种高质量铜箔的技术掌握在国外企业手中，我国的5G基站电路板（对铜箔要求很高，铜箔越精细，做出来的电路板信号衰减和失真就越低）也基本被国外垄断。铜陵有色攻坚克难，生产出了满足5G通信用的铜箔，最终打破了国外技术的垄断。

以铜为基础的精细加工产品不仅在5G领域有大市场，在新能源汽车、光伏发电、航空航天等领域都有令人鼓舞的前景。这些领域看似离日常生活很遥远，其实换一个角度就很近。比如漆包线，很多人都见过，家庭装修可能用过，冰箱、空调的压缩机里都有，但铜陵精达股份对漆包线的变革是开创性的。传统的漆包线是圆形的，如果排列起来，中间就会有空隙。精达股份研制的扁线则缩小了这些空隙，在相同的空间内扁线电机可多充填20%~30%导线，从而使电机的磁场更强，功率更大（输出功率可提升20%~30%）。而且扁线体积小、重量轻、端部短，能降低8%~12%的材料成本。此外，扁线还能提高电机散热效率，从而取代圆形漆包线，成为新能源汽车等领域的首选。2021年的上海车展中,比亚迪的DMI和e++平台全系、大众 MEB、蔚来 ET7、智己 L7、极氪 001 等众多高端车型均搭载扁线电机。这是"延伸铜"对实现"双碳"目标的巨大贡献，也是不可阻挡的趋势，更是抢占庞大市场的利器。

不过，扁线虽好，制造却很不容易。仅就成本而言，圆形漆包线加工费每吨 5000 元，扁线的加工费每吨上万元，之所以差距如此之大，是因为扁线对生产的精准性、一致性要求更高。扁线电机要求铜线具有一定的弹性，而折弯后的铜线反弹又会使电磁线的绝缘层受损，这就使得铜线的设计难度上升。此外，铜线的涂层烘干后在收缩过程中会四角变薄、中间变厚，从而影响绝缘性，这就需要扁线制作在弯角处进行加厚，而圆线就不会出现这种情况。此外，铜杆经过拉伸后其截面会自然成圆形，所以生产扁线需要专业的高精度模具成形。更难的是对扁线 R 角大小的控制。扁线再扁，也有厚度，它的截面实际上是一个矩形，但矩形相邻两条边都有一个圆弧过渡，这个圆弧的半径就对应扁线的 R 角大小，而控制这个圆弧半径范围需要很高的技术含量。当然，这一切，铜陵精达股份都做到了。可以说，他们完全跨越了扁线生产的技术门槛，真正实现了"超越铜"。2022 年铜陵精达股份实现扁线产能 4.5 万吨，稳居扁线领域龙头地位。

铜陵不大，但构想宏伟。他们的转型路最终是要打造出"133"先进制造业集群*。10 年中，随

> ★ "133"先进制造业集群
> 1 个首位制造业集群（国家级先进结构材料）
> 3 个特色优势先进制造业集群（化工新材料、专用装备、绿色建材）
> 3 个具有优势潜力的战略性新兴制造业集群（半导体配套及增值服务、高端元器件及电子材料产业、新能源）

着铜陵华创新材料、半导体设备洗净修复、陶瓷熔射及研发中心、长江半导体大硅片修复、碳化硅单晶衬底研发及产业化等一个个项目异军突起，铜陵的嬗变越来越华丽，"抓住铜、延伸铜、不唯铜、超越铜"的转型路越走越宽。10年的产业转型升级历程中，铜陵在国家资源枯竭城市转型绩效评价中先后6次获得年度优秀、3次获得年度良好；铜陵还2次在国家产业转型升级示范区建设绩效评估中获得优秀、3次获得良好。

由"矿区"、"特区"最后演变成城市的，不仅仅有中游的大冶、下游的铜陵，还有长江上游的攀枝花。在被当作一座城市的名字之前，"攀枝花"是一种植物，一种开火红大花的高大乔木。在广西、广东、福建等沿海地区，这种乔木很常见，它还有两个很动听且美丽的名字——木棉树和英雄树。但在川滇之交的金沙江畔，的确有一个村子叫攀枝花村，只是它深藏于高山峡谷，少为人知，直到1940年的秋天才向世界打开。第一个走进攀枝花村的外人是地质学家常隆庆。常隆庆是宜宾连天乡泥溪村人，从今天的地图上可以见到这个村子就在蜀南竹海附近，离竹海5千米，而离攀枝花直线距离有400千米。1930年常隆庆毕业于北京大学地质系，在北平地质调查所谋到一个调查员的工作。也是在这一年，地质学家、北平地质调查所所长翁文灏与蔡元培、黄炎培等人支持著名实业家卢作孚在重庆成立中国西部科学院，并把常隆庆派往重庆担任地质研究所主任。1939年夏天，常隆庆又被调往西昌担任地质专员。西昌在攀枝花北面的大凉山，从西昌顺安宁河峡谷或者雅砻江峡谷都可以到达攀枝花，"攀枝花之父"离攀枝花越来越近。

1940年秋天，常隆庆决定从西昌出发，到川滇之交的大山里进行地质调查。此前的1936年初，他已到倮果、密地、倒马坎、马颈子、烂泥田、弄弄坪、巴关河、棉花地、冷水箐、盐边、盐源等地调查过一次，并在1937年发表了调查报告《宁属七县地质矿产》。他把西昌以南的越西、冕宁、会理、盐源、盐边、宁南等地的横断峡谷命名为"盐边系"岩层，并认定盐边系岩层有磁铁矿、赤铁矿等矿藏。常隆庆说的这7个县大致包括从西昌向南的金沙江、安宁河及雅砻江周边的高山地区，攀枝花当然也在这个范围内。

踏破铁鞋无觅处，得来全不费工夫。常隆庆与同行人员都没有料到，他们在一个村民家里借宿时，发现院子里就有铁矿石。这个村子便是金沙江右岸的攀枝花村，离江边只有两三千米。村子后面的山叫尖包包（即尖山），山边的沟叫硫磺沟，尖包包东边的山叫兰家火山。常隆庆推测这几座山就是铁矿山，果然，经过踏勘，尖包包、兰家火山都有磁铁矿。常隆庆初步测算尖包包、兰家火山的铁矿储量有865万吨。这便是后来中国西部最大的铁矿、中国十大露天矿山之一"兰尖铁矿"（"兰尖"即尖包包、兰家火山的合称）。常隆庆此次攀西地质调查的另一个重要收获，就是见当地山民背煤贩卖，了解到当地清朝就有人挖煤，再通过深入调查，终于找到了储量在1亿吨以上的那拉箐煤矿。1959年后，带有浓厚地域文化特色的"那拉箐煤矿"被改名为"宝鼎煤矿"，因为煤矿所在的山叫宝鼎山，宝鼎山下有宝鼎村。

常隆庆把1940年这次攀西地质考察的成果写入了1942年《盐边、盐源、华坪、永胜等县矿产调查报告》，并在1942年6月发表于西昌地区著名的人文期刊《新宁远月刊》调查报告专号。常隆庆在报告中对攀枝花磁铁矿的地质、成矿原理、储量进行了论证，提出了他对如何利用攀西地区矿产发展工业的建议，即在攀西地区开设钢铁厂、铜铅锌冶炼厂、机械厂、电机厂、兵工厂、化工原料厂等"六厂"，开采铁矿、煤矿、铜铅锌矿等"三矿"为"六厂"服务。1934—1940年，常隆庆六次深入攀（枝花）西（昌）地区踏勘，从《雷马峨屏调查记》、《宁属七县地质矿产》到《盐边、盐源、华坪、永胜等县矿产调查报告》，终于揭开了攀枝花神秘的面纱。一个人迹罕至的大山沟，在常隆庆等人的艰苦跋涉和苦苦探寻中，向世界敞开了胸怀。

20世纪60年代初，常隆庆设想而未能实现的"六厂三矿"等来了几十万三线建设大军。基于当时的国际形势和备战需要，国家将四川、云南、贵州、青海、陕西的全部，山西、甘肃及宁夏的大部以及豫西、鄂西、湘西、冀西、桂西北、粤北等地区划为"三线"地区。与前线、中间地带不同，"三线"是战略大后方，其中心任务是加强国防建设。这一大规模的建设历程，从根本上改变了中国的工业布局，在西部地区的崇山峻岭里建立起了一套比较完整的三线工业体系，因此，它更是一次工业大迁徙。攀枝花地处川滇交界处、青藏高原的东南边缘，有复杂险峻的山地屏障，有丰富的矿藏资源，大多数铁矿埋藏浅，可以露天开采、就地冶炼，是西部山区理想的工业基地选址。

1965年的春天，荒无人烟的攀枝花突然热闹起来。全国各地的冶金职工、技术人才纷纷向攀枝花汇集，人数从开始的20万不断增加到50万。他们赶赴这里，只为一个目标，就是要在这里修建一个大型钢铁企业——攀枝花钢铁厂。单论人口，50万人在今天也算得上一个较大县城的人口规模。同时，来自全国各地的4000多名煤矿职工也汇集到了宝鼎煤矿，电厂、水泥厂需要煤，钢厂、铁厂也需要煤，几十万人、一个大型工业基地处处离不开能源。

1970年7月1日，攀钢一号高炉正式出铁，标志着攀钢一期工程基本建成。

短短四年时间，在金沙江左岸弄弄坪荒芜狭小的弯道上（仅2.5平方千米），几十万开拓者苦干加巧干，建起了一个年产250万吨钢的大型钢铁厂。据说，按照每吨钢用地面积计算，攀钢的建设堪称世界工业奇迹。

为配合这个钢铁厂的建设，采石场、冶炼厂、轧钢厂、选矿厂、水泥厂、发电厂、轨梁厂、铁矿、煤矿……一个接一个矗立在攀枝花的金沙江两岸。1965年12月，年产水泥3.2万吨的金沙水泥厂建成投产。1966年12月，渡口水泥厂一号窑投产。1969年2月，年产普通硅酸盐水泥28.6万吨的渡口水泥厂全部建成。经过21年的发展，到1985年，攀枝花水泥工厂已经发展到7个。1970年5月，年洗精煤180万吨的巴关河洗煤厂建成投产。1970年7月，经过105天奋战，基本建成年产21万吨气肥煤的龙洞煤矿。1970年10月，年产60万吨的花山煤矿建成投产。1971年5月，朱家包包铁矿狮子山万吨大爆破成功，开了中国乃至世界矿山建设史上的先河。朱家包包铁矿在兰家火山铁矿的北面，是攀钢的主要原料基地之一，由五个小山头组成，要实现露天开采，必须将最高处的狮子山削掉120米，整个工程剥离的岩石达4000万立方米。1974年8月，年产110万吨轧材的轨梁厂投产。

如今，攀枝花铁矿区从原来的兰尖铁矿区发展到现在的29处矿区。其中，攀枝花矿区、红格矿区、中干沟矿区、安宁村矿区和白马矿区等五大采矿区都是著名的大型矿区；湾子田矿区、中梁子矿区、新街矿区和普隆矿区等则是中等矿区的代表。

依托钒钛磁铁矿建立的攀钢，经过数十年的探索发展，已成为全球第一的产钒企业、我国最大的钛原料供应基地和产业链最完整的钛加工企业，我国重要的汽车用钢、家电用钢、军工用钢生产基地，国内第一、世界顶级的钢轨生产基地。这些荣耀，行业外的人不一定了解，它们离我们太远，但有一件事情离我们很近，这便是高铁。攀枝花生产的含钒百米钢轨是中国唯一获得"国家出口免检"证书的顶级钢轨，耐磨，耐腐蚀。中国高铁线上，每3米钢轨就有1米出自攀枝花，同时从攀枝花出去的钢轨也远销全球30多个国家和地区。

攀枝花不仅是工业基地，也是能源基地。仅仅火力发电厂，攀枝花就有3个，即渡口火电厂、河门口火电厂、新庄火电厂。1966的6月建成发电的渡口火电厂是攀枝花的第一座电厂，因此叫功勋电厂。1975年开始投产的新庄火电厂又叫503地下战备电厂。为了隐蔽，这座电厂修建在金沙江边一座大山的肚子里，相当于把这座山挖空了。

在火电之外，攀枝花周边还修建了5座水电站。其中，二滩水电站是被外界熟知的，而其他4座水电站外界则很少关注。从1991年开始修建、1999年建成的二滩水电站总装机容量330万千瓦、多年平均发电量170亿千瓦时，是中国20世纪建成投产最大的电站。2016年3月竣工的桐子林水电站是雅砻江下游最末一个梯级水电站，也是国家西部大开发战略的标志性工程。电站距上游二滩水电站18千米，距雅砻江与金沙江汇合口15千米。桐子林水电站装机容量为60万千瓦，多年平均发电量29.75亿千瓦时。金沙水电站位于西区新庄，上游与观音岩水电站衔接，下接银江水电站，装机容量56万千瓦，多年平均发电量25.07亿千瓦时。2020年11月30日上午10时，金沙水电站首台机组成功投产发电。观音岩水电站为金沙江水电基地中游河段"一库八级"水电开发方案的最后一个梯级水电站，位于云南省华坪县与四川省攀枝花市的交界处，上游接鲁地拉水电站，下游距攀枝花市27千米，装机容量300万千瓦，多年平均发电量122.40亿千瓦时，2016年5月全面建成投产。2019年7月开工建设的银江水电站是全国唯一修建于城市中心区的大型水电站，位于金沙江与雅砻江交汇处附近，上接金沙水电站，下接乌东德水电站，装机容量39万千瓦，多年平均发电量15.5亿千瓦时。它既是金沙江上游水电梯级开发的最末一级电站，也是攀枝花市金沙江沿江景观带的一部分。

二滩水电站

规模宏大、激情燃烧的三线建设于1980年结束。1983年底，国家开始对1945个三线大中型企事业单位进行分类调整。2006年，三线建设调整改造工作基本结束。轰轰烈烈的三线建设落下帷幕，30多个新兴工业城市陡然崛起，共同讲述着16个字的"三线精神"——艰苦奋斗、无私奉献、团结协作、勇于创新。那么，攀枝花，这个西部罕见的矿藏基地、著名的钢铁工业基地，在21世纪的高质量发展中，又在如何续写新时代的"三线精神"呢？

或许攀枝花对钒钛提炼技术的追求可以告诉我们某些答案。

攀西地区的钒钛磁铁矿已探明储量95.35亿吨，潜力资源量预测为190亿吨，居全国之首。钛资源储量8.7亿吨，居世界第一位。钒资源储量1862万吨，居世界第三位。钒被称为"现代工业的味精"，在钢中加入钒，可以改善钢的耐磨性、强度、硬度、延展性等性能，并且耐气、耐盐、耐水腐蚀的性能比大多数不锈钢好，在钢铁、化工、航空、航天等领域应用广泛。钛有很多美称——"战略金属"、"宇宙金属"、"太空金属"、"全能金属"、"空间金属"、"继铁、铝之后的第三金属"、"21世纪的金属"等。这么多赞美无非强调其优越的性能和运用范围的广泛。钛具有超强的抗腐蚀性，能够抗强酸、抗强碱，据说在海水中浸泡5年都不锈蚀。同时，钛又具有较高的比强度，能以较小的截面满足强度要求，大幅减小结构体的自重。因此，钛及钛合金在航空、航天、造船、海上平台等领域得到广泛应用。

守着攀西这块土地，应该说，攀钢人的饭碗不是一般意义上的"铁饭碗"，是比"铁"还要硬的"钒钛饭碗"。当然，"钒钛饭碗"并不好端，因为提炼钒钛不是一般的难。攀枝花的铁矿与赤铁矿、褐铁矿、菱铁矿等不同，它是有钒、钛、铬、钴、镍、铂族和钪等多种成分伴生的磁铁矿。因此，如何在炼铁的过程中把高价值的钒钛提炼出来，一开始就是攀枝花人要面对的难题。1970年，攀钢组成了雾化提钒试验组，通过自行设计，先后建起了三座雾化提钒试验炉。1978年12月，攀钢提钒车间投产，两座120吨雾化提钒炉每年可以处理铁水200万吨、生产钒渣14万吨。攀枝花在资源综合利用的道路上迈出了第一步，这一步是划时代的。在此之前，攀枝花对钒的回收率只有10%，对钛的回收率几乎为"零"。1992年5月，攀钢转炉提钒项目设计方案通过审批，两座120吨提钒转炉正式投入建设。1996年3月，转炉提钒工艺彻底取代雾化提钒，这一技术把钒的回收率提升到国内先进水平。但攀枝花人很清楚，即使发展到2014年，从资源综合利用的角度看，他们只回收利用了70%的铁、47%的钒、19%的钛，三种金属的回收利用还有巨大的空间，矿石中铬、镍、镓、钪等成分的有效回收利用还是空白，空间更大。此外，高铬型钒钛磁铁矿直接还原，综合回收铁钒钛铬、钒钛磁铁矿高效清洁选矿、钛精矿生产人造金红石、硫酸法钛白清洁生产等一批重大关键技术需要攻关；氯化法钛白、高档专用钛白、钛白精细化工、钛材、钛合金、钛粉等产品和技术都有待于开发转化。

  从1978年开始的三四十年里，攀枝花人依靠普通大型高炉冶炼钒钛磁铁矿的技术，稳稳地在行业内占据优势（其实几乎处于垄断地位），凭借的主要是天时地利。"天时"当然是指过去激情燃烧的岁月，"地利"则是指只有攀枝花才有丰富的钒钛磁铁矿。

  有谁能料到，钢铁也会进入产能过剩的时代，"钢铁饭碗"也有脆弱破裂的时刻。2008年金融危机以后，中国的钢铁产能急剧增长，但市场需求没有同步跟进，开始出现供大于求的局面，钢价下滑，钢厂效益下降，甚至出现了局部亏损。到2011年，钢铁全行业效益下滑，产能过剩矛盾进一步激化，钢铁产业的结构调整和转型升级势在必行。攀枝花靠钢铁发展的时代过去了，钒钛产业成了新时代的主角。2017年，攀枝花发布了《攀枝花市加快推进攀西战略资源创新开发试验区建设的实施方案（2017—2020年）》，力争通过3~5年努力，使攀枝花资源创新开发和利用水平显著提高，关键核心技术实现重大突破，产业转型升级取得阶段性成果。其核心内容的第三项就是"推进钒钛产业关键核心技术攻关和产业化"。他们的理想是把攀枝花建成全国规模最大、产业链最长、产品种类最多的钒钛工业基地，形成400亿元以上产能；将钒钛资源综合利用率分别提高到50%、20%以上，钒钛磁铁矿尾矿回收利用率达到30%以上。

　　钒钛产品的市场的确很大，但要把产品做出来，难题很多。解决难题的唯一办法是技术创新。比如，对钛及钛合金、锆、铪、钨、钼、钽等稀有金属熔炼铸锭最先进的设备是EB炉（电子束熔炼炉），它通过在真空环境下将高速电子束流的动能转换成热能来轰击难熔金属，从而达到冶炼和提纯的目的。这种技术有很多优点：能有效消除材料中的高、低密度杂质，具有很好的提纯、净化功能；而且可以直接轧制，缩短流程，降低成本，提高成材率；对废料的规格、形态等要求不高，不需要预处理。但这种冶炼工艺的核心技术一直掌握在西方企业手里，其他国家要自主开发EB炉冶炼设备非常难。不说别的，仅仅是电子束枪一项就足以让人却步。电子束枪的配件主要有电子束管、涡流电枪、特制栅极、大孔径衍射器以及无机树脂特制半导体元件等，其中每一件的制造都有极高的难度：电子束管需要具备良好的绝缘性和耐热性；大孔径衍射器的制造涉及复杂的光学技术；涡流电枪需要优良的焊接技术；特制栅极需要钨、钼、钨铼、钨钼合金等特殊材料；无机半导体因其以硒、锗和单晶硅为主要材料，技术更加复杂，说白了，这种半导体就是通常所说的芯片的制造材料。

有困难，但不能等待。就如横断山脉当年未能阻挡三线建设大军一样，钒钛冶炼工艺的技术壁垒也未能阻挡当代攀枝花人。2016年7月，一条"突破技术封锁，首套国产大功率EB炉在攀试车成功"的消息震动攀西大山，攀枝花云钛实业有限公司拥有自主知识产权的EB炉试生产出第一块长度为8米的钛锭，结束了我国无大功率电子束冷床熔炼炉制造能力的历史。这是攀枝花突破EB炉技术壁垒的重要一步，在这次攻关中，他们自主设计研发了电子束扫描控制系统，解决了大型真空熔炉的真空电子技术以及真空动静密封等难题。攀枝花人不想就此止步，他们要攻克EB炉系统中最难的一关，即电子束枪的研制。过去，进口一把电子束枪需要1000多万元，一台设备上如果配备6把电子束枪，就要六七千万元。经过近两年的努力，2018年3月，技术人员攻克了EB炉关键设备电子束枪的核心技术，EB炉电子束枪实现国产。2019年12月攀云钛公司建成全国第二台国产大功率电子束冷床炉，这个熔炉被称为2016年攀云钛公司首台EB炉的升级版。它实现了从设计、设备制造到安装、调试全流程100%国产化，拥有完全自主知识产权。

EB炉的研制和国产化，是攀枝花转型创新的一个典范，它使得攀枝花钒钛资源的综合利用迈出了实质性的步伐。借助此项技术，攀枝花不但可以低成本生产钛锭及镍钛合金，延伸钒钛产业链，为我国航空、航天、化工、海洋船舶、石油钻井、核工业等许多领域提供材料支撑，更重要的是，它让攀枝花人更加坚定——坚定用新工艺、新设备、新流程改造传统有色冶金产业；坚定走无污染、低能耗、高效益的转型之路。10年来，攀枝花逐步实现了由以钢铁为主向钒钛、钢铁并重，由初级产品向精深加工的转型，钒钛产业占工业的比重由2012年的不足9%提升至2021年的16.5%，从事钒钛原料、钒钛制品生产的企业超过100家。2021年，攀枝花市钒钛产业总产值达到374.36亿元，形成了全世界产业链最完整的全流程钒钛资源综合开发体系。

　　这只是攀枝花转型发展的一道风景线，另一道风景线便是打造清洁能源产业群。对于攀枝花，不少人知道有钢铁不知有钒钛，不少人知道有钒钛却不知有氢能优势。攀枝花有众多氯碱焦化企业，这些企业对制氢再熟悉不过，且制氢成本低廉，而攀枝花的晶质石墨储量有1500多万吨，石墨、钒都是电池产业的材料，这样，从制氢到电池、储氢容器，再到钛酸锂、石墨负极等新能源配套产业，攀枝花已基本成型。攀枝花提出，到2030年将包括氢能产业链、锂电池在内的清洁能源打造成另一个千亿级产业群。届时，攀枝花不仅是中国钒钛之都，也是中国氢能产业示范城市。

　　城是一朵花，花是一座城。这是攀枝花人引以为骄傲的一句话。作为普通的攀枝花人，他们对这座以工业基地为蓝本的城市有更多的感悟，比如"阳光之城"。即便是冬天，攀枝花也是温暖的，可以穿短袖。由于青藏高原和秦岭的阻挡，北方的冷空气即使翻山越岭，也难以把寒气送到攀枝花。而西风、西南风经过横断山脉时又在山后下沉，它们带来的温暖恰好就被攀枝花的高山深谷保存起来。这真是大自然的巧妙设计。这得天独厚的气候成了攀枝花转型发展的一个契机，即康养、文旅产业。2021年攀枝花的康养产业已经达到全市地区生产总值的12.8%，对一个100多万人的城市，这无疑是一个惊艳的数据。这座钢铁之城、钒钛之都一改坚硬冷峻的形象，已成为全国20个康养强市之一。

显然，从下游的铜陵，到中游的瑞昌、大冶，再到上游的攀枝花，长江上下，21世纪的铜草花不再是"哪里有铜哪有它"，而是人与自然和谐、生机盎然的绿色发展之花。

◎ 走出围城

◎ 江豚的爸爸

◎ 绿丝带飘起来

长江大保护

第三章 绿意盎然

长江是地球馈赠给人类的礼物，长江也是中国一半经济总量的源泉。沿江地带的成都、岳阳、武汉、安庆、南京、上海等是著名的石化基地，重庆、马鞍山、武汉、上海等是我国重要的钢铁工业基地。此外，攀枝花是世界"钒钛之都"，宜昌是长江流域最大的磷化工基地，铜陵有国内产业链最为完整的综合性铜产业，黄石是中国重要的矿产资源基地，九江是江西省第二大工业基地，等等。这些沿江工业基地为推动经济发展作出了巨大贡献，也给长江带来了不可承受的环境重负。如何守护好一江碧水，一个企业、一个乡村可以有所作为，一根芦苇、一个志愿者可以有所作为。

走出围城

长江干流流经 11 个省级行政区，如果加上它众多支流流经的地域，整个长江流域涉及 19 个省级行政区，面积达 180 万平方千米，约占我国陆地总面积的 1/5。论流域面积，世界上很多河流都可以排在长江的前面，比如亚马孙河、刚果河、密西西比河、拉普拉塔—巴拉那河、鄂毕河、尼罗河、叶尼塞河，等等。但如果论水量，长江*则可以排到亚马孙河和刚果河之后，居第

★长江的长度为 6300 多千米，排在尼罗河和亚马孙河之后，居世界第三位。

三位。长江是我国水量最丰富的河流，水资源总量9755亿立方米，约占全国河流径流总量的36%，为黄河的17倍。不仅如此，长江流域也是我国的生态宝库，拥有的湿地资源超过我国整个湿地资源的20%。正因为如此，它也是我国生物多样性的重点地区，国家重点保护的野生动植物群落、物种和数量在我国七大流域中多占首位。

当然，正是由于水资源丰富，长江沿线也成为工业企业集中布局的地带。据统计，长江沿岸仅石化、化工、医药三大行业就有企业12万家之多，约占全国的46%。如果算上长江经济带集聚的能源、机械制造、冶金及建材等行业，这个数字将会成倍放大。如此众多的冶金、石化、化工、建材企业，在推

长江

动经济增长的同时，也给全流域生态环境提出了严峻的挑战。据统计，20世纪70年代末，长江流域废污水排放量尚不足100亿吨，而到了2007年，这一数据已经超过300亿吨，相当于每年一条黄河水量的污水被排入长江。2011年，环境保护部等五部委发布的《长江中下游流域水污染防治规划（2011—2015年）》中指出，长江中下游流域"废水排放量占全国排放总量的17.8%，化学需氧量、氨氮排放量分别占全国排放总量的17.9%和19.2%，镉、砷等有毒有害污染物排放量分别占全国排放总量的56.6%、63.5%"。2017年7月，环境保护部等部委联合印发了《长江经济带生态环境保护规划》，其中的"问题和压力"一节描述了生态环境保护的严峻形势："长江经济带污染排放总量大、强度高，废水排放总量占全国的40%以上，单位面积化学需氧量、氨氮、二氧化硫、氮氧化物、挥发性有机物排放强度是全国平均水平的1.5~2.0倍。"长江，中华文明的重要发源地，人们在赞美她曾经灿烂的历史时，更为今天她遭受的污染而揪心。

2016年1月5日，春节的脚步越来越近，山城重庆在辞旧迎新的氛围中迎来了一场重要会议——习近平总书记主持召开的推动长江经济带发展座谈会。"当前和今后相当长一个时期，要把修复长江生态环境摆在压倒性位置。"总书记铿锵的声音犹如早春的风吹过长江两岸："共抓大保护，不搞大开发。"简洁有力的号召，在万里长江激荡起层层浪花。从金沙江到瞿塘峡，从西陵峡口的宜昌到洞庭之滨的岳阳，从鄱阳湖口到长江三角洲，长江上下打响了治理长江生态的攻坚战。

长江过江津之后，就改为了由南向北的走向，一直要流过长江上著名的寸滩码头之后，才会转向东南。在这段几十千米水路的中间，有一个与寸滩一样老的码头，即大渡口。此地因为江宽水缓，光绪年间就被辟为渡口，又因为过江人众，成为沿江数十里最大的渡口，于是便有了"大渡口"之名。1965年，大渡口所在的区域被划为重庆市大渡口工业区。到1988年时，大渡口工业区的面积由当年的4.9平方千米扩张到7.46平方千米，其中重庆钢铁厂的厂区和生活区就占了工业区总面积的62.2%。高峰时期，重庆钢铁厂在长江边铺展约5千米长，号称"十里钢城"，职工达5万人左右，而整个大渡口区在1994年才11万人，可见重庆钢铁厂的气派和地位。但是这家在西南、在重庆有重要地位的冶金企业，在给重庆经济注入强劲动力的同时，也给重庆的环境带来了极大的负面影响。据统计，重钢集团2006年的钢产量为300万吨，而"贡献"的污染量却占重庆主城区污染量的50%。重庆是一座被山包围的城市，北面是大巴山，东面是巫山，东南有武陵山，南有大娄山。在水平方向，城市沿长江两岸、嘉陵江两岸蜿蜒伸展；在纵向方向，则依山梯次向上抬升。两江交汇，空气湿润，山脉的阻挡和地势的起伏导致空气中的水蒸气难以扩散，容易凝结成雾，因而整个城市常常处于云雾缭绕之中，而废气、粉尘、煤烟、交通尾气等污染物与水蒸气结合，使得原本就雾气弥漫的城市雪上加霜。

在"生态优先、绿色发展"理念的背景下，被称作重庆"头号污染大户"的重庆钢铁集团无疑处于风口浪尖。尽管重钢集团先后投入巨额资金治理污染，但离时代发展和城市环境治理的要求仍存在巨大差距。显然，试图通过更换一两种设备、增加一两项环保措施就想让重钢集团脱胎换骨，变成生态优美的绿色企业，并不现实，毕竟重钢集团是一个历史悠久的庞然大物，要更新的设备太多，要改造的工艺太多，要采用的新技术太多，与其零打碎敲，今天更新这个明天改造那个，不如干脆易地搬迁，另起炉灶，绝地重生。

于是，一个持续5年的搬迁计划从2007年开始实施。重钢新址选择在距离重庆70多千米开外的长寿。长寿城区位于重庆主城以东沿江下游，紧依两江新区，距重庆江北国际机场和重庆北站60千米，万吨级船队常年可通江达海，渝怀、渝利、渝万铁路和渝宜、长涪、三环高速纵横交织，是重庆水陆交通的重要枢纽。长寿是重庆市最大的工业中心之一，20世纪70年代我国引进的四套大化纤项目之一"川维"就位于这里。经过几十年的发展，长寿已经成为西部地区重要的综合性化工基地，具有雄厚的工业基础，是国家级经济技术开发区，首批国家级环都市区产业转型升级示范区之一。

重钢集团的搬迁不是设备和人员搬家，而是"环保搬迁改造"，即按照时代和环保要求，重新设计一个企业，以先进理念规划厂房和生产线，升级工艺流程，更新冶炼设备，大量吸收和采用新技术，尽可能减少企业生产带来的污染。这一巨大的拆迁重建工程耗资达160亿元。重钢原本就是一次大搬迁的产物。1938年3月，中国的抗战形势越来越不利。抗日战争爆发后，上海、南京相继失守，日军逼近九江、武汉，国民政府决定将有亚洲最大钢铁厂之称的汉阳铁厂拆迁到重庆。从3月到10月，在长达7个月的拆迁过程中，先后有7000多艘（只）船只冒着日军的轰炸，穿行在从汉阳到大渡口的长江航道上，转运机器、材料3.73万吨，其中包括200吨高炉一座、30吨平炉两座，初轧机、中板轧机、钢轨轧机、中型轧机和机修车间设备，以及耐火材料等。几十名工人在这次惊心动魄的转运中牺牲或受伤。这些从武汉搬迁来的设备，奠定了重庆钢铁厂的基础。这个战火中重生的钢铁厂提供了抗战中全国2/3的钢铁，为最终夺取抗战胜利作出了不可磨灭的贡献。

现在，重钢在长寿再一次获得了新生。

当然，在生态环保大潮中涅槃重生的不仅仅是重钢。2017年3月，《重庆晨报》刊登了一则题为《重庆主城区基本实现"五个没有"，去年累计关闭搬迁260家重污染企业》的文章，宣布重庆主城区已经没有了钢铁厂、燃煤电厂、化工厂、燃煤锅炉、水泥厂和烧结砖瓦窑（即五个没有），不仅如此，新闻也披露了"去年"（2016年）重庆的环保搬迁进展，即搬迁关闭了260家污染企业。其实早在2012年，重庆就完成了搬迁141家污染企业的计划，整个环保搬迁计划分六期涉及208家企业。这些企业大多位于长江边或嘉陵江边，被公认为重庆主城区的主要污染源。比如：渝中区的大黄路片区和化龙桥片区，这是一个夹在嘉陵江与长江之间的工业区；江北区的猫儿石至江北嘴沿线片区，这是嘉陵江左岸一个企业聚集区；南岸区的烟雨路片区，这是长江重庆段右岸的主要工业区；沙坪坝区的井口片区，这是嘉陵江右岸的一个工业区；还有长江左岸大渡口的重钢片区以及九龙坡的电厂片区。在这些区域里，集中了多家化工、医药、橡胶、电池、电镀、油漆等对长江、嘉陵江水生态影响严重的企业，如渝中区的重庆新华化工厂、重庆电池总厂所在的大黄路、平安街离长江都不过几百米；南岸区的重庆长江化工厂、重庆西南制药二厂以及九龙坡的重庆黄桷坪电镀厂离长江也不过1000米左右；江北区重庆东风化工厂与嘉陵江、寸滩的西南合成制药厂与长江的距离都近在咫尺。

几百家企业搬迁带来的环境变化显而易见，主城区的二氧化硫、烟尘、废水、化学需氧量、废气、重金属、固体废物等排放量大幅减少，蓝天、碧水、净土三大保卫战取得重大突破。以大渡口片区为例，2022年6月5日世界环境日来临之前，大渡口生态环境局公布了污染防治攻坚战取得的成效。截至5月31日，大渡口区域空气质量优良天数133天，同比增加15天；截至2021年底，长江丰收坝国控断面水质达到地表水 Ⅱ 类水质标准，饮用水水源地水质达标率100%；受污染耕地安全利用率达100%，污染地块安全利用率保持100%；噪声达标区覆盖率100%。除此之外，在水污染治理中，大渡口区完成了86个入河排口排查溯源、60个排口监测以及86个排口的分类编码、5个排口标志牌安装工作；新建城市污水管网12.25千米、雨水管网14.35千米，更新改造雨污管网5.15千米。

环保搬迁是一项浩大的工程，而搬迁后腾出的土地如何处理和利用，同样是一项艰巨的工程。2011年9月22日，大渡口的重钢轧制出最后一根钢材便宣布生产线全面关停。随后的日子里，曾经热火朝天的车间冷却下来，金属撞击的哐当声、钢水流淌时溅出的火花，都已随大渡口的江水远去。取而代之的是混凝土、残墙、断壁、破窗，空荡的仓房里还有工人遗留下的帽子、手套、茶缸、饭碗，等等，俨然一个巨大的垃圾场。但这只是一个废弃企业的表象，往深层次看，这块土地经历了70多年的冶炼历史，不可避免地含有氰化物、重金属、挥发性有机物等多种污染物。因此，面对腾出来的近8000亩土地，重庆人首先要做的是治理土地中沉积的污染物。这些污染物如果不处理好，土地也就毫无价值。

历史记下了大渡口巨变的这一页。2016年11月，为了落实政府、部门和企业土壤污染防治责任，为把重庆建成水碧山青、绿色低碳、人文厚重、和谐宜居的生态文明城市，重庆市发布了《重庆市贯彻落实土壤污染防治行动计划工作方案》。这是一个专门治理土壤的工作方案，该方案要求2017年6月前出台重庆市《污染场地环境调查与风险评估技术导则》《污染场地环境风险筛选值》《污染场地治理修复验收评估技术导则》《污染场地治理修复环境监理技术导则》等地方标准。该《方案》还决定在大渡口区开展污染地块环境风险管控示范。大渡口区结合《方案》的要求，制定了《重庆市大渡口区土壤污染治理与修复规划》《大渡口区土壤污染防治综合示范区实施方案》，为有效治理重钢遗留的污染场地提供了强有力的政策支持、制度保障和技术规范。从公开的招标资料我们可以窥见大渡口污染土壤修复治理的一角。

比如，2017年12月29日的一份项目名称为"原重庆钢铁集团原址场地治理修复工程（污染土壤环境风险管控示范项目）一阶段"的招标公告显示，这个项目位于重庆市大渡口区镁桥路刘家坝地块，总面积约35396.3平方米，需要修复的土方量约10万立方米。待修复的污染土地分两类：一类是经固化稳定化修复后的土壤，该部分土壤经过修复达到相应的修复目标；另一类是未经修复的土壤，填埋后进行环境风险管控示范研究。施工的内容还包括风险管控区场地平整、防渗和阻隔、地下水收集与导排、渗滤液导排系统、垃圾坝建设等封场前的一切工作。在招标信息网上还可以发现2023年1月31日发布的中标公告，即《原重庆钢铁集团原址场地治理修复工程（污染土壤环境风险管控示范项目）二阶段实施项目》中标公告。二阶段的工作内容包括污染土壤的规范填埋、覆土阻隔、场地绿化、标识标记、围栏管控、后期维护和监测管理等。这些工作要求都写在《原重庆钢铁集团原址场地治理修复工程（污染土壤环境风险管控示范项目）可行性研究报告》之中。

毫无疑问，土壤的修复与治理是一项极其专业的工程，并非简单地挖掘、搬运或者填埋。在已经公开的报道中，我们可以看见修复施工的场景，只见工地上布置了各种管道，纵横交错的管道连接着各种金属罐体、容器，甚至还有筒体状的回转窑以及天然气管道，俨然一个大型工厂。据说这是一套把异位热脱附、固化/稳定化、水泥窑协同处置、地下水抽提处理等多种技术联合起来的大系统，如此设计是为了实现土壤、水质的同步修复。异位热脱附技术，就是把土壤加热，让其中的有毒污染物挥发或凝结。不同的污染物在不同温度下挥发性不同，在污染土壤加热到一定温度时，容易挥发的物质开始挥发，可以通过活性炭之类的吸附剂加以吸附，不容易挥发的在冷却到一定温度后会凝结，此时也可以通过吸附剂或冷却器将其分离出来。难怪处理土壤的工地居然布置了水泥厂的转窑和天然气管道，原来只是为了加热土壤。所有污染过的土壤都要经过这一整套工序，这意味着近8000亩土地都要像耕地一样翻一遍，都要经过传输带、转窑、冷却塔，在热与冷的交替循环中洗礼一次。

如此浩大的修复工程自然不可能一蹴而就，只有锲而不舍、驰而不息，才可能把这块土地修复成净土。自重钢搬迁以来，大渡口区把重钢遗留的大片滨江土地作为"净土保卫战"的主战场，一块一块治理，一片一片修复，经过近10年的坚持，终于见到了分晓。截至2019年6月，他们完成了约86%地块的土壤污染状况调查以及重钢五六厂、型钢厂L28、葛老溪、虹桥院等4个地块的土壤治理修复工程，治理修复土地约

2819亩，处理了约30万立方米的污染土壤。此外，炼铁厂、烧结厂、焦化厂、有机化工厂、高速线材厂、渔鳅浩等6个地块约2400亩的土壤修复正在施工过程中。余下的老重钢片区污染土壤将在2025年之前完成治理修复。

工业基地大渡口会变成什么模样？大渡口江边，曾经的钢铁厂会变成什么模样？2022年10月28日，重庆大渡口举行了一场盛大的项目集中开工仪式，总投资约140亿元的34个项目正式开工建设。其中投资额最大的为中交茄子溪港转型升级项目，这个项目其实就是长江音悦港，因此引起了不少人的关注。但这则新闻更重要的内容却是重庆市"两江四岸"建设以及大渡口未来的远景规划。比如，九龙半岛片区的长江渔鳅浩段，将通过生态环境修复，再现长江自然生态艺术之美；将结合重庆工业博物馆以及周边商业和产业的发展，打造科创成果展示集群；同时，为影视、传媒等产业的发展提供平台，打造"后工业时代"的创意产业。比如，钓鱼嘴半岛片区将通过发展创意产业、生态型商圈经济、休闲文化产业、旅游地产来实现片区内的产业转型。通过转型，大渡口区将建成一个生态环境优美、白领聚居、清洁产业聚集的半岛新区，一个"生活品质之城、新兴产业之区"。这个开工新闻中描绘的蓝图，有很多今天已经变成了现实。

有人用"公园大渡口"来概括今天的大渡口，大渡口的确有很多公园。重钢搬迁后腾出了34千米长江岸线，沿江有一条2022年国庆节对市民开放的"重钢步道"。步道的主线从义渡古镇经葛老溪、思源公园、晨花公园、崖线公园，止于"重庆工业遗址公园"的重庆工业博物馆，全长22千米。与平原城市的绿道、步道不同，大渡口重钢步道依山傍水，高度落差上百米，沿途有山丘、崖壁、廊桥、栈道、桥梁等各种景观，线路高低错落，蜿蜒曲折，沿途花草树木色彩斑斓，更巧妙的是整个步道串连了多个城市公园。一经开放，这条步道便成为旅游打卡地，被评为全国户外运动首选目的地。大渡口的公园远远不止重钢步道主线上串连的这几个，步道支线上有义渡公园、揽江公园、大渡口公园，而在治理过程中还将建设两处大型公园，利用滨江地区建设4个绿廊公园，并结合居住片区中心及商业中心区规划70多个街头绿地及社区公园、12个休闲主题公园。

也有人用"多彩艺术湾"来概括环境整治后的大渡口。"艺术湾"是重庆"两江四岸"治理提升工程中的一部分，具体来

大渡口

说就是在长江渔鳅浩段的治理中，以生态修复为基底，通过艺术手段、科技手段，打造重庆最具有科技感、未来感的绿色慧享水岸。长江渔鳅浩段的整治范围上起葛老溪入江口，下至桃花溪入江口，岸线全长 4.9 千米，总面积 129 公顷。这个范围便是建设中的大渡口艺术湾。当然，艺术湾只是长江岸线整治中的一部分，整个长江岸线整治还包括游憩步道、公共活动场地、绿化提升、消落带生态治理、港口码头覆绿、水环境提升、特色文化节点、停车场、现状场地环境提升、装置小品、导视系统、环卫设施，等等。整个工程正陆续完工并逐步向"两江四岸"沿江周边区域滨江地带延伸。

艺术湾到底有什么？或许长江音悦港算得上一个标志。长江音悦港是利用大渡口的茄子溪港改造而成。茄子溪港位于白居寺长江大桥下游不远处，曾经是重庆主城区的第二大货运码头，占地 1027 亩，年吞吐能力 190 万吨，有 4 个 3000 吨级泊位。茄子溪港本来就是一个文艺味十足的地方，这里原来有一条小溪流，小溪旁长满了茄子，因此当地人把小溪叫茄子溪。茄子溪港附近还有一个更文艺的地方，即成渝铁路上的茄子溪火车站，这个站虽然只是一个四等级的小站，并且过去的热闹已不复存在，但人们忘不了它低矮的站房、弯曲的小巷、有青苔的石板路、绿皮车厢、木门以及门板上陈旧的字迹，简而言之，茄子溪火车站沉淀着重庆人对过去的记忆，一种小镇风情、一种缓慢而悠长的光景。

在这样一个自带文艺气息的地方，人们打算让音乐萦绕山水之间。长江音乐学院、长江音乐厅、长江音乐台、长江音乐广场、长江音乐博物馆、长江音乐营、音乐版权交易中心、音乐品牌创作空间、音乐名家工作室等文化艺术设施、机构都在大渡口人的计划之中，更在打造之中。2019 年、2020 年，长江文化艺术湾连续举办了两届重庆长江草莓音乐节，将数万歌迷吸引到大渡口。2021年，长江文化艺术湾举办了为期三个月的"人文渡口·乐亮江湾"音乐季活动，包括穿越二号COLO音乐节、"弦中流水"全国古琴名家音乐会、"音为有你·风雨无阻"街头音乐周等十大系列、近50场音乐艺术展演，吸引了近30万名市民现场观看，还在网上吸引了3000万名粉丝，话题总阅读量超过1亿人次。2023年6月，艺术湾举办了2023"重庆乐堡WHY NOT音乐节"，邀请艺人及乐队为观众带来摇滚、RAP等不同风格的体验。同时，户外体验区也吸引了大量全国、本地知名品牌参与，互动打卡体验、网红潮流市集、潮玩、朋克养生、街头涂鸦、网红美食等丰富多彩的活动让新生代群体乐在其中。

很难相信，曾经烟囱林立、粉尘笼罩的大渡口一下子变成了充满浪漫、抒情、乐感的乐园。当然，仔细品味这些不可思议的变化，不难看出，大渡口人要打造的长江音悦港不是单纯的"音乐演艺"，它要做的是一个音乐产业链，比如数字音乐、音乐教育、版权经纪等领域；它也不仅仅有音乐，还配套有休闲街区、美食街区、艺术餐饮等业态。大渡口人打造的艺术湾也不仅仅是长江音悦港，而是以重钢旧址为核心，以大渡口沿江岸线为轴，从南向北包括钓鱼嘴半岛、茄子溪片区、老重钢片区和九龙半岛在内的大湾区。比如，老重钢片区的重庆工业文化博览园也是艺术湾的重要内容，甚至可以说是艺术湾的核心，因为整个大渡口的长江岸线改造、整治都起源于重钢的搬迁和治理。与"音悦港"相比，它却是另外一种氛围。重钢搬迁时留下了4万多平方米的老厂房，包括修建于20世纪40年代的大型轧钢厂房、修建于20世纪80年代的大型主电室以及机关大楼、食堂、烟囱等建筑物。重庆工业文化博览园利用这些工业历史记忆的宝贵元素，在对烟囱、厂房、车间、轨道、火车、钢梁以及老旧设备等重新维护、整理的基础上，增加了声像、文献、图片、雕塑景观以及艺术创作工场、主题酒店，从而形成了一个融工业遗址、文创产业和体验式商业于一体的城市综合体。而九龙半岛片区的重庆美术公园却是另外一种气质，它以长江岸线为轴，把博物馆群、文化艺术会馆、美术馆、书院、画苑，以及当代艺术广场等"五馆一场"串联起来，融入"长江文化艺术湾区"的整体布局。这就是大渡口人常说的北聚"美术半岛"，南瞻"音乐半岛"。

大渡口变了。207户搬迁企业搬迁后，重庆主城7个传统工业污染片区都变了。大黄路成了新的商业区，化龙桥片区成了高端时尚的"重庆天地"，江北嘴成了银行、证券、信托等金融行业聚集圈，南滨路成了重庆的外滩。更重要的是这些变化是长江大保护中的重庆篇章，是重庆践行生态优先、绿色发展的新的一页。

不仅仅是重庆和重庆的大渡口，在长江中游，许多城市或县市为实施长江大保护，也启动了大规模搬迁和长江岸线治理行动，岳阳及其代管的临湘市就是如此。

长江临湘段从儒溪的新堤拐到黄盖湖附近的铁山咀，长38.5千米。这段水路虽不长，却积淀了丰富的历史文化，处处显露出长江中游的河流风貌和地理特征。比如位于长江临湘段，也是长江湖南段终点的黄盖湖，就是一个三国文化的地理符号。黄盖湖下游不到10千米便是著名的赤壁古战场遗址。历史上的黄盖湖据说叫太平湖，是古洞庭湖的一部分，面积达311平方千米。传说赤壁之战中，黄盖带人火烧曹操的战船，自己被流箭射中受伤落水，后来孙权以黄盖战功卓著，把长江边的太平湖赏给黄盖，因此，太平湖改叫黄盖湖了。也有人说黄盖湖的名字来源于黄盖在此操练水军。更有人说，孙权赏赐给黄盖的只是长江边的一片土地，并非湖泊，这片土地在地震中凹陷，洞庭湖水灌入其中，形成了一个湖泊，人们称之黄盖湖。不管怎么说，这个湖泊与黄盖有着直接的关系。黄盖湖接纳湖北、湖南交界处的多条小河、溪流，历史上，幕阜山的茶叶从这些小河、溪流进入黄盖湖，再入长江到汉口，并从汉口北上。这条短短的水路是著名的万里茶道的一部分。黄盖湖向上游二十多千米，有一个村子叫鸭栏驿，其地名也与三国文化有关。历史记载，孙权的次子孙虑喜欢斗鸭，在这里修建了一个斗鸭的栅栏，由此诞生了"鸭栏"的地名。唐代在鸭栏的江边设立了一个水上驿站，即鸭栏驿。到了明朝，这个水上驿站变成了管理茶叶销售、运输、税收的机构"鸭栏批验茶引所"、"鸭栏税课局"。鸭栏驿其实是在一个矶头上，这个矶头最早叫鸭栏矶，上游还有一个矶头叫白马矶，两个矶头相距不到一千米。

　　2021年4月，我曾穿过洋溪湖边石岭村的稻田，爬上长江大堤，寻找鸭栏矶。站在鸭栏驿所在的大堤上，才发现原来石岭村及其周围的稻田只是洋溪湖与长江之间夹着的一块土地。鸭栏驿所在的位置如今演变成了长江大堤的一个弯道，早已不见矶头的风貌。白马矶同样也看不出矶头的形状，它只是江边一块躺着的大石头，一块与泥土颜色一样的大石头。江水离石头还很远，大石头两边是宽阔的河滩。眼前的大石头与长江大堤差不多高，宽三四米的平台上长满了杂树。当地人说石头上过去有一座白马庙，抗日战争时期被日军毁掉。当年的白马矶可不是这样，李白在《至鸭栏驿上白马矶赠裴侍御》描写白马矶时写道："乱流若电转，举棹扬珠辉。"想想当年白马矶两侧电闪雷鸣般变化的激流，再看看今天白马矶两侧的草地，一下便理解了什么叫沧海桑田。

长江临湘段附近还有一个"大矶头"，位于临湘塔上游大约5千米。1996年岳阳市成立了云溪区，把大矶头所在的长江段划给了云溪区管辖，但这个长江中游著名的"大矶头"从修建时就称"临湘矶"。在长江文化的链条上，它与临湘塔、儒矶、白马矶、鸭栏矶从来就是一个整体。临湘矶是幕阜山余脉马鞍山的一部分。长2000余米、海拔102米的马鞍山形如奔马，从东南向西北疾驰到长江边，马头扎入长江河道，形成一个自然的矶头。相传关羽被杀，他的赤兔马在临湘的江边投入激流之中，而马背上的鞍则落下来形成了马鞍山。此处水势迅疾，水流复杂，过往船只经常出事。据说有一个女人的丈夫在此行船丧生，为了水上行船人家不再有寡妇，这个女人倾其所能把自然的矶头改造成了便于航运的大矶头。其具体做法是用花岗岩条石护坡，砌出三层台阶，台阶上竖立石柱，石柱与石柱之间穿以铁链连接。这些设计省去了水手拉纤时翻山越岭的辛苦。修建者还在每层的砌墙条石上挖凿了凹槽以及篙眼、钩眼，供船工使用。钩篙可以直接钩住条石上的钩眼，撑篙可以直接插入条石上的篙眼。如此，船只经过矶头的激流时，安全性大大提高。2013年3月，这个著名的大矶头被列为第七批全国重点文物保护单位。

可这个气势恢宏的矶头，一直没有一份清晰准确的简历。不少人把它称为"古代建筑"，说它是"古代文明"的成果，并称之为"长江流域唯一保存完整的古石矶"，甚至称它为"水利建筑"。而对临湘矶的修建时间，更有公元1877年、1879年、1880年多种说法。关于临湘矶的修建过程，也语焉不详，有人说"安徽安庆人余永清赴湖北上任船过此地",见此地行船危险,于是"请示朝廷",筹措资金修了这个矶头;也有人说修建工程刚动工"余永清即逝世",然后临湘徐知县承担了把工程完成的重担。一个安庆人为什么会出现在临湘并站出来倡导修建矶头?如果真如上面提到的"余永清"到湖北上任经过临湘并提出修建矶头,那么,他是什么时间上任、去哪里上任、任什么官职,这些关键信息为什么都模糊不清?当然,即使对余永清的情况不了解,但有些信息是确定的。比如,不管这个矶头修建于公元1877年、1879年还是1880年,它都不能算作"古代建筑"。通常把公元1840年以后的历史称为近代史,临湘矶只能算作近代建筑,而且它不是"水利建筑",准确地说是近代航运建筑设施。更不能说它是"长江流域唯一保存完整的古石矶",就在临湘下游100多千米的武汉市江夏区金口,至今保留着明代修建的槐山矶驳岸,全长近300米,也分三层台阶,与临湘矶一样,也被列入2013年公布的"第七批全国重点文物保护单位"。按修建的历史年代,槐山矶驳岸才是长江流域"古代"的航运建筑设施。

那么,临湘矶的历史有没有更清晰、更准确的线索呢?答案是肯定的。根据岳阳有关部门2014年12月起草的《全国重点文物保护单位大矶头遗址修缮立项报告》,临湘矶建设历时五年,从清光绪二十五年(公元1899年)到清光绪三十年(公元1904年)。这份立项报告同时也介绍了当年修建资金的来源和关键人,即安徽安庆人余永清采取以清廷拨款与地方集资相结合的方式筹集资金修建了临湘矶,工程的主持者则是当时的临湘县知县徐肇熙。在清朝的官员中,查不到余永清的名字,但光绪二十八年(公元1902年)二月湖北巡抚端方的《职官创办善举请奖折》提供了一些信息。这个奏折由端方与湖广总督张之洞、湖南巡抚俞廉联名上奏。奏折的中心意思是余永清乐善好施，请求慈禧加以奖励。在奏折中，端方列举了余永清的种种善举。公元1880年余永清在江夏的金口创办了"淮山矶救生局"。这个"淮山矶"便是今天武汉市江夏区金口街的全国重点文物保护单位"槐山矶驳岸"。光绪二十一年（公元1895年），余永清又在黄陂、黄安、黄冈、麻城四县毗连之处的武湖创办了武湖救生局。光绪二十三年（公元1897年），余永清来到湖北监利与湖南临湘交界之处，在这里创办了杨林临湘救生局，"杨林"指的是与临湘矶隔江相对的监利杨林山。显然，余永清一定是在杨林临湘救生局的创办和经营过程中发现临湘大矶头附近的水流对行船安全有极大影响，于是萌发了修建临湘矶的想法，经过几年的筹备，这才有了1899年临湘矶的开工。

历史居然如此蹊跷，余永清创办的第一个救生局位于武汉市江夏金口的槐山矶，而在创办第三个救生局的时候，发现必须整修临湘矶。那么，余永清是什么官？端方在奏折中写道："窃查补用从九品余永清，自光绪六年禀准官给月捐。"这即是说，1902年端方为表彰余永清给朝廷写奏折的时候，余永清仍然是一名"从九品"的官员，并且还是"候补"的从九品。九品在官职中属于最基层的官员，比如各州县的巡检，从九品比正九品更低，处于清朝官员机构的最底层，再往下则是人们常说的"未入流"的办事员。但余永清不在乎官职高低，二十多年中，他自筹经费二万多两，在长江中游创办了三个红船救生局，挽救了无数生命。此外他还捐出"数千金"薪水做善事。端方在奏折中没有介绍余永清是何方人氏，只是说公元1902年余永清已经年近八旬，想要退休。由此我们知道，修建临湘矶的余永清只是一个一生都没有等到实缺机会的基层官员，因此，不存在到湖北什么地方上任之说，他就在湖北监利与湖南临湘之间经营红船救生局，而且1902年还在世，并非临湘矶工程开工就去世了。

在今天的临湘矶可以见到一块题为"泐临湘矶晓谕"的石碑，石碑立于清光绪三十年（公元1904年）四月，内容是禁止在矶头架设各种扳罾、网罩等捕鱼工具，以免影响过往船只行驶安全，而立碑人第一个就是"杨林临湘矶救生局兼工程局委员余"，这个"余"字，无疑指的就是杨林临湘矶救生局的创办者、经营者以及临湘矶倡修人余永清。临湘矶下游的临湘塔是今天长江临湘段起点的标志，当然，这座砖石结构的白塔也是临湘历史文化的标志之一。临湘塔建于公元1881年，而早前一年，即1880年，余永清刚刚在临湘下游的江夏金口创办了淮山矶救生局。临湘塔所在的位置即儒矶，儒矶对面则是长江左岸湖北省洪湖市的螺山。螺山也是一个矶头，过去，螺山矶与儒矶都是码头，两个码头之间开行汽渡，运输矿石的大型运输车、散装货车以及砂石运输车、水泥运输车每天川流不息，把货物源源不断从湖南运到湖北。2018年，岳阳市以壮士断腕的决心，关停了长江岸线19家单位的42个泊位，提质改造13家单位的40个泊位，同时关闭、拆除11道渡口，并将所有退出的港口码头在2018年6月前全部复绿。儒矶所在的汽渡码头属于"11道渡口"之列。曾经的江南江北货运通道彻底退出了历史舞台。

这段充满丰富历史文化的长江岸线，也有令人赏心悦目的江南风光。从白泥湖开始，一条蜿蜒的小河由南向北穿过里湖、石港、肖田湖、烂泥汊、泾港，把这些湖水汇入洋溪湖，然后继续向北，连通冶湖、小脚湖、涓田湖、陈家湖，最后进入黄盖湖和长江。小河像一条银线，把几十个湖泊串成一条波光闪烁的链子。这些湖泊离长江近的只有几百米，远的不过两三千米。湖泊与长江之间，便是临湘沿江的村庄和田野，绿色的油菜，金色的稻谷，远处丘陵上的茶园以及树丛掩映的民居，一切都在梦幻中。有意思的是，我反反复复提到的这块湖泊与长江之间的土地，地名就叫"江南镇"。

但，临湘江南镇的江南风光里还有另外一种面貌，即临湘乃至岳阳的化工产业带。1976年，临湘农药厂开始生产一种广泛用于农作物杀虫的低毒杀虫剂——马拉硫磷，同时生产杀虫双水剂、杀虫单原粉等农药产品。它是临湘农药生产的开创性企业，其名气在20世纪80年代的农药生产行业如雷贯耳。1993年临湘农药厂变为3个厂，即临湘氨基化学品厂、临湘化学农药厂、临湘农药厂，其他农药生产企业逐步聚集临湘的江南镇。临湘长江一带不经意间成了全国规模最大的氨基甲酸酯类农药原药的生产基地。2007年，"湖南化工农药生产基地"落户临湘，几十千米的长江岸线集中了22家化工企业，如：湖南比德生化科技公司，专门生产供谷类作物和豆类作物抵抗众多病害的丙硫菌唑；临湘市步云化学农药有限责任公司，从有剧毒的杀虫剂呋喃丹颗粒剂，到专门杀虫卵的杀虫双大粒剂，以及广为人知的敌敌畏乳油，它都生产；湖南国发精细化工科技有限公司，专门为农药厂提供异氰酸酯、氨基甲酸酯等中间产品；还有岳阳环宇药业有限公司、岳阳安达化工有限公司、湖南博翰化学科技有限公司、临湘市海源化工有限公司、临湘市宏泰农药有限公司、临湘市化学农药厂、湖南福尔程科技股份有限公司（以下简称"福尔程公司"），等等。临湘江南镇的农药生产已成为"新中国农药工业发展"历史的一部分。1993年3月临湘农药厂投产的年产1万吨氨基甲酸酯类农药工程被载入了中国石油和化学工业联合会编写的《铿锵脚步——新中国成立70周年石油和化学工业发展纪实》一书，该工程是新中国农药工业重大科技攻关项目实现产业化的一个代表。

经过几十年的发展，农药化工成为临湘工业经济的重要支柱。2015年临湘化工新材料规模以上企业达48家，产业增加值达50.4亿元，占GDP比重达28.2%，对GDP、财税的贡献率分别达33.4%、63.3%，行业产品占全省市场的23%。此时的临湘江南镇已被农药化工行业公认为中国（南方）农药原药的生产基地。

然而，严峻的现实却是，临湘农药化工产业给长江临湘段带来了严重的污染。刺鼻的空气、刺鼻的污水、刺鼻的废弃物，使临湘的江南镇成了货真价实的"烟雨"江南，只不过不是人们渴望的清新爽目的烟雨江南，而是灰色的江南、刺鼻的江南。2016年1月5日，推动长江经济带发展座谈会召开，走生态优先、绿色发展之路的号角吹响。2018年4月25日，习近平总书记考察岳阳，嘱托"守护好一江碧水"。作为长江经济带的沿线城市，临湘理所当然要为推进长江经济带绿色发展作出自己的贡献，也更有责任"守护好一江碧水"。关闭、退出、搬迁、转型，一场整治"化工围江"的攻坚战在曾经的三国古战场——今天洞庭湖与长江的交汇处打响。2019年，按湖南省统一部署，临湘市沿江1千米内的化工企业全部退出、搬迁，其退出和搬迁的数量分别占湖南全省任务的34.28%、20.4%。

破旧立新之所以痛苦，在于既要"断舍离"，又要"开新局",既要果断告别过去,又要勇敢面对未来。临湘市毅然决然,将小而散、工艺落后、技术含量低、市场竞争力不强的粗放型化工企业彻底关闭。经过摸排分析,12家农药化工企业被要求停产关闭。破旧立新的痛苦还在于"破"与"立"都不是免费的,都需要付出成本。为妥善推进22家化工企业的关停或搬迁,临湘市筹措了近15亿元资金。而据2022年12月7日的《关于临湘市2022年财政预算执行和2023年财政预算(草案)的报告》,当年临湘市预计"全年完成公共财政预算收入149659万元"。可见,为了关闭、搬迁沿江化工企业,临湘市大约付出了一年的公共财政总收入。

对保留下来的10家企业,临湘市于2021年9月建设了

临湘

一个高标准绿色化工产业园，专门承接企业的搬迁和安置。搬迁不是搬家，而是新生，搬得是否成功关键取决于企业能否满足"高标准"、"绿色"的指标要求，即企业必须向绿色化、精细化、高端化转型。这个标准既是绿色发展的时代要求，也是企业竞争力的内在要求。通俗地说，就是要技术高、工艺新、产品优、污染小、前景好。为了彰显园区的环保追求，临湘市干脆把园区命名为"绿色精细化工产业园区"，提醒每一个入驻企业时刻问一问自己，是否达到了"绿色园区"的标准、离"绿色园区"的要求还有多远。也许有人会疑惑，临湘市对"绿色园区"标准的坚持会不会是一种宣传的噱头或仅停留在口头上？其实只要稍加了解就能打消疑虑。"绿色园区"并非地方自己可以宣称或认定，而是需要一定的程序评审以及复核。2021年，湖南省首批认定了包括临湘绿色化工产业园在内的10个化工园区。2022年湖南省多部门联合对10个化工园区复核，通过复核的仅有4家，在这4个园区中，临湘绿色化工园的评分位列第二。

　　苛刻的标准恰好是绿色园区的价值，能够入驻园区无疑是一种荣誉。令人欣慰的是，临湘沿江化工产业带10家搬迁企业都按照严格的要求实现了搬迁。比如，湖南国发精细化工科技有限公司以搬迁为契机，退出农药生产，转而投资建设新材料项目，生产邻仲丁基苯酚、邻异丙基苯酚等中间体，不仅可以全面降碳减污，还延长了石化产业的下游产业链，可以更好地为岳阳大石化产业发挥独特作用。2022年9月，该公司被国家发展和改革委员会纳入中长期发展支持企业行列。比如，2022年11月，专门生产重金属螯合剂的福尔程公司搬进了绿色精细化工产业园。在新的厂房，福尔程公司生产的依然是重金属螯合剂，但生产过程却发生了根本的变化，引进了自动化生产线，实现了数字化管理。一个个变化从一个环节、一个流程传输到另一个环节、另一个流程，最终汇集到产能端。相比过去在江边的老厂，搬迁后福尔程公司的产能扩大接近 5 倍，一举名列全球重金属螯合剂生产企业的前茅。

除了 10 家化工企业从沿江地带搬迁进入绿色园区，临湘市按照绿色园区的标准，乘势引进新的高新技术企业。2023 年临湘市引进的湖南双阳高科电子级双氧水项目是"绿色引进"的一个典型案例。论工艺，湖南双阳高科电子级双氧水项目采用世界最先进的蒽醌法流化床技术和多元集成纯化技术。双氧水生产国内基本采用固定床加氢，国外普遍采用流化床加氢，流化床过氧化氢生产工艺流程简洁、操作简单，不仅氢化度高、副反应少，而且产量更高、消耗更低、产品质量更好。论技术，电子级双氧水是国家高端新材料关键技术产业化项目。论产品前景，湖南双阳高科化工有限公司电子级双氧水是国家"十四五"制造业核心竞争力提升的重点产品。论竞争力，湖南双阳高科化工有限公司是央企中唯一生产电子级双氧水的企业。无论从哪个角度看，电子级双氧水项目都好似一个按绿色化工园区标准定制的项目。有关绿色园区的好消息接踵而来，2021 年 12 月湖南省环保厅批复了岳阳 150 万吨乙烯炼化一体化项目临湘片区环评报告。报告同意在临湘绿色园区内使用 8370 亩土地用于乙烯炼化一体化项目。它意味着临湘绿色园区未来将是岳阳乙烯炼化一体化配套项目的承接园区。

有所执，方有所成。临湘绿色精细化工产业园自 2021 年 9 月开园以来，先后有国发精细、环宇药业、比德生化等 24 个搬迁或招商项目入园。2023 年 4 月中旬，临湘市向社会宣布，临湘滨江22家化工企业中，12家应该关闭退出的已全部退出，10家规划搬迁的已搬迁6家，其余4家将在4月底全面停产并开始拆除设备，这最后的4家企业在2023年11月底前将在绿色精细化工产业园开启新的一页。这个消息的发布标志临湘市提前近两年完成了整治"化工围江"的任务。通过淘汰落后技术和传统工艺，新建绿色化工产业园，倒逼企业在工艺、技术、产品、管理上实现升级转型，走上生态优先的高质量发展之路。临湘践行了守护一江碧水的责任，在长江经济带绿色发展的格局中开辟出了一片新天地。

2021年4月24日，江南春天的一场大雨突然袭来时，我刚好抵达儒矶所在的小山，这座山原名"如山"，儒矶原本叫"如矶"，后来不知因为何种原因，山改为了"儒山"，矶改为了"儒矶"。临湘塔为实心塔，游客不能登塔观景，但塔顶有一棵松树，可以代替游客眺望洞庭湖与长江交汇的苍茫大水。七层白塔的下面有两米多高的花岗岩基座，塔的主体每一层都有砖檐，翘角上系有铁质风铃。塔身还嵌有佛龛，内置佛像。光绪七年（公元1881年），一直在西北跟随左宗棠征战的刘璈迎来了人生的转折，他被授福建台湾兵备道兼提督学政。也许刘璈预感到这次从西北到东南说不定会有什么变故，于是，他倡议并捐资在家乡修建一座白塔，一是纪念跟随他战死的湘军子弟，二来借此张扬家乡的人文。果不其然，光绪十一年（公元1885年），刘璈在台湾坚决抵抗法军后却被诬陷，光绪十三年（公元1887年）病逝于黑龙江流放地。湖广总督张之洞曾为刘璈撰写过一篇深情的悼文，称他"儒文侠武，卓尔有声"。刘璈虽然多半时间在治军，但不管在哪里，他都重视文教，身体力行。据《台州府志》记，刘璈主政台州九年，筹款修复了府学、县学，督促各县新建、重建、扩建书院共 32 所，在台州各地设立义塾八九十所。从刘璈开始，台州文教事业才开始复兴。

　　大雨中的儒山不见一个人，除了雨声、风声，整个儒矶所在的江边，只有被大浪反复拍打的礁石顽强地站在激流中。同样顽强站立在江边的还有儒山。儒山靠江水的一面像被劈去了一半，眼看山顶白塔边的树林都要垮塌，在这样崩溃的山体上，30 多米高的临湘塔显得无比孤独和无奈。幸好江边已经竖立起了钢筋护栏，施工队正在对山体和边坡进行加固。

　　临湘塔周围也围了一圈施工挡板，挡板上的文字和示意图告诉公众，临湘塔正在维修。塔下小道旁的巨石上写着"临湘市长江岸线整治项目"、"中国三峡岳阳长江岸线生态保护和绿色发展项目"。我眼前的临湘塔维修工地只是临湘市构筑滨江绿色生态长廊，打造最美长江岸线的一部分，其他的工程还有在 38.5 千米的长江岸线上栽植景观树木 20 万株，完成造林绿化 7850 亩，沿江化工企业旧址的土壤治理、沿线水塘治理以及游客驿站、水电管网的建设。在中国长江三峡集团有限公司（以下简称"三峡集团"）支持下，临湘市将对临湘塔山体边坡进行加固、生态修复，然后以临湘塔为中心，建设一个占地 126 亩的生态文化园。这个生态文化园将把沿江化工企业旧址、沿线湖泊水塘以及著名的历史遗迹白马矶、鸭栏矶串连起来。今天，临湘塔下曾经臭气熏天的泥塘，已经重现真正意义上的江南水乡，白塔碧水、云烟缭绕、绿树青居，临湘市的长江岸线已经变成旅游目的地、网红打卡地。

　　长江临湘段只是湖南长江段中的一小段。长江湖南段 163 千米都在岳阳境内，占洞庭湖面积一半的 1328 平方千米也在岳阳，洞庭湖湖泊群落中面积最大、保存最完好的天然季节性湖泊东洞庭湖也在岳阳境内。处于洞庭湖与长江交汇处的岳阳，依"江湖"而生，以"江湖"为荣。长江大保护拉开序幕后，滨江、靠湖的水乡人有了新的观念，他们得改变靠山吃山靠水吃水的传统生活方式和生产模式，他们要美好的生活，更要"以江湖为贵"、"以江湖为重"。

观念变了，随之而来的便是行动和局面变了。从2016年开始，他们拆除矮围、清理欧美黑杨、关停非法砂石码头、关停或搬迁化工企业、关停造纸企业、拆除沿江小散码头泊位、治理黑臭水体，一项项行动汇成声势浩大的"江湖保护"交响曲。

巴陵石化的己内酰胺产业链搬迁无疑是这部交响曲中最激昂的一个音符。巴陵石化公司是一家特大型石油化工、煤化工联合企业，以石油炼制为主业，也生产苯乙烯、聚丙烯、环氧树脂、液氯、盐酸、己内酰胺、聚酰胺、环己酮、硫酸铵、液氨、双氧水、氢气等下游产品。经过50多年的建设与发展，巴陵石化已成为世界锂系橡胶生产基地、国内重要的环氧树脂生产基地。但正是在巴陵石化的不断壮大中，危机凸显出来了。随着岳阳市城区规模和人口规模的扩大、膨胀，巴陵石化与岳阳城区已经融为一体，形成了你中有我、我中有你的交织局面，而且巴陵石化的己内酰胺产业链离洞庭湖、长江的距离只有1千米。尽管岳阳人都以巴陵石化为骄傲，可如此巨无霸式的石油化工企业就摆在窗口，的确让很多岳阳人不能释怀。更何况，这个庞大的化工企业让长江、洞庭湖的生态环境处于不可忽视的威胁之中。

在长江上下构建生态优先、绿色发展的新格局和长江大保护的新形势下，巴陵石化的己内酰胺项目被列入国家长江经济带发展示范项目、城镇人口密集区危险化学品生产企业搬迁改造重点示范项目。在巴陵石化的上百种产品中，"己内酰胺"

不像汽油、柴油、尿素、烧碱等一看就明白，似乎离大众很远，其实它离百姓的日常生活很近。简单地说，它是通过物理或化学方法生产出的一种白色鳞片状固体，这种固体主要用来生产锦纶等，毛纺、针织、机织、渔业、轮胎、工程塑料、薄膜以及复合材料等领域都可见到这种化工原料的身影。经过科学论证，解除巴陵石化对洞庭湖、长江生态环境威胁的有效办法，是把整个己内酰胺产业链搬出城区。搬迁后，采用中国石化具有自主知识产权的成套绿色环保新技术，对己内酰胺产业链进行升级。升级转型后每年产能将由原来的 30 万吨提升到 60 万吨，一举成为世界最大的己内酰胺生产基地。同时，能耗、物料将大幅度降低，外排废水将降低 73%，化学需氧量将降低 67%。如此，可以基本消除巴陵石化己内酰胺项目对长江和洞庭湖的生态环境安全威胁。就这样，一个超大项目诞生了，它被命名为"巴陵石化年产 60 万吨己内酰胺产业链搬迁与升级转型发展项目"。

  这个项目到底有多大？两个数字可以让我们直观感受，即：己内酰胺产业链搬迁项目总投资 153 亿元，占地 2650 亩。再比较一下，我们对这个项目的庞大就更加清晰。2023 年 3 月 1 日临湘市政府网在招商引资板块介绍了重点项目"绿色精细化工产业园"，该园规划用地面积 6 平方千米（9000 亩），目前已开发 3600 亩，已签约入园项目 17 个，计划总投资 156 亿元。显然，巴陵石化的己内酰胺产业链搬迁项目总投资已经接近整个临湘绿色精细化工园的总投资，占地面积超过临湘绿色精细化工园已开发面积的 2/3，超过整个临湘绿色精细化工园规划用地的 1/4，这个占地面积排在 2021 年湖南省在建项目中的第一位。

回顾时间的脚步，就知道如此巨量的搬迁与升级转型是如何一步一步完成的。2018年11月7日，湖南省人民政府与中国石化集团公司在北京中国石化总部签署《关于中国石化巴陵石化公司己内酰胺产业链搬迁与升级转型发展合作框架协议》。2019年12月5日，岳阳市人民政府与巴陵石化公司签订《中国石化巴陵石化公司己内酰胺产业链搬迁与升级转型发展项目补偿框架协议》和《中国石化巴陵石化公司己内酰胺产业链搬迁与升级转型发展项目入园协议》。2021年6月30日，项目土建工程开工。2022年4月20日，项目主体结构集中封顶，主装置全面进入安装施工阶段。2022年9月5日，项目最重大件设备、净化装置001塔（氢氨装置变换气吸收塔）成功起吊。2023年3月30日，首批20套装置顺利交工，项目正式转入投产准备阶段。2023年4月下旬，项目进入预试车阶段。2023年4月28日，巴陵石化己内酰胺产业链搬迁项目总体试车方案获通过。2023年5月10日，岳阳铁水集运煤炭码头开港，巴陵石化己内酰胺产业链搬迁与升级转型发展项目供煤通道贯通。2023年5月15日，首台锅炉一次点火开车成功，项目进入热态调试阶段。2023年7月5日，酯化法环己酮装置顺利交工，进入生产准备阶段。至此，己内酰胺项目58套新建装置有55套实现中间交接，占比近95%，项目总进度99.37%。2023年8月16日，巴陵石化己内酰胺产业链搬迁项目首套生产装置实现安全平稳一次开车成功。2023年8月30日，一辆装载22吨优级尼龙6切片的货车启运，首批产品出厂，项目全面建成投产。

从2021年6月到2023年8月，两年之中，建设者们完成了58个主体项目，包括己内酰胺装置、合成氨装置、空气压缩站、一循环水站、化学水装置、脱硫装置、锅炉、变电站、原水净化站、厂外给排水管线、事故雨调池、仓储工程、铁路工程、中控室，等等。俯瞰巴陵石化己内酰胺产业链的新址，眼前的场地相当于238个标准足球场；在这片塔罐林立、管廊交织的场地上，建设者敷设了278千米地面工艺管道、60多千米地下管道。有谁知道，这些奇迹的一大半是在疫情防控中创造的。

临湘市搬迁化工产业带的故事，巴陵石化搬迁己内酰胺产业链的故事，是长江沿线破解"化工围江"宏大叙事中的一章或一节。近10年来，长江上下几千千米的岸线一直在讲述这样的故事，在西陵峡口的宜昌，在长江三角洲的常州，许多化工企业都经历了与岳阳化工产业一样的脱胎换骨。

长江宜昌段的岸线并不长，只有200多千米，但沿江的化工管道却不短，有1000千米以上。这些管道的背后是宜昌市100多家化工企业，有的企业离长江仅仅50余米。它们的工艺水平和环保水平不一定都很高，却占据了宜昌整个工业产值的1/3，是一个上千亿元的产业链。全国已探明的磷矿储量15%在宜昌，得益于资源禀赋，宜昌的100多家化工企业多半是磷化工；得益于长江水道，企业用水方便、运输方便，这些企业中的许多都分布在长江岸边。但这些企业时刻威胁着长江的生态安全。从2017年起，宜昌市决定对134家化工企业分类采取措施，34家关停，100家搬迁改造。对34家关停企业的员工，一部分终止劳动协议，保障退休、养老等合法权益，一部分分流到其他化工企业，一部分经过培训后再就业。2021年10月底，宜昌沿江1千米范围内化工企业全部完成"关改搬转"。

长江下游是破解"化工围江"的另一个大战场。资料显示，2015年江苏有包括南京金陵石化、扬子石化、仪征石化等在内的7000家化工企业布局在长江两岸，其中不少是危险化学品企业。在江苏沿江 7000 家化工企业中，有 31 家坐落在长江常州段 10 千米的范围内。从得胜河与长江交汇的入江口向东，到与江阴交界的圩塘工业园，这一段的长江岸线不到 8 千米，却排列着一座座化工企业的塔罐，其密集程度甚为壮观。

一个有意思的现象是，常州的化工企业离长江的距离居然都在 1 千米之内，有的甚至就在长江大堤边或河道边。不用怀疑，如此密集的化工企业必将对长江的生态环境产生严重的污染。在推动长江大保护的攻坚行动中，常州对 31 家化工企业的处理方式非常独特，没有整改验收合格后再生产的说法，也没有搬迁异地再生产的说法，就一个选择——全部关闭拆除。不仅如此，常州为关闭拆除 31 家化工企业，还专门制定了一个化工企业安全关闭的地方标准。

腾退拆除的企业怎么办？常州市有一项创新，即探索出了一套关闭腾退化工企业用地资源整合利用的方案。关于这项创新，不同的媒体有不同的解读，有的称之为"等量易地整合利用"，有的描述为以"企业退出—生态修复—指标调剂—异地使用"为路径的空间补偿机制。简单梳理这项创新的过程或许更容易理解其实质。2020 年 7 月，常州成为江苏省沿江关闭腾退化工企业用地资源整合利用的试点，整个江苏省只有常州这一个试点。试点的目的是围绕完善生态用地管制机制，探索实践"生态整治复绿用地对应的规划建设用地指标异地调剂"新模式。显然，这项创新与土地有关，与用地指标有关。它的具体操作是，与关闭腾退企业签订拆迁补偿协议，并一律实行货币补偿，然后组织对腾退的土壤进行调查、提出整治意见和方案，土壤整治后进行生态复绿，组织专家对复绿的土地验收，验收后的土地纳入数据库，作为长江大保护专项指标进行管理。

最关键的一点是，根据最终土壤整治和生态治理的数据，对关闭拆除的化工企业在异地调剂土地使用指标，从而在城市建成区范围内实现生态空间与建设空间的置换或补偿。即企业腾出生态空间，在城市内置换建设空间。

常州人从来就有不等不靠的改革精神。三四十年前，常州人就是靠这种不等不靠的主动精神创造了中国乡镇企业发展历程中著名的"苏南模式"。在被批准为沿江关闭腾退化工企业用地资源整合利用试点之前，常州人就开始探索了。2019年5月，常州沿江化工带4家生产农药原药和农药中间体的企业签订了腾退意向书。2020年3月，永达药业、凌尔兰环保、广华化工、莱依特化工、明谛树脂等企业关闭腾退。2021年3月，沿江1千米范围内所有化工生产企业全部"清零"，28家化工企业完成拆除。2022年11月，常州已安全拆除化工企业43家，累计腾退土地4000余亩。2023年7月，常州市生态环境局称，常州市已累计安全拆除化工企业45家。这个拆除的数字超过了31家，多出来的十几家是沿江1千米以外的化工企业。这十几家企业虽然离长江的距离超过1千米，但为消除隐患，常州市果断一并拆除。常州打赢了一场攻坚战、一场硬仗，也取得了打造长江大保护绿色转型发展先行示范区的突破性进展。

经过用地指标调剂和置换，在常州高新区新材料产业园，以"高端产业、绿色产业"为方向，聚焦高分子、碳纤维及复合材料、先进制造等新材料、新医药产业，完成腾退的企业纷纷找到了具有高技术含量的优质项目。这些优质项目所产生的效益远远超过了被拆除的化工企业。来自常州高新区税务局的数据令人欣喜，常州滨江化工产业腾退拆除后，高新区新材料产业园各项经济指标不降反升，销售收入从2019年的414亿元增至 2022 年的 580 亿元，亩均实缴税收从 11.1 万元增至 36.7 万元。企业转型后每使用一亩地上缴的税收居然增加如此之快，出乎土地管理部门的预料，也出乎企业经营者的预料。更出乎意料的是，常州高新区新材料产业园成功摘得极具含金量的全国"智慧化工园区"、"绿色化工园区"双称号。

今天，常州沿江一带的环境和生态发生的变化每一位市民都可以直观感受到——芦苇、草地、水塘、湿地、鸟群、树林，以及没有异味的空气，等等。但有一些却是无法直观感受到的，比如：江边化工企业拆除后，每年减排生化需氧量 413 吨、氨氮 18 吨、二氧化硫 377 吨、氮氧化物 64 吨，减少危废产生量 1.56 万余吨，减少废水排放量 502.6 万吨，减少能耗折合标煤 18.98 万吨，减少挥发性有机物排放量 460.4 吨。这些数据不监测、不比较则很难知道。

另外一些变化则处于可以直观与不能全部直观之间。比如，常州在破解"化工围江"之后，实施了长江护堤护岸造林、岸线复绿、沿线村庄绿化美化、森林质量提升四大工程。其中，整治修复了 3000 多亩土地，种了 2 万多棵乔木灌木，建成了沿江堤 300 米宽的连片复绿带，造林绿化面积达 2000 亩。截至 2023 年 8 月，常州沿江岸线 5 千米廊道累计复绿超过 3300 亩，生态岸线跃升至 80.6%，位列江苏省第一。

2023 年 9 月，常州破解"化工围江"成功入选中华环保联合会 2023 年减污降碳绿色发展典型案例。这一荣誉来自常州人的勇气和创新，也来自常州人对短短 25.8 千米长江岸线的绵长珍惜和热爱。

相对于江苏全省 7000 余家化工企业的大世界，常州拆除的 40 多家只能算沧海一粟。面对巨大的生态环境压力，江苏把修复长江生态环境摆在压倒性位置。2017年和2018年，江苏省关停了2600多家化工企业。2019年3月21日江苏盐城响水化工园爆炸事件后，江苏关闭化工企业的速度更快、力度更大。在2019年4月的《江苏省化工行业整治提升方案（征求意见稿）》中，要求到2020年底，全省化工生产企业数量减少到2000家，到2022年全省化工生产企业数量不超过1000家。全省50个化工园区将压减至20个左右。沿长江干支流两侧1千米范围内、化工园区外的企业，太湖一级保护区内的企业，京杭大运河（南水北调东线）和通榆河清水通道沿岸两侧1千米范围内的企业，规模以下不达标的企业，安全环保隐患大的企业，2020年底前都必须关闭或退出。

2023年8月，从江苏省生态环境厅传来消息，经过近10年的不懈努力，江苏谱写出了一曲长江大保护的优美乐章。10年中，江苏累计关停沿江化工企业3505家，压减沿江1千米范围内化工生产企业145家，取消25家化工园区的定位，72.6千米生产岸线转为生活、生态岸线，432.5千米的长江江苏段干流水质连续5年保持Ⅱ类。

白居易卸任苏州刺史12年后，在洛阳写下了三首《忆江南》。此时白居易已经快70岁，脑海里充满了对过往的回忆，而对江南美景更是念念不忘："江南好，风景旧曾谙。日出江花红胜火，春来江水绿如蓝。能不忆江南？"亲切、深情、温暖、简单而新颖的诉说，一出手便成为耳熟能详的名句。今天的长江三角洲地区，自然生态优美，城乡环境宜居，水韵人文和谐，绿色发展强劲。假如白居易从洛阳再访苏州，又或者，从南京顺江而下至苏州，他会不会再一次发出"江南好"的感慨呢？我想，他会的。

江豚的爸爸

　　许多植物对环境尤其敏感。如向日葵、胡萝卜、菠菜、芝麻、栀子花等对二氧化硫敏感，桃、杏、海棠、山桃、玉米、洋葱等对氟化氢敏感，杜鹃、石榴等对氧化氮敏感，牵牛花、甜菜、莴苣、番茄、菊花、蔷薇等对光化学烟雾敏感，柳树、女贞对汞敏感，鸭舌草对放射性物质敏感。这些植物对污染的感知比人灵敏很多倍。当遇到污染时，它们的叶片、叶脉会出现伤斑，或者枯黄，或者脱落，或者变色。

　　而有的动物会对水质敏感。比如人们熟知的白鲦、鳜鱼，以及人们不熟知的船钉子鱼、军鱼、溪石斑、红尾副鳅、沙塘鳢等，它们的生存状态直接反映水体的质量。在水质不好的水体里，这些鱼很难生存。长江有22种鱼被列入《国家重点保护野生动物名录》，比如圆口铜鱼（俗名肥坨子）、多鳞白甲鱼、胭脂鱼等，它们都对水质要求很高。它们之所以被保护，是因为长江生态环境的破坏导致种群数量越来越少。

　　在长江里还生活着一种对水质非常敏感的动物，一种关注度极高的动物,即长江江豚。长江江豚对声音也很敏感,螺旋桨的噪声和机器轰鸣会干扰它们的回声定位,从而让它们失去方位感。据水生生物学家研究,适合江豚生存的水温范围是5.7~28℃,水质至少要达到标准水质Ⅲ类。水质受污染的水不仅影响江豚食物的质量,也会感染江豚的皮肤。同时,江河里的码头、大坝、水闸等设施,航运、采砂、捕捞等行为以及其他污染物也会对江豚的生存产生严重的影响。因此,江豚往往被称为长江水生态系统的指示物种。江豚多,说明长江健康状况良好;江豚少,说明长江病了;江豚消失,则说明长江病得不轻。长江江豚对长江太重要,不仅是因为它是长江水质的指向标,还因为它是我国特有,也是长江仅存的淡水豚类。

江豚跃出水面

但长江江豚的生存境况并不乐观。2006年3月17—25日,来自中国、美国、英国、瑞士等国家的考察队员从武汉出发,在湖北武汉至湖南岳阳之间进行了第一次长江豚类考察。考察的结论是,长江流域的江豚仅有1800头左右。2012年11月11日,中科院水生所、世界自然基金会等机构共同组织了为期7周的第二次长江淡水豚类科考,在宜昌与上海之间的长江段进行,得出的结论是全流域约有长江江豚920头。相比2006年,长江江豚少了近一半。不仅如此,2012年,在长江流域的洞庭湖、鄱阳湖、鄂州、安庆、南京等水域,还发生多次长江江豚死亡事件。

再明显不过,两次长江豚类科考获得的结果都令人担忧。长江江豚在地球上已经生存繁衍了千万年,它的存在意味深长,既象征长江水生生物的多样性,又标志着长江文明的绵绵不息。假如有一天它消失了,那将是一个悲伤的消息,是江豚的悲伤,也是长江的悲伤,更是人类的悲伤。

拯救江豚的呼吁来自专家学者,来自长江边的江豚关爱者,也来自环保、渔业、水利等行政管理部门。2019年12月,农业农村部发布了《关于长江流域重点水域禁捕范围和时间的通告》,要求最迟自2021年1月1日0时起,"一江两湖七河"*等长江流域重点水域实施为期10年的常年禁捕,其间禁止天然渔业资源的生产性捕捞。2020年7月,国务院办公厅下发《关于切实做好长江流域禁捕有关工作的通知》。根据这两个权威文件,长江流域已经公布的水生生物保护区(包括水生动植物自然保护区和水产种质资源保护

★一江两湖七河:长江干流、鄱阳湖、洞庭湖、岷江、沱江、赤水河、嘉陵江、乌江、汉江、大渡河

区）共有 332 个，其中：湖北 83 个，位列第一；湖南 45 个，位列第二。在 332 个保护区中，江豚保护区有 9 个，即：长江天鹅洲白鱀豚国家级自然保护区、长江新螺段白鱀豚国家级自然保护区、何王庙长江江豚省级自然保护区、岳阳东洞庭湖江豚市级自然保护区、华容集成长江故道江豚省级自然保护区、南京长江江豚省级自然保护区、镇江长江豚类省级自然保护区、铜陵淡水豚国家级自然保护区、鄱阳湖长江江豚省级自然保护区。

9 个江豚保护区中，有 4 个集中在湖北监利到湖南岳阳之间的长江段。可见，长江中游的荆江以及洞庭湖水域在江豚保护中有着极其重要的地位。10 年来，在长江中游真正形成了科研机构、专家学者、政府机构、企业、环保志愿者等共同参与的强大的江豚保护阵营。他们的目标只有一个——让江豚的微笑始终在长江绽放。怀着如此信念的护豚使者，在长江中游的天鹅洲、洞庭湖、长江故道、洪湖等地很容易见到。

2022 年 10 月的一天，我来到长江边的石首市，在湖北长江天鹅洲白鱀豚国家级自然保护区第一次近距离看见了江豚。它跟我小时候想象的"大鱼"很不一样，光滑的灰色皮肤，圆圆的头，纺锤一样的身躯，没有鱼的背鳍。原来它们并不是黑色的，微微翘起的嘴看起来始终在微笑。保护区的小伙子陶乐告诉我，江猪是它们的俗名，它们的学名叫长江江豚，只生活在长江里，而且，江豚并不是鱼，是哺乳动物。

陶乐 2008 年来到保护区，最开始的工作就是饲养江豚。通过多年与江豚的亲密接触，陶乐对长江江豚的生活习性已经相当了解，比如长江江豚喜欢吃鳘鱼（白鲦）；又比如，虽然生活在淡水里，长江江豚有时也要补充盐分和维生素；还有，长江江豚与人熟悉了，会调皮地朝人吐水，表示它很高兴，很喜欢。如果同时几个人喂食，江豚只吃它熟悉的饲养员喂的食物。陶乐一点一滴讲述他了解的江豚，脸上的笑容一丝一丝绽开。陶乐的脸方方正正，看上去果断干练，虽然年轻却履历丰富。他先是在北方当兵，回到家乡后，在石首市开发区的办公室、武装部、农业农村局、组工部的多个岗位都工作过。我向陶乐描述了20世纪六七十年代我所见的长江江豚，陶乐插话说，那时长江江豚有1万多头，而目前只有大约1000头。它们现在比大熊猫还稀少，被列为国家一级保护动物，2013年被世界自然保护联盟列为极度濒危物种。这是我第一次听说长江江豚比国宝大熊猫还稀少。

　　陶乐所在的长江天鹅洲白鱀豚国家级自然保护区成立于1992年，是我国首个长江豚类迁地保护区，辖长江石首段89千米、天鹅洲长江故道21千米。所谓"九曲荆江"，说的正是从石首到监利的长江。在这段著名的蜿蜒型河道上，因为自然裁弯和人工裁弯取直，形成了多个长江故道，天鹅洲故道只是其中的一个，这个故道的形状是一个未封闭的圆。1972年7月，长江突然在六合垸以南冲开一条长2.5千米的新河道，将一个近乎圆形的旧河道抛弃在长江以北。这就是今天的天鹅洲故道。这个圆形故道包围的村庄以六合垸最为著名，因此它过去也叫六合垸故道，而这种废弃河道形成的湖泊也常常被称为牛轭湖。天鹅洲故道湖面宽1200米，平均水深4.5米。这片30平方千米的土地，有2亿多立方米的水体以及300多种动植物，优良的水质加上生物多样性的湿地，为长江江豚提供了绝佳的栖息地。

　　天鹅洲故道是长江江豚的宝地，但对在这里工作的员工而言，却是寂寞、偏僻的野地，在这里工作和生活有着外界并不知晓的困难。在 30 多年的发展中，长江天鹅洲白鱀豚国家级自然保护区的员工从无到有，在一片芦苇地上创造出了世界对小型濒危鲸类自然迁地保护的成功范例。他们都有一个共同信念，即留住长江的微笑。

孙海文就是怀有这种信念中的一个。在我与陶乐聊天的时候，这个 80 后小伙子一直在旁边眯缝着眼睛听。孙海文过去是天鹅洲的一位渔民，每年在天鹅洲故道里打鱼，有七八万元收入。实行长江大保护之后，孙海文彻底放弃了过去的生活，成了保护区一名以保护长江故道和长江江豚为职责的巡护员。孙海文的家在石首市横沟市镇，从家里到保护区有 7 千米路途。每天，孙海文都要从家里出发，先到保护区，然后围绕故道开始巡护。在巡护中，孙海文和他的同伴要记录巡护过程*。这样的巡护工作，若天晴，每天两次；若是雨天，则巡护一次，平均每天要跑 50 多千米。孙海文把车钥匙插入摩托车，我看见仪表盘上显示的里程数是 1.5 万千米，而这辆摩托车他才用了不到一年。这样算起

> ★巡护过程：
> 时间：2022 年 5 月 4 日
> 天气：晴天
> 温度：27℃
> 时间：上午 8 点—11 点，下午 6 点—9 点
> 总里程：上午 45 千米，下午 40 千米
> 江豚监测记录：江滩发现江豚两头在捕食
> 故道巡护记录：上午 8 点出发，监利闸、郑家台、江滩、杨爹点屋、天鹅闸、河口四组、河口泵站、复星闸、春红闸、沟子口、崩岸口、沙滩子水厂、黄瓜岭。下午 6 点出发、黄瓜岭、沙滩子渡口……监利闸

来，6名摩托车巡护员全年巡护里程将达到12万千米。

并非所有的巡护监测登记表都如此单调，翻阅孙海文和同事的登记表，常常会发现令人会心一笑的有趣文字，比如对长江江豚的描述："中午11点44分，江滩100米处发现5头江豚在捕食"，"发现10头江豚在围捕食物"，"发现3头江豚在追逐食物"。捕食、围捕食物、追逐食物，对不同的捕食状态的叙述，体现了巡护员的专业和仔细。又如，"下午在郑家台350米处发现江豚几头迎风而上"，"下午17点32分江滩100米处发现2头江豚在戏水"，这些形象的艺术化语言，又体现了孙海文这些朴实渔民的内心里其实藏着外人看不见的美好。当然，在厚厚的登记表中，还有"中午11点32分，抽水沟收缴丝网1条"之类的执法记录，以及"发现小江豚1头"的惊喜。

守护江豚的并不都是年轻小伙子，还有50多岁的汉子，55岁的丁泽良就是其中的一个。与孙海文一样，丁泽良过去也是渔民。与年轻的孙海文不同的是，丁泽良年轻时就见过白鱀豚、江豚，他对白鱀豚的消失和江豚越来越少深有体会。2008年，在罕见的冰冻灾害中，两头江豚被冰凌划伤，在救治江豚过程中，丁泽良协助研究人员观察江豚伤口愈合状况，并负责照顾两头江豚。从此，丁泽良就与江豚分不开了。2010年，天鹅洲保护区的网箱迎来了叫鹅鹅的雌性江豚，为了让鹅鹅适应新的环境并与网箱里原来的雄性江豚天天建立感情，丁泽良住在网箱上，日夜守护它们。丁泽良的守护不是一般的看护，而是细致到从食物准备到水温水质以及江豚叫声和呼吸声的变化，一旦发现叫声和呼吸声异常，丁泽良就要查看，寻找原因。

在丁泽良的精心守护下，江豚鹅鹅分别于 2016 年、2020 年产下两头小江豚。看着小江豚的出生和健康成长，丁泽良觉得没有什么比自己的工作更有价值的了。但在 10 多年的守护中，丁泽良牺牲了陪伴女儿、外孙的时间，在家人的眼中，他更像是江豚的爸爸。2022 年 10 月 14 日，当我们站在网箱的跳板上近距离接触江豚时，丁泽良指着水中的江豚，告诉我们哪头江豚是父亲，哪头江豚是儿子。他手里抓着几条小鱼，看着水中朝他吐水微笑的江豚，隐藏不住的自豪从脸上流露了出来。他亲切地对江豚说："来啊，来啊，有人来看你们了。"召唤的声音就如召唤自己的家人。从网箱看完江豚，上岸的时候要穿过一艘船，这艘船是丁泽良居住的地方。船舱里摆着一张桌子，桌子上有一台电脑，电脑旁的柜子里还有许多药盒。我凑近电脑屏幕看了看，原来是丁泽良记录的江豚饲养信息。太出乎意料了，眼前这个瘦瘦的、不怎么说话的渔民居然会使用电脑。

在陶乐的记忆中，保护区 30 年的历程里最艰难的环境是 1998 年的特大洪水、2008 年百年一遇的冰雪、2011 年 50 年一遇的干旱以及 2022 年的干旱。江豚每隔一段时间就要从水里跃出来呼吸，2008 年的冰雪却将整个故道冻结了。保护区立即采取措施破冰，为江豚呼吸打开一条通道，但悲剧还是发生了。有一天工作人员发现有江豚死亡，开始大家没有意识到是冰凌的原因，直到发现江豚身上的划痕。在中科院水生生物研究所和当地医院的协助下，保护区对故道里的江豚采取紧急救治，经过 10 多天的治疗，绝大多数受伤的江豚最后都重返故道。2022 年，天鹅洲故道的水位只有 28.5 米，比正常水位 32 米低三四米。严重的干旱导致故道的水只有正常年份的

1/3，21 千米的故道岸线也减少到 14 千米。在如此严峻的形势下，陶乐和他的同事积极联系水利部门，设法向故道补充水量。陶乐说，到了 2024 年，投资 7000 万元的天鹅洲提水泵站就要投入使用，届时，干旱问题就能一劳永逸地解决了。说到这里，陶乐就像他的名字——乐了。

在迁地保护中，保护区巡护员、饲养员的观察、记录、饲养，看似平凡、单调，却有极为重要的价值，可以丰富、纠正人们对江豚的了解、认识，甚至提供新的发现。比如，通常认为江豚怀孕 10 个月生产，但在天鹅洲的故道网箱中，江豚妈妈却怀孕 12 个月；通常认为小江豚 6 个月断奶，但在网箱饲养中 3 个月的小江豚就断奶了，因此，江豚的哺乳期并不是 6 个月……说到这些新发现，陶乐又乐了。

我当然知道，陶乐的心情并不像他笑的那样轻松。据说长江江豚在长江里已经生活了 300 多万年，但它们的生存越来越不容易，河床破坏、水体污染、非法渔业、食物匮乏，等等，每一个因素都是巨大的威胁。有科学家说，长江江豚的数量正以每年 5%~10% 的速度下降。如果得不到很好的保护，估计再过 10~15 年，长江江豚就将灭绝。

这当然只是一种假设或者数学模型。我相信，天鹅洲白鱀豚国家级自然保护区的每一位职工都不愿意让这个假设变成现实。为了留住长江的微笑，他们每年都在努力。2021 年，他们收缴大地笼 37 条、小地笼 96 条、炸弹钩 58 副、电鱼器 2 套、刺网 142 条、船只 1 艘、赶鱼网 13 套。除了执法，他们在维护保护区生态环境上做了大量工作，如与其他部门协调，取缔 30 多个砂石码头；栽种芦苇，恢复湿地面貌；洲滩内沟渠净化，整治水域污染；制止湿地资源破坏活动；等等。正是这些实实在在的保护，使得天鹅洲故道里的长江江豚种群不断壮大，目前已经超过了一百头。

说到故道里的长江江豚不断增加，陶乐很欣慰，这是几代保护区员工的努力结果。最新的科学研究表明，大约在2300万年前，长江从西向东实现了贯通，从而形成了长江中下游的河床。但长江江豚在地球上生活的年代，学者们估计有2500万年之久。这样一种古老的物种能否继续生存下去，取决于生态环境，更取决于人类的态度。在白鱀豚功能性灭绝后，长江江豚是长江中仅剩的鲸豚类动物，它们处于食物链的顶端，因此，长江江豚的生存状态，是长江水质的指向标。它们能欢乐地生活、繁衍，能在长江里跳跃、微笑，就是一江碧水的最好见证。

是啊，谁不想将江豚的微笑永远定格在长江之上呢？从陶乐脸上阳光的笑，从孙海文眯缝着眼睛的笑，从丁泽良脸上悄悄闪现的自豪，都能看到一种信念，那就是要让长江始终微笑。

与陶乐、孙海文、丁泽良不同，我在岳阳见到的江豚保护志愿者——"江豚奶爸"徐亚平的脸上始终挂着严峻、激动、担忧。徐亚平的本职工作是《湖南日报》的新闻记者，但在长江上，徐亚平更知名的身份是岳阳市江豚保护协会会长。2016年3月在接受采访时，激动的徐亚平曾说过两句"狠话"：一句是"若没有保住江豚，我将沉于洞庭湖"，另外一句是"江豚灭了，就是我们这一代人的罪责"。说这两句话时，徐亚平已经做了4年多的江豚保护工作，他为保护江豚所做的许多事已经在长江沿岸为人熟知。

2022年7月20日，我走进岳阳市南湖边一个被樟树遮掩的小区，徐亚平的办公室就在这里。徐亚平是湘阴人，湘阴在岳阳之南，一般称那一带为南洞庭。湘江、沅水、资水以及从津市和安乡过来的澧水、沱水、松滋河、虎渡河等河流的水，经过湘阴进入洞庭湖。在这样一个水流汇集的地方生活和成长，徐亚平对河流、湖泊比一般人要熟悉得多，他的江湖情结比一般人也要深得多。

徐亚平小时候在家乡南洞庭的一小片水域就见过长江江豚，但真正与长江江豚结缘是在湘阴县城打工期间。20 世纪 80 年代末，年轻的徐亚平在湘阴县城里从事过多种职业，当过老师，也做过宾馆服务员。20 世纪 90 年代末的一天，徐亚平突然发现江豚少了。此时，徐亚平已经成为一名新闻工作者，但作为环保志愿者，徐亚平的事业起步于对鸟类的保护，而不是江豚。在发现江豚越来越少的同时，徐亚平发现更多的是人类对野生鸟类的威胁，尤其是在南洞庭有的水域，还存在用排铳打鸟的做法。每次徐亚平听说哪里有人打鸟，他就带着摄影记者，开着一辆破吉普车直奔现场。他要唤醒人们对鸟类的热爱与保护，那些年他和他的同伴们救助了包括东方白鹳、黑鹳、小天鹅在内的 696 只珍稀野生鸟类。徐亚平说，正是在保护鸟类的行动中，他唤醒了自己，并决心把环保当作事业来做。2000 年徐亚平发起成立了环保志愿者协会。到 2011 年，徐亚平开始把主要精力用于江豚保护，并在 2012 年初牵头成立了岳阳市江豚保护协会，这是我国民间首个江豚保护机构。在成立大会上，徐亚平发表了《中国长江江豚保护宣言》。在这个类似协会目标和任务的宣言里，徐亚平把江豚保护协会的工作概括为 4 大项、29 小项，包括实施环保宣教，阻击非法排污、非法采砂、非法捕鱼，帮助渔民转产转业，救护野生动物，等等。其中的 3 项他认为是协会的"攻坚项目"，即：让江豚升格为国家一级保护动物；建立洞庭湖江豚保护区；实施江豚迁地保护。这是一个宏大的计划，从宣布之日起，徐亚平注定走上了一条艰难的环保旅程。

这一做就做到了 2023 年，这 10 年，是徐亚平的人生中至关重要的 10 年。10 年中，加入江豚保护行列的志愿者越来越多，岳阳市江豚保护协会已有会员近 200 人；10 年中，徐亚平见证了江豚保护上升到国家层面的整个过程。2013 年，长江江豚被世界自然保护联盟红色物种名录列为"极度濒危"物种，受威胁程度仅次于野外灭绝。2015 年、2016 年，农业部分别在湖北天鹅洲、湖北何王庙、安徽安庆西江开展长江江豚迁地保护。2016 年，农业部印发了《长江江豚拯救行动计划》（2016—

江豚

2025）。2021年2月，国家林业和草原局、农业农村部发布了调整后的《国家重点保护野生动物名录》，正式将长江江豚等65种野生动物由国家二级保护野生动物升为国家一级保护野生动物。

10年中，徐亚平见证了岳阳东洞庭湖江豚市级自然保护区、华容集成长江故道江豚省级自然保护区从无到有的过程。"集成"指的是华容县集成乡的集成垸，它处于长江荆江段一个32.7千米长的弯道上。长江经过湖北监利城关后向南流，在华容集成乡的临江村折向东北，从集成乡的仙尾洲与湖北监利何王庙闸之间折向南，再流经集成乡的临江村。历史记载，至少在1775年，这个弯道上便有了围垸。这个围垸与今天长江南岸的华容县新江村连在一起，都在长江以南。荆江上这个著名的弯道不仅严重阻碍航运和洪水下泄，而且崩岸不断，把集成垸变成了一块洪水肆虐的土地。根据长江流域规划办公室*编制的《下荆江上车湾裁弯工程规划》，1968年10月，湖南省组织岳阳、华容、临湘3县共2.3万多人对这个弯道实施裁弯取直，即在新江村与临江村之间挖出一条长3.5千米的新河道，让长江不经过弯道，直接穿过临江村向南抵达岳阳君山。1971年，这条人工开挖的河道达到通航要求，成为长江的主航道，过去的长江弯道成为两头与长江相通的长江故道，集成垸与华容县的陆地脱钩，成为长江以北一个被水环绕的孤岛。集成垸的命运再一次巨变发生在1998年，那一年的特大洪水将集成垸的

> ★ 1950年2月，长江水利委员会成立，简称长委会。
> 1956年10月至1989年5月，长江流域规划办公室，简称长办。
> 1989年6月至今，长江水利委员会，简称长委、长江委。

大堤冲毁，集成垸约1万名居民全部转移搬迁，从此，这个面积约3.7万亩的岛屿成为无人生活和居住的孤岛。无人烟、无工厂、无车辆，甚至无灯光，有的只是茂密的树林、葱郁的草地、星罗棋布的水塘，可以想象，这个孤岛及孤岛周围的长江故道对长江的野生动物是多么理想的乐园。2014年，湖南华容和湖北省监利签订"共同支持申报保护区、共同推进保护区建设、共同管理保护区"的协议，决定利用何王庙长江故道，将其建成长江江豚迁地保护区。两个县有一个共同的目标——通过10年努力，储存约60头江豚种质资源。2015年3月，4头来自江西鄱阳湖的江豚被放入集成（何王庙）长江故道。2015年8月，经湖南省政府批准，华容县集成长江故道县级江豚自然保护区升级为省级江豚自然保护区。这是湖南省首个省级江豚自然保护区，总面积为2747公顷，其中核心区域874公顷、缓冲区948公顷、实验区725公顷。2017年集成（何王庙）长江故道江豚保护区再一次从鄱阳湖引入4头江豚，2021年又从湖北石首天鹅洲江豚保护区引入6头江豚，到了2022年，工作人员已观测到10头以上江豚出生，集成（何王庙）长江故道的江豚种群达到了30头左右。集成（何王庙）长江故道江豚保护区的故事，徐亚平都见证了。2015年3月28日，4头来自鄱阳湖的江豚放入集成（何王庙）江豚保护区时，徐亚平就在现场，他拍摄了现场照片并在《湖南日报》发布了《应对生境萎缩迁地保种，8头长江江豚搬新居》的新闻（另外4头江豚放入天鹅洲江豚保护区），并将当天的活动照片发到了微信朋友圈。

10年中，徐亚平见证了洞庭湖水域野生动物资源的明显变化——江豚回升到120多头，麋鹿增至200多头，而候鸟达到 28.8 万只。10 年中，他和志愿者们协助渔政部门共打击处理了 138 个湖匪渔霸。10 年中，为了江豚保护事业，他估计了一下，起码得罪过一万个人。10 年中，为了江豚保护，他甚至"上访"过。徐亚平说的"上访"不是通常的"上访"，而是指 2013 年他与华容县水产局、渔政局等部门的领导到农业部、中科院，请求支持江豚迁地保护工程。10 年中，江豚协会持续帮助渔民接受技能培训，创业就业，筹集 6 万元帮助渔民子弟上岸读书。10 年中，岳阳江豚保护协会的志愿者们共巡逻 1956 次（其中夜晚 626 次），徐亚平每年在洞庭湖里巡护的天数都超过了 100 天。10 年中，作为岳阳市人大代表，徐亚平多次就江豚保护、渔政执法、环境保护等工作提出建议，如 2016 年的《关于加强江豚保护区监管和执法的建议》、2017 年的《关于切实加强我市畜牧业渔业行政执法职能的建议》、2018 年的《关于将江豚确定为岳阳市吉祥物的建议》、2020 年的《关于岳阳市东洞庭湖长江江豚市级自然保护区升级为省级自然保护区的建议》等，这些建议客观上推动了洞庭湖环保和江豚保护的步伐。著名豚类专家、中科院水生所研究员王丁曾评价岳阳市江豚协会和徐亚平的工作，"大大减缓了江豚灭绝的步伐"。话不长，却很有分量。

徐亚平组织的打击非法捕捞、保护江豚、保护洞庭湖生态等志愿者活动，在当时无疑损害了不少人的利益。有的人会在徐亚平的门上贴上红布或者扎破他的轮胎以示警告，有的则是直接找上门来，对徐亚平和志愿者围攻、殴打。但这些都不可能让倔强的徐亚平屈服。他的脾气和性格让我联想到历史上的湘阴籍名人左宗棠。这个 14 岁就考上了秀才的湘阴才子，却在三次会试中落榜。尽管如此，大器晚成的左宗棠仍然在收复新疆、海防建设、兴办洋务等诸多领域都取得了举世公认的成就，就连老对手李鸿章都不得不服，说左宗棠"焜耀九重诏，文以治内，武以治外"。在晚清的四大名臣中，左宗棠往往被视为最有争议的一位。其中的主要原因，是他为人处世缺乏圆滑和委婉，容易冲动，用今天的话叫搂不住火。胡林翼对他的评价很直接，叫"刚直激烈"；翁同龢的措辞比较婉转，叫有"豪迈之气"；《清史稿》说得也含蓄，叫"刚峻自天性""锋颖凛凛"。总之，他从不善于掩饰自己，说话不讨好人，也不在乎得罪人。而同事、同僚的各种议论，左宗棠向来不在意，他的座右铭是"能受天磨真铁汉，不遭人嫉是庸才"。

2022年7月20日这个雨夜，在徐亚平激动地讲述他的志愿者生活时，我分明有一种错觉，他不是在讲述，而是在演讲，有时甚至是申诉。我与他两个多小时的交谈中，他没有笑，甚至没有一丝的轻松、调侃、诙谐、幽默，没有插曲，没有拐弯抹角。我突然就想到了他的老乡左宗棠。2019年端午节，我曾在湘阴城的东湖边徘徊了一个下午。空旷的左宗棠文化园广场上，矗立着一尊高大的左宗棠石像。整个石像好似由一块巨石刀劈斧砍而成，粗粝、坚硬的棱角，与左宗棠的刚烈个性契合得天衣无缝。

我说，你的风格比较像你的老乡左宗棠。徐亚平几乎脱口而出："是，我们湘阴人以他为骄傲，从我的家到左宗棠的老家只需20分钟。"从此时开始，徐亚平的语气才开始柔和起来。他告诉我，他并不想把保护江豚的志愿活动仅仅局限于岳阳，原因很简单，从上海到宜昌都是江豚活动的水域，他希望每段水域都有志愿者。于是，他便着手在长江沿线建立起一个强大的江豚保护外围志愿者网络。徐亚平明白，要把这个想法变成现实非常困难：志愿者参与保护江豚活动没有报酬，全靠主动奉献；江豚保护活动与其他志愿活动相比有一定的特殊性，在大江大湖上开展活动，参与者不仅要投入时间、精力，还需要基本的技术和物质保障，在制止非法捕捞等破坏生态环境的行为时，还可能遭遇不可预料的风险。

徐亚平当然不会退却。湘阴是滋养过左宗棠的刚烈之地，作为湘阴子弟，徐亚平身上也有一股执拗劲，他认定的事就会坚持到底。在长江中下游组建江豚保护志愿者团队，让每一个城市点燃保护江豚的星星之火，就是他认定必须要做的事。长江中游起点附近的枝江市水域，常年有8头江豚活动。徐亚平物色到一对父女，把这一带水域的江豚交给他们看护，这对父女发展出一个27人的志愿者团队。在鄂州市附近的江豚湾，徐亚平联系当地工商系统的27个志愿者负责看守保护。九江段的江豚保护，徐亚平通过九江的亲戚，发动他们在九江寻找岳阳老乡，果然物色到了从君山出去打工、了解江豚又愿意参加江豚保护的合适志愿者人选。合肥的江豚保护志愿者群的建起则是一次采访活动的结果。一个合肥的记者专程赶到岳阳采访徐亚平，没想到徐亚平交给他一个任务，让他回合肥后寻找愿意参加江豚保护的志愿者，就这样在合肥成立了一个江豚保护志愿者群。南京的江豚保护，徐亚平请在南京工作的同学帮忙，在南京寻找岳阳人，然后组建起南京江豚保护志愿者队伍。连云港的江豚保护志愿者队伍则是徐亚平通过自己的一个粉丝组建起来。经过努力，在岳阳以外的长江段，徐亚平发展了外围志愿者一万余人，一支浩浩荡荡的江豚保护志愿者队伍活动在长江中下游的两岸。

为了提高志愿服务的质量和水准，在志愿者加入志愿团队之后，徐亚平做的第一件事是对他们进行文化、法律知识培训。徐亚平一直认为生态环境保护的志愿活动是一个专业性的活动，参与者要了解生态环境的基本知识，比如要认识洞庭湖、长江一带常见野生动物及其习性，要了解长江沿岸常见的污染源，要有环境保护法的基本常识，等等。每个江豚保护志愿者群的成员，身份、职业、素质各有不同，所在地域的工作环境和基础条件也不尽相同，徐亚平针对这些具体情况，对各个志愿者团队给予力所能及的指导和协助。为了帮助黄石的志愿者组建一个江豚保护群，徐亚平首先邀请志愿者到岳阳旅游、参观，感受岳阳的江豚保护氛围，协助志愿者把江豚元素注入黄石的城市氛围，让黄石响起保护江豚的声音。在一个城市的日常生活中注入江豚元素，徐亚平在合肥也尝试过。那一次他找了一个咖啡店的老板，在咖啡杯上印上江豚的笑脸，让每一杯咖啡都传递江豚的微笑。湖北石首的江豚保护区成立的时候，徐亚平送去花篮，主动帮助保护区做好宣传。当然，徐亚平还有一件经常做的事——找民政、渔政、环保、文明办等相关部门，向他们介绍志愿者活动开展的情况，争取他们对志愿活动的支持。对志愿者的关心和支持，徐亚平能做到的都做到，他甚至让志愿者一同参与接待、陪同调研的领导。徐亚平毫不隐瞒自己的目的，即给志愿者最高的尊严和荣誉。在湖南"最美志愿者"评选中，徐亚平的志愿者团队里有2名志愿者获得岳阳最美志愿者称号，1名志愿者获得湖南省最美志愿者称号。

自从投身江豚保护志愿服务之后，徐亚平以其在江豚保护中不顾一切、绝不妥协的风格和个性引起了社会的广泛关注。2013年1月，在"责任中国——人民网2012年度评选"中，徐亚平荣获"中国十大责任公民"称号。2013年10月，由全国绿化委员会、国家林业局指导，中国绿化基金会、人民网、绿色中国杂志社联合主办的第六届"绿色中国年度焦点人物"颁奖典礼在北京举行，徐亚平荣膺"2012绿色中国年度焦点人物生态人物奖"。2014年1月，第三届中国公益节暨"因为爱——2013公益盛典"在北京举行，徐亚平获得"2013最佳公益精神奖"。2014年9月，在辽宁大连举行的"2013年全国水生野生动物保护海昌奖"颁奖大会上，徐亚平荣获"海昌卫士奖"。

当然，岳阳市江豚保护协会及其开展的江豚保护志愿服务项目，也得到了社会的认可。2013年6月，"第五届SEE·TNC生态奖"颁奖典礼在北京举行，包括岳阳市江豚保护协会在内的15个个人、组织和基层政府获此殊荣。这项评奖活动旨在推动中国民间力量参与环境与可持续发展工作，是中国环保公益领域颇受关注的重要环保奖项。2015年，中央宣传部、中央组织部、中央文明办、民政部、环保部、共青团中央、全国妇联、中国文联、中国残联、人民日报、光明日报、中央人民广播电台、中央电视台等部门和单位联合在全国组织开展了宣传推选100个最美志愿者、100个最佳志愿服务项目、100个最佳志愿服务组织、100个最美志愿服务社区等志愿服务"四个100"先进典型活动。岳阳市江豚保护协会获得全国最佳志愿服务组织称号。2020年8月，岳阳市江豚志愿保护项目获评湖南省2019年度最佳志愿服务项目。2022年3月，以徐亚平作为负责人的湖南省岳阳市"保护洞庭湿地，拯救长江江豚"志愿服务项目被评为全国100个最佳志愿服务项目之一。对徐亚平来说，这些来自方方面面的对江豚保护协会和保护江豚项目的肯定，意义不同一般，不仅仅是因为这些评选活动的权威性和公信力，更是因为岳阳江豚保护协会 10 年生态环保历程让人们看到了社会和民间力量参与环保的重要价值。这 10 年，对徐亚平，对岳阳江豚保护协会，都是一个里程碑。

徐亚平做的事，远远超出了江豚保护，可以说，他依托江豚保护志愿者活动，把志愿服务覆盖到整个环境领域，比如，他在青少年群体中宣传环保知识。自 2011 年岳阳市江豚保护协会成立以来，徐亚平为机关、学校、社区、渔村宣讲环保 500 余次。他很自豪，洞庭湖与长江交汇的独特地理吸引了很多大学生志愿者到这里开展活动，而徐亚平就是这些大学生夏令营的"总"营长、总领队。徐亚平管理夏令营有自己的理念，他坚决反对把夏令营活动办成旅游休闲。别的夏令营住宾馆，徐亚平的夏令营不行，他联系学校，让营员住学校或者住帐篷，他带领营员到环境保护一线，在体验中自我成长。

2021 年 12 月 4 日，中央电视台《新闻调查》栏目播出 40 余分钟的专题纪录片《回归中的微笑》，以长江岳阳段和洞庭湖为背景，呈现长江岳阳段生态环境整治成果和江豚的生存现状。2013 年，也是以长江岳阳段和洞庭湖为背景，《新闻调查》栏目摄制组拍摄了纪录片《微笑中的告别》。两个纪录片里都有徐亚平的镜头，第一次徐亚平谈的是江豚的生存危机和根源，第二次徐亚平谈的是江豚的幸福生活。两次面对同一个摄制组，第一次徐亚平说的是："我把保护江豚当成我个人的一次赌博，我想赌 10 年，看看中国人为一个物种保护能否赌赢。"第二次，徐亚平说的是："我赌赢了。"

绿丝带飘起来

如果长江是一条丝带，那么长江两岸就是这条丝带的边。如果长江是一条绿色的丝带，那么丝带的边应该也是绿的。碧水长流，绿岸逶迤，如此，长江才是神州大地上真正的绿丝带。

如何让水更清？当然是治污。搬迁沿江化工企业是治污，整治沿江排污口是治污。入江排污口是污染物进入长江的最后关口，通过对排污口的摸排、监管、封堵，可以倒逼污染源头治理，持续改善长江水环境质量。

2019年2月，生态环境部在重庆召开长江入河排污口排查整治专项行动启动会，拉开了对长江入河排污口新一轮系统排查整治的序幕。此次入河排污口排查整治，涉及长江干流和支流，覆盖沿江11个省市的63个城市。2022年10月，生态环境部宣布，经过2300多架次无人机遥感排查，4600多人行程18万千米的人工排查，共排查出6万多个排污口。这是一次对影响长江水质关键因素的家底摸排，长江的水体能否健康、长江能否变成一江碧水，极大程度上取决于排查出的6万多个

汉口江滩

排污口。

2019年4月，江苏省政府办公厅印发《江苏省长江入河排污口排查整治专项行动工作方案》，全面展开了长江入河排污口排查整治工作。该方案提出用两年左右时间，全面摸清长江干流江苏段及太湖入河（湖）排污口底数，制定整治方案并持续推进整改工作，建立长江入河排污口排查、监测、溯源、整治等工作规范体系，形成权责清晰、监控到位、管理规范的长江入河排污口监管体系，为改善长江水环境质量奠定基础。2023年8月，江苏已完成长江入河排污口排查、监测、溯源工作，共排查沿江、环太湖4289平方千米，确认排污口1.6万个，对1.2万个排污口进行了采样监测，对所有排污口进行了溯源分类、命名编码，建立了长江入河排污口名录。

那么，经过排查、监管、整治，江苏的水质状况如何？2022年11月21日，江苏省淡水水产研究所、农业农村部长江流域水生生物资源监测江苏站公布了《2021年江苏省水生生物资源与渔业水域环境状况公报》。监测结果表明，与2020年相比，2021年长江干流江苏段、省管五大湖泊、水产种质资源保护区等水域的水生生物资源呈现逐步恢复的良好态势，江苏重要渔业水域水质状况总体均符合渔业水质标准。长江干流江苏段鱼类比2020年增加15种；指示性物种长江江豚种群数量增加，2021年长江干流江苏段长江江豚种群数量为96头左右。

2023年8月28日，安徽省生态环境厅召开新闻发布会，通报安徽长江入河排污口排查整治工作有关情况。通报指出，截至2023年7月，安徽省长江干流4077个入河排污口已完成整治3754个，完成率92%，排污口类型多为城镇雨洪排口（占比39%）、工业排污口（占比17.6%）、天然沟渠（占比15.9%）。2022年，长江干流水质保持为Ⅱ类，流域国考断面水质优良比例达到94.8%，较2017年上升14.8%。2023年1—7月，安徽省长江流域国考断面水质优良比例为93.8%，同比上升5.3%。

如何让岸更绿？答案是岸线整治。码头拆除、提升、改造，是岸线整治；打击非法采砂，是岸线整治；取缔滥用乱占岸线，也是岸线整治。岸更绿，看哪里？当然要看污染调查涉及岸线最长的湖北长江段。湖北长江段岸线总长1944千米，是长江岸线较长的省份之一。岸线长，任务也重。2016年开始，湖北通过三轮治理行动，在长江沿线共取缔各类码头1103个，规范提升52个，腾退岸线143千米，生态复绿面积超过566万平方米，长江生态环境得到极大改善和修复。2018年，湖北省出台了《湖北省长江段和汉江沿线港口岸线资源清理整顿工作方案》，包括岸线清查、岸线资源整顿、生态修复、岸线管控、建设绿色港口等五大重点任务，目标是巩固湖北长江段和汉江沿线非法码头治理成效，做好岸线生态修复和非法码头取缔后恢复岸滩原貌以及滩地补植复绿，提升"靓化"岸线，还江于民、还岸于民、还景于民、还绿于民。

长江湖北段岸线的码头，从近 2000 个整治到现在的 500 多个，不经历其中的过程自然不了解其中的难度，更不了解这一段岸线是如何变绿的。2022 年 7 月 31 日，在湖北与江西交界的阳新县富池镇，一位基层干部向我讲述了他了解的富池镇长江岸线整治。

阳新县长江岸线约 47 千米，其中富池镇的岸线 22 千米。富池镇位于长江南岸的富池河口，向东是从崇阳、通山向长江边绵延过来的幕阜山脉，以及江西瑞昌市；富池镇的西部是赛桥湖、网湖、舒婆湖、杨赛湖等一系列山间湖泊，富水自西向东从网湖、舒婆湖中间穿过，进入富池镇，再注入长江。这是一个地形地貌丰富多彩的小镇，有山，有丘陵，有山间平原；大江奔流，小河潺潺，湖群环绕。富池又是传统的工业强镇，金、银、铜等有色金属资源丰富，已探明铜金属储量 100 余万吨，黄金储量 44 吨。

如何在高水平的生态保护下推进富池镇经济社会发展的绿色转型，实现水清岸绿？富池镇从水上、河道、岸上三条线着手，打造绿色的飘带。在水上，定期用无人机巡视长江江面，环保部门与行政村配合，每个村 1 个人参与打捞长江水面垃圾。富池镇所在的长江段处于回水湾，上游来的水面垃圾常常停留于富池江段，白茫茫一片，过去没人管。如今，22 千米的长江富池段每天有人清理。过去，富池镇近江乡村很多人以捕捞为业。十年禁渔开始后，富池镇一方面重拳打击非法捕捞犯罪行为，抓获非法捕捞人员 30 多名，同时引导水面上 100 多户渔民搬上岸。渔民上岸，并非换一个职业换一个住处那么简单。100 多户渔民有 100 多条渔船，加上渔网就是上千万元的资产。如何让这些渔民放弃养家糊口的生计，这是最难的。富池镇拿出 1000 多万元对渔民补贴，让渔民安心上岸，重新开始新的生活。

河道上的管理，最难的是取缔非法采砂。富池江段过去聚集了不少采砂船，江面上采砂作业繁忙。富池镇公安、环保部门联合执法，对长江上的非法采砂活动进行高压严打，经过 3 年的调查取证，2021 年对其中 30 多个犯罪嫌疑人进行了刑事处罚。除了采砂船，富池镇还没收、切割处理了 30 多艘在水上从事餐饮的船只。这些行动对经营者的利益带来巨大影响，执法阻力之大，不难想象。

在长江大保护行动中，富池镇拆除了 37 座码头。这些码头的所有者身份复杂，有水泥厂、药厂、化工厂，还有一部分属于村集体，每一座码头的拆除都不容易。岸上，富池镇投入 3000 多万元，对视线所及的 7 座采石场、矿山全部修复、复绿。

渔民上岸了，没有土地，没有职业，怎么办？种菜。富池镇流转 400 多亩土地，请华中农业大学设计指导，建设了一个大型蔬菜基地。富池镇最多时驻有 30 多家中央（省、市）大中型厂矿企业，目前拥有各类工业企业 150 余家。这些企业为富池镇的蔬菜种植提供了巨大的市场，可以确保蔬菜种植者有稳定的收入。

水清也好，岸绿也好，都是系统工程。不仅是码头、排污口、工厂，其实每一个乡镇、村组甚至村民个人都与长江水清岸绿相关。农业农村的污染治理是长江大保护的一个重要领域。2018年10月，国家发展改革委、生态环境部、农业农村部、住房城乡建设部、水利部、农业农村部联合印发《关于加快推进长江经济带农业面源污染治理的指导意见》，要求到2020年，农业农村面源污染得到有效治理，种养业布局进一步优化，农业农村废弃物资源化利用水平明显提高，绿色发展取得积极成效，对流域水质的污染显著降低。

近10年，在乡村振兴、美丽乡村建设中，长江两岸广大乡村面貌焕然一新。但乡村面貌不管如何日新月异，都必须实现环境质量的提升。湖北省武汉市江夏区有一个叫"北咀新村"的村子，还有一个叫"新农村"的村子，看看它们的变化，或许能感受到长江两岸的乡村环境是如何改善的。

"北咀"作为一个村子的名字，听起来有些古怪。但它的确就是武汉市江夏区一个村的名字，这样带"咀"字的地名源自湖泊，湖泊中三面环水的陆地就是咀。北咀新村地处梁子湖风景区北咀景区北部邹罗湾，过去，这里的居民跟大多数中国农村的居民一样，各自选择一个地方，分散居住。近几年，在梁子湖风景区的发展和保护中，为了有效控制村民生活生产造成的点源面源污染，改善村民居住环境，引导农民从传统农业耕作向生态旅游经营转移，有关部门按照风景区总体规划，将北咀村原四个自然湾迁村腾地，集中建设了新村，即北咀新村。

今天，当你从梁湖大道驱车向湖边，走过一片片花海，会看见一排排荆楚风格的建筑组成的一个新小区，这便是现在的北咀新村。漂亮的村委会办公大楼使居民们足不出户便可享受各种公共服务，绿树、浓荫、路灯、活动广场，比江夏区政府驻地纸坊城区的社区毫不逊色。北咀新村的特色不在绿化，不在太阳能等环保能源的利用，也不在小区基础建设，而在于对垃圾、污水的独特处理。在北咀新村小区的一侧，矗立着一座独特的建筑，即北咀新村污水处理厂。它主要采用人工快速渗滤工艺配合高效生物塘处理工艺，日处理污水能力可达100吨，而且处理后的水质均能达到城镇污水处理厂污染物排放标准的一级A标准，尾水可以直接用来灌溉养殖，真正实现了低成本、高效能、再利用、无污染的生活污水处理要求。

人类活动无疑是污染的重要因素，梁子湖周围村民的生产、生活对梁子湖水域水质造成一定威胁。近年来，江夏区在环梁子湖100多个村全面开展环境综合整治，围绕农村饮用水水源地保护、农村生活污染治理、畜禽养殖污染防治、农村土壤污染防治、生态文明创建等内容，深入开展清洁种植、清洁养殖试点，减少环湖农业面源污染，使之成为全国农村环境连片整治示范区。北咀新村的污水处理只是江夏治理村庄环境、保护梁子湖水域的缩影。像这样的污水处理、环境治理，在江夏的许多村湾都已实施或正在实施，通过几年不懈的努力，梁子湖江夏水域水质一直保持在国家规定的Ⅱ类标准。

除了污水处理模式的改变和完善，文化建设也可以让一个村庄变得更美。

乌龙泉是一个地名，曾因大名鼎鼎的武钢而闻名。1958年，为了配合武钢的建设，国家在江夏区乌龙泉公社建成一个熔剂矿生产基地，专门为武钢提供活性灰、轻烧白云石、颗粒灰。虽然这个1000多人的企业在有5万人的乌龙泉镇算不了什么，但它对环境的影响却是巨大的。20世纪80年代，我曾与一位同学坐火车去过一次乌龙泉，并陪他去看望一个老乡兼亲戚。那个时代，坐火车对我是一件新奇的事情。我兴奋地看着车窗两边的丘陵和南方的小溪、河流。但当火车越来越接近乌龙泉小站时，扑入眼帘的却是越来越多的白色烟雾，路边疾驰的卡车卷起的灰尘直呛口鼻。

很多事情都是互相关联的，工业是如此，污染也是如此，正因为乌龙泉矿的存在，乌龙泉的建材、冶炼、炉料、铸造产业便繁荣起来，活性灰有限公司、矿业有限公司、冶炼厂、灰石厂、耐火材料厂，各种高污染企业方兴未艾。在那个矿山灯火通明的夜晚，我的同学与他的亲戚拉着家常，倾诉着亲情，屋子里充满了温馨和温暖，而我的思绪早飞到窗外的烟囱上去了。我在想，乌龙泉的泉水是在翻涌还是在呜咽？笔架山上那些覆盖着白色粉尘的树叶，会被窒息吗？

江夏乌龙泉

几十年前离开乌龙泉时我的心情已经不记得了,但现在,在前往乌龙泉的车上,我渴望看到它当下的样子。我们在笔架山底下一个叫新农村的村子停下来。村名不是因为建设新农村,而是它本来就叫新农村。新农村的村支部书记叫李治龙,过去做的就是矿生意,而且小有成就,但当村里动员在外务工的能人回到家乡带领乡亲致富的时候,李治龙毫不犹豫放下了自己的生意,回到了村里。他用自己多年的经营所得,带领村民在村里打造了一个茂康嘉园。这个庄园的建筑和布局极为讲究,中国古朴的山水园林和浓郁的现代气息在这里融为一体。太湖石、假山、小桥、凉亭、长廊、飞瀑、池塘、荷花,每一处都透着建设者的用心,村民可以在这里休闲、娱乐,游客可以在这里欣赏生态田园风光,品尝绿色美食。拾级而上,穿过一片浓密的果树林,在庄园的高处,是另一处院落,从外观上看,似一座寺庙建筑,竹林、壁画、书法、睡莲、古筝,处处充满禅宗的意境,但它实际上是一座修习场所。每到周末,身心疲惫的都市人来到这里,一边呼吸清新的空气,一边听古筝婉转低沉的琴音在山村、田野里回响。也可能是另外一幅场景:窗外细雨敲打着芭蕉、竹林,室内茶香飘逸,疲倦的都市人在这里或打开一本书,或凝神静气,或提笔泼墨,或说说各自心里的块垒,然后,重新焕发生机和活力,再次投入紧张的都市生活。

　　李治龙还带领村民种植了千亩荷花、千亩茶叶,开发了标准化的养殖池塘,更重要的是把一个乡村变成了精神和心灵的乐园,把新农村这个乌龙泉的村湾打造成了富有文化和精神魅力的村湾。

　　在江夏,不止一个北咀新村,不止一个新农村,更不止一个李治龙，向东往梁子湖，向西往金口，向南往法泗和斧头湖，只要你用心，就能听见无数个李治龙带领乡亲打造美丽村湾的脚步声；只要你留意，就能发现无数个李治龙用智慧和汗水在江夏大地上留下的创新的痕迹。60万江夏人正用生态文明的理念，创造着一个新的江夏。

　　湖北江夏农村发生的变化，只是长江两岸美丽乡村的缩影。每个乡村都有自己的历史、文化，每个乡村的蝶变都打上了属于自己的烙印，但有一点是共同的，即把生态环境提升作为乡村建设的内涵，为长江大保护、为长江的水清岸绿谱写乡村篇章。

　　长江的水清岸绿仅仅与企业、乡村、码头有关吗？不。这条大河的颜色甚至与每片芦苇都相关。"蒹葭苍苍，白露为霜……溯游从之，宛在水中央。"《诗经》中描写的芦花为后来诗人反复吟诵的美景，在洞庭湖的君山较为常见。芦花的美亘古未变，芦苇净化江河的初心也从未改变。

　　君山不是一座山，而是洞庭湖中的一个岛，更遥远的时代，人们称呼它为"洞庭山"。刘禹锡在诗歌里说："遥望洞庭山水翠，白银盘里一青螺。"在他的眼中，洞庭湖恰似一个银色的盘子，君山岛是银盘里的一枚"青螺"。站在岳阳楼上朝西南眺望，扑入眼帘的小山丘便是君山岛，它与真正的君山还隔着一条叫壕沟的水域。君山岛很小，面积仅为0.96平方千米，比我的家乡——长江中的坝洲村还小。君山也不高，最高海拔63.3米。

　　山不在高，也不在大小。君山虽小，传说故事却很多，其中最有影响的当数二妃滴泪成斑。二妃指的是尧的女儿、舜帝的两个妃子——娥皇、女英。姐妹俩多次挺身而出，在生死关头救舜帝于险境。舜继承尧的位置之后，娥皇、女英都嫁给了舜帝。遗憾的是舜帝在南巡途中受伤并死在了"苍梧山"，这座山据说就是今天湖南永州的九嶷山。一路向南寻找舜帝的娥皇、女英在洞庭山听说了舜帝去世的消息，悲恸不已，泪洒竹林。她们悲伤的眼泪在君山的竹子上形成黑色或紫色的斑块。这种竹子后来被称为斑竹。斑竹又叫潇湘竹，在长江流域很多地方都有生长，在舜帝安寝的九嶷山也是标志性的风景。曹雪芹在《红楼梦》中把林黛玉的居所叫"潇湘馆"，还给林黛玉取了一个"潇湘妃子"的外号。看似不经意的着笔，却象征着孤独与幽怨，不仅与林黛玉的性格不谋而合，也说明长江流域很多地方都有斑竹。

20世纪90年代，我第一次在君山看见斑竹时，差点就相信了那些竹竿上的黑褐色斑点就是眼泪演变的。后来才明白，斑竹的斑点，不管紫色、褐色，还是黑色，都是真菌感染的结果，而这些真菌就藏在竹林里的苔藓中。真菌首先感染刚出土的竹笋，在气温较低的时候，真菌处于休眠状态，春天来临的时候，在气温和湿度的变化加持下，真菌产生的酶开始分解竹子的纤维组织，在竹子身上呈现出褐色小斑块。苔藓、竹笋、气温、湿度、土壤，这是一个完美的生态环境系统，缺一便不可能产生斑竹上的泪痕。有人曾经将永州九嶷山的斑竹移植到外地种植，遗憾的是，他们期望的竹子上的黑色、褐色泪斑都没出现。有人总结了九嶷山斑竹生长的温度、湿度、降雨量、土壤等环境条件，分别是：年平均温度要求在12~22℃，相对湿度要达到85%以上，年降雨量最好为1700~2100毫米，土壤必须松软、微酸性且含有较丰富的有机矿物质。至于君山岛上的斑竹是不是也必须生长在这样的环境下，不得而知，不过，浩瀚壮阔的洞庭湖向来就给人一副云雾缭绕、如梦如幻的印象。在范仲淹笔下，洞庭湖要么是淫雨霏霏、阴风怒号、日星隐曜、山岳潜形，要么是上下天光、长烟一空、皓月千里、浮光跃金。孟浩然则把洞庭湖的面貌叫"涵虚混太清""气蒸云梦泽"。总之，君山岛所在的洞庭湖是雨量充沛、温和湿润的。君山区的区情介绍特地把君山的气候与竹子生长联系在一起，说君山四面环水、气候温和、雨量充沛、云雾缭绕、土地肥沃，宜于竹类生长。有罗汉竹、斑竹、方竹、实心竹、紫竹、龙竹、梅花竹、连理竹等多种竹类。

一句话，是一方水土造就了斑竹。在长江流域，不只竹子与生态环境的关系紧密，麋鹿、江豚以及各种鱼类、鸟类，哪一种、哪一个生命的生存与发展都要依赖良好的生态环境。

君山岛并不是君山区，真正的君山区比君山岛大很多，是岳阳市下辖的重要县级行政区之一。下君山，过濠河，沿安保大道向北，走 10 千米左右，然后下大堤，穿过 1000 多米宽的芦苇林，就是君山区的华龙码头，它曾经是专门供船舶装卸砂石的砂石码头。君山区在洞庭湖与长江边上有 20 多座功能不同的码头，华龙码头的对岸是长江中的八姓洲。八姓洲是长江中一个纺锤形的沙洲，与长江北岸湖北监利的陆地连在一起，长江在此转了一个 S 形的弯，刚好把八姓洲包裹了起来，只留下一个向北联系陆地的通道。今天，岳阳人已把华龙码头以及所在的这个弯道叫"江豚湾"。2018 年 4 月 25 日，习近平总书记在考察长江途中来到华龙码头，他勉励大家继续做好长江保护和修复工作，守护好一江碧水。如今，江豚湾矗立起了一座"守护好一江碧水首倡地展陈馆"。

"守护好一江碧水首倡地展陈馆"在江堤内，紧靠长江岸线马拉松赛道，与江豚湾隔堤相望。这是一个是集科普宣传、文化旅游、研学教育等功能于一体的生态文明教育基地。2022年7月20日，我来到江豚湾的时候，"守护好一江碧水"首倡地展陈馆刚刚竣工。君山农场的郑明军告诉我，因为疫情还没结束，整个展陈馆没有对外开放。郑明军是君山农场的书记，也是这个展陈馆的建设者之一。展陈馆并不大，只有4800平方米，但小而精，"精"在内容的选择与概括，"精"在展示空间的规划与展示手段的科技感。整个展馆以"守护好一江碧水、创建人类文明新形态"为主题，分为长江·母亲之河、习近平总书记情系长江、守护好一江碧水、逐梦·人类文明新形态等4个篇章，以图片、文字、影像等形式，集中展示了岳阳碧水绕城、大江大湖的生态底色。给我印象最深的是展馆的多媒体技术设计，观众可以用裸眼3D的方式欣赏岳阳的3张生态名片——江豚欢跃、麋鹿奔腾、候鸟翔集，感受物体冲出屏幕，悬浮在空中的视觉特效。展馆的二楼还专门以"壮丽山河、万里长江"为主题，设计了一个沉浸式体验互动空间，用数字化手段营造出波浪翻涌、长江滚滚的壮丽景色，观众可以通过挥手、触摸以及声音，与水中的鱼儿、嬉戏的江豚、空中的飞鸟进行互动。除了新奇的视觉体验外，展馆还通过图文并茂的方式，介绍了大量的长江生态知识和环境保护措施。

正是在君山的"守护好一江碧水首倡地展陈馆"，我第一次了解到江豚生存的主要威胁来自哪里。当然，也是在这个展陈馆，我第一次知道，无比普通的芦苇却是净化水质最有效的植物。君山农场的主业并不是种植水稻、麦子、油菜、蔬菜，而是种植芦苇。这个农场实际上就是一个芦苇场，高峰时期，君山芦苇场有3000多名职工，管理近5万亩芦苇。站在江豚湾的大堤上往君山岛方向看，水边全是茂密的芦苇林。从大堤到江水边、湖水边，往往有1千米到几千米的滩涂，滩涂上的芦苇林是洞庭湖和长江中游最常见也最典型的风景。春夏之间，蒹葭苍苍，烟水茫茫。秋冬之际，芦花飞舞，如雪如霜。

我对芦苇并不陌生，在上荆江我家乡的长江大堤边，芦苇也曾经是最常见的江边风景。不过，我们大脑里关于芦苇的印象大多是负面的，比如，墙上芦苇，头重脚轻根底浅；风吹芦苇，左右摇摆；芦苇塞竹筒——空对空；芦苇墙上钉钉子——不牢靠；等等。总之，芦苇不是腹中无物，便是根基不稳，立场不坚定。现实生活中，不了解芦苇的肯定不只是我一个，事实上许多人对芦苇知之甚少。但在君山的"守护好一江碧水首倡地展陈馆"，我看到了芦苇的另一面，这一面是植物学、化学等科学关于芦苇的研究。恰恰是这一面，让我对芦苇肃然起敬。从植物学的角度，芦苇是一种抗逆性较强的植物，不仅有较强的抗盐碱能力，而且还有较强的抗污染能力。"抗逆性"较强，换句话说，就是芦苇抵抗外界恶劣环境的能力较强，能够在极端不利的环境下生长。比如，芦苇对含酚、油、氰、硫化物的工业污水有较强的耐受力，能在碱性的造纸废液中生长发育良好。由此，我恍然大悟，为什么在污水沟、臭水沟里芦苇照样可以活得郁郁葱葱、生机勃勃。

芦苇净化水质的能力有多强？早在20世纪80年代，淡水养殖行业就发现，芦苇对镉、汞、铜都有一定的积累能力，能使水中重金属含量较快地达到渔业水质标准。此后，科研人员从不同角度进行了大量的研究，结果表明，芦苇对于水中氮、磷元素的去除率是8%~98%，对城市污水中铵态氮的净化率为80.1%，对总磷的净化率为74.9%，对水体五日生化需氧量的净化率为90.5%。研究人员用废水、污水进行实验，发现芦苇不仅能除去石油工业废水中95%以上的污染物，使污水中的溶解氧含量增加，耗氧量降低，而且还能有效降解酸性污水。每100克鲜芦苇可在24小时内将8毫克的酸代谢分解为二氧化碳。芦苇的这一超强净化能力对造纸工业废水处理具有极大价值。有人把石灰法和亚胺法造纸的污水拿来灌溉芦苇地，发现23天后排出水的水质基本达到国家二级排放标准。对经过芦苇地净化的污水进一步检测，发现污水中的碱木素由2586毫克每升降解到200毫克每升，化学耗氧量由5894.4毫克每升降到982.4毫克每升，硫化物也大大减少。更令人惊奇的是挥发酚由2.9毫克每升降到了零。要知道，挥发酚是污水中的高毒物质，人摄入一定量的挥发酚会急性中毒，农作物吸收一定量含有挥发酚的污水会直接枯死。但在实验中，芦苇没有枯死，照样葱绿，而且把污水中的挥发酚完全降解了。芦苇吸收有毒物质的能力超乎寻常，当水中的有毒物质浓度为0.0007毫克每升时，芦苇植株体内富积的有毒物质浓度可达到0.14毫克每千克，芦苇吸收锰的浓度可以为水中浓度的1770倍，吸收铁的浓度为水中浓度的3388倍。

当然，芦苇对生态的改善不仅仅局限于水质净化，而是对整个陆生生态系统和水生生态系统都可以产生影响。芦苇有强大的地下根茎系统和密集的地上植株，河流、湖泊、沟渠、沼泽地的芦苇可以护坡护岸，防止水土流失。密集的芦苇及其地下根茎同时也是天然的空气过滤器。芦苇的蒸腾系数为579~709，即每生长1吨芦苇要从叶表面蒸腾579~709吨水，比其他植物或农作物都高，比如，阔叶树的蒸腾系数是400~600，小麦的蒸腾系数是450~600，棉花的蒸腾系数300~600，向日葵的蒸腾系数是500~600，马铃薯的蒸腾系数是300~600，亚麻的蒸腾系数是400~500，玉米的蒸腾系数最低，为250~300。蒸腾系数标志着植物体内水分向外散失的强弱，蒸腾系数越大，植物消耗蒸腾的水分就越多，植物向外散失水分的能力也就越强。显然，玉米蒸腾的水分最少，芦苇蒸腾的水分超过玉米一倍。正因为芦苇对空气质量的调节能力比一般农作物和水生、湿生植物强，所以，芦苇往往被称为第二森林。

芦苇强大的地下根茎系统与地表芦苇落叶形成的根毯层，是众多动物、植物栖息和繁殖的乐园。芦苇湿地向来是文学艺术创作的对象。贯休写过渔民："芦苇深花里，渔歌一曲长。"白居易写过相思："苦竹林边芦苇丛，停舟一望思无穷。"苏轼写过芦苇的笋子："蒌蒿满地芦芽短，正是河豚欲上时。"刘禹锡写过芦苇林的秋天："空影渡鹓鸿，秋声思芦苇。"除了贯休、白居易、苏轼、刘禹锡这些著名诗人，其他诗人也创作了不少关于芦苇的佳句，诸如"胡雁不来芦苇秋，风林淅沥生人愁"、"江湖满地人来少，芦苇连天雁去多"、"西风芦苇隔林鸟，秋水兼葭何处蝉"，等等。赏读这些佳句，很容易发现，诗人们关心的大多集中在芦苇、鸟以及鱼等意象上，而芦苇湿地是一个由众多野生动植物构成的庞大生物链，鸟、鱼只是这个庞大生物链中的一点一滴。

君山农场的郑明军不是诗人，他生来就是跟芦苇打交道的。在他的眼里，芦苇地是一个广博的大世界，芦苇地与君山及洞庭湖息息相关。在我的印象里，芦苇自生自灭，不需要人工管理。郑明军和他的同事都笑了起来。原来芦苇也需要种植，种植芦苇时也需要施肥,芦苇在生长期间与水稻、棉花等作物一样,也需要管理,比如挖沟沥水,除虫除草除藤。在芦苇的生长周期中,各种藤子是芦苇的大敌,如果不除掉,芦苇不但不能茁壮成长,甚至会被藤蔓绞死。郑明军让我猜哪一种藤子是芦苇的死敌,我一脸茫然。在我的印象中,葎草藤子、鸡矢藤最令人讨厌。但郑明军的回答令我颇感意外,芦苇最害怕的是野大豆,野大豆缠上芦苇后,芦苇很难顺利生长。我第一次知道野大豆有这么厉害的纠缠功夫。其实野大豆更厉害的是它的基因,它喜阳,但没有阳光也行,耐潮湿、耐盐碱、耐瘠薄,还有极强的抗旱、抗病性能。一个生长周期中,郑明军所在的农场工人至少要对芦苇除草2次,除虫2次。生产管理以外的时间,农场的工人可以外出打工。

芦苇产业曾经有过辉煌时期。比如,就面积而言,20世纪80年代,湖北的芦苇面积高达103.4万亩;湖南洞庭湖区的芦苇面积更大,达到130多万亩,芦苇年产量达100多万吨,占全国芦苇总产量的30%以上。洞庭湖区也因面积广、产量大被列为中国14个芦苇主产区之一。芦苇产业鼎盛时期,不仅造纸厂需要大量的芦苇,广大农村建房、防汛、做饭、晒粮等,都需要大量的芦苇,1吨芦苇可以卖到180元。浩浩荡荡、迎风摇曳的芦苇就是芦苇种植人眼中的绿色银行。

2022年7月的这个炎热的下午,郑明军带着我来到江豚湾。江豚湾如今竖立了一块"守护一江碧水首倡地"的牌子,从江堤到水边的小路上,不时有大学生举着旗帜排队来这里参观,江豚湾的宽阔湿地如今也是几所大学的教学实践基地。郑明军教我分辨芦苇、芦荻、芦竹,它们往往混杂在一起,让人分不清。芦苇叶片无毛,芦荻叶片有锯齿;芦苇秆是空心,芦荻是实心；芦苇的花小，芦荻的花大。在我的眼里，江豚湾一望无际的绿色杆状植物无疑都是芦苇，但郑明军一眼就可以发现隐藏在其中的芦荻，他折断芦荻实心的茎秆给我看。

2021年郑明军所在的农场芦苇产量达到了每亩0.5吨，这个产量并不算高。在郑明军的记忆里，过去每亩可以达到0.8吨，甚至1~2吨。君山农场每年可以收割几万吨芦苇，对芦苇场而言，这是一笔可观的收益。郑明军知道，芦苇种植迎来了巨大的变化和挑战。2018年造纸行业开始转型、升级，长江中游许多造纸厂不再大量收购芦苇。2019年则基本不收购芦苇了，造纸厂淘汰了制浆产能和落后产能，不再用芦苇作造纸原料了。

在时代的迅速变化中，芦苇种植面临的困难不仅仅于此，比如，过去洞庭湖每年有3厘米厚的淤泥，如今，河流带来的泥沙少了，芦苇种植比过去需要的肥料多了。芦苇场老工人庄清华说，过去有淤泥，芦苇是浑水芦苇，现在淤泥少，芦苇是清水芦苇。到底浑水芦苇与清水芦苇有什么区别，庄清华老人形象地说，浑水芦苇长胡须。我理解，他想说的是浑水芦苇不需要特地施肥，而且根茎更加发达。芦苇的用途越来越窄。今天的防汛材料都以砂石、钢筋、水泥为主，很少像传统的防汛手段那样把芦苇当作材料。农民做房子早已不使用芦苇了。随着电扇和空调的普及，城乡家庭也不再需要芦席。农民做饭要么用电，要么用天然气，也不烧芦苇了。总之，芦苇收割之后怎么办、卖给谁，成了大问题。

芦苇市场的萎缩直接带来了芦苇面积的萎缩。洞庭湖周围如今还有约120万亩，其中，南洞庭湖有近50万亩，东洞庭湖30万亩，西洞庭湖40万亩。据湖北省芦苇协会2019年掌握的数据，2007年湖北省的芦苇面积从过去的103.4万亩减少到42.2万亩，到了2015年则降到20.4万亩，到2019年时又降到12.6万亩，主要分布在监利、石首、洪湖一带。

芦苇种植的困境，总结起来就是一句话——造纸业转型了，而芦苇产业没有升级。芦苇虽然不再是造纸业的香饽饽，但芦苇的生态价值从未降低。据测算，种植1吨芦苇所产生的净化水体、固磷、固氮、抑制藻类、转化重金属等生态价值可以达到2000元。显然，洞庭湖不能没有芦苇，长江不能没有芦苇。

为了让"蒹葭苍苍"的风景成为洞庭湖的靓丽名片，整个洞庭湖的芦苇种植人都在努力。在南洞庭湖边的沅江市，当地食品企业把芦苇开发成美食。新鲜芦笋是美食，腌制后的芦笋也是美食，以芦苇作为基质培育出的芦菇更是美食，鲜芦菇价格每斤可以卖到100元以上，价值堪比羊肚菌。经过几年的探索，沅江已经培育出芦笋面、芦笋、芦菇、干芦菇、芦菇酱等10多个系列产品，其中"沅江芦笋"获得了国家农产品地理标志认证。截至2020年底，沅江市有芦菇生产企业8家，芦菇种植合作社7家，芦菇种植面积已达300多亩，已建成10个芦菇培育基地，培育大棚189个，利用农村空闲房种植芦菇达70000多平方米，产量达1500多吨。

2023年7月，沅江市发布的《沅江市"十四五"洞庭湖湿地生态保护及芦苇综合利用规划》提出了一个令人鼓舞的目标，即：推广芦菇种植面积1500亩，通过工厂化生产和大棚生产，实现年产量约2万吨，实现产值5亿元，创建"沅江芦菇"全国知名品牌；推动芦菇向精深加工和菌糠料（有机肥）资源的利用，实现芦菇年产量约20万吨，加工鲜菇11万吨，菌渣资源化利用35万吨，消耗芦苇23万吨，综合产值达100

沅江风光

亿元以上。带动约2万名群众创业就业，人均增收3万元，把沅江市打造为湖南省第一大食用菌生产市（县）。实现利用芦苇生产生物质颗粒、绿色机械芦苇纤维、机制木炭等规模化发展。

东洞庭湖边的岳阳市也不甘落后。2018年以来，岳阳市先后尝试了生物质乙醇、生物质发电、食用菌培养基等芦苇综合利用项目。郑明军所在的君山芦苇场则开始把芦苇的生态价值转换为旅游价值。郑明军指着远处还未拆除的芦苇垛告诉我，那是去年芦苇艺术季的舞台。2021年12月，岳阳举办了首届"天下洞庭"芦苇艺术季。洞庭之滨，芦苇堆成的"金字塔"，芦苇造型的"麋鹿",芦苇制作成的"洞庭风浪""云在江之南""彩虹星云""深海星球",艺术家的想象在芦苇与江湖世界尽情遨游,让来自天南地北的游客领略了湖光山色与芦苇的魅力。中国国际海运集装箱集团也看中了东洞庭湖的芦苇资源,计划投资50亿元建设新型可再生纤维产业基地,采用新技术,生产高强瓦楞纸,一年可消化芦苇50万吨。

到岳阳来为芦苇寻找出路的还有科研机构。2021年1月,中科院亚热带农业生态研究所的科研团队来到了岳阳。他们聚焦的是芦苇的营养价值,芦苇的蛋白质纤维含量接近优质牧草黑麦草。洞庭湖大面积的芦苇可以为非粮型饲料提供丰富的原料。目前他们需要解决的难题是芦苇收割期短、利用时间短。一旦在技术上克服了这个难题,利用芦苇发展非粮型饲料的目标就可以实现。2022年7月,中科院工程热物理研究所、清华大学环境学院等机构组成的联合考察组来到了岳阳,对芦苇产业的发展提出重点从"原料、燃料、肥料、材料"等应用方向挖掘、利用,推进芦苇产业转型升级。

振奋人心的消息也来自岳阳本地。2023年7月,位于岳阳临港高新区的中南大学成果转化试验基地,湖南钠能时代科技有限公司的千吨级生产线(钠离子负极材料生产线、钠离子正极材料生产线及配套钠离子电池中试线)成功完成调试,这标志着以芦苇为原料生产硬炭的钠电池技术首次在岳阳实现产业化。这项技术的核心是将芦苇作为生物质硬碳负极材料,从而生产钠能电池,在锂能电池之外另辟蹊径。将芦苇用于电池生产,可以将5吨苇秆转换成1吨硬碳。据测算,以年产10万吨芦苇基硬碳负极材料估算,可实现50万吨洞庭湖芦苇资源化、清洁化和高值化利用,预计产值规模超50亿元/年,新增就业岗位超 2000 个。这项被称为令芦苇产业起死回生的技术，具有显著经济效益、社会效益和生态效益。

以生态保护的名义，湖南芦苇产区在芦苇的前景上达成了共识。2023 年 7 月，湖南省发展和改革委员会等六部门联合印发的《关于促进洞庭湖区芦苇生态保护和科学利用的指导意见》提出，在加快构建洞庭湖芦苇科学保护体系的同时，着力推进构建以培育壮大芦苇生态板材产业链和芦苇生物基新材料为主、以鼓励发展绿色农业和生态旅游业为辅的芦苇全量化高值化科学利用体系，提升洞庭湖区芦苇、南荻的经济价值。

可以预料，郑明军和他所在的君山芦苇场，南洞庭湖边沅江市的芦苇场，乃至整个长江沿线的芦苇荡，它们的未来必将生机勃勃、郁郁葱葱。毕竟，谁不喜欢全身都是宝的芦苇呢？谁又愿意漫天的芦花从长江的视野和记忆中消失呢？因此，芦苇林一定会茁壮繁荣，它们要为长江绿色的飘带绣上动人的舞姿。

- ◎ 水库群
- ◎ 问渠那得清如许
- ◎ 协奏曲

治江治水

第四章 千里安澜

长江的历史也是除害兴利、治水安邦的历史。长江治水有深厚的传统积淀，更有恢宏磅礴的当代篇章。近十年来长江的防洪工程体系建设，无论上游、中游还是下游，从水库、河道整治、堤防护岸，到蓄滞洪区、控制性工程，每一个领域都有令人惊艳的创新：上百个水库群联合调度应对汛期和蓄水，以5G网络技术为支撑的崩岸监测预警系统以及雷诺护垫、铰链混凝土沉排等新工艺在岸坡整治中的使用，乌东德、白鹤滩等骨干水利水电工程在深厚覆盖层勘探、百万机组安装世界性难题上的突破，引江补汉工程200公里的隧洞挖掘，南水北调中线工程丹江口大坝的加高……每一件、每一处都是长江治水历史中的里程碑，都是勇气、智慧、意志的交响。

水库群

金沙江是一条充满能量的河流。从第一阶梯跌落到第二阶梯，从平均海拔4000多米的青海玉树到海拔200多米的宜宾市长江零千米处，凭借3000多米的落差，金沙江积蓄了1亿多千瓦的水力资源，占长江水力资源的40%以上。

金沙江也堪称中国最湍急的河流，具有V形地貌，山高耸，崖壁立，坡陡峭，壑无底，谷险峻。奔腾在这种地貌上的河流，其姿态用"湍急"都太轻，其气势用"汹涌"都不准，也许用

长江第一湾

"江势惊险"会更适当一些。

金沙江的独特地形地貌,使得它自身的防洪任务相对较小,但在长江流域的防洪体系中,它的地位十分独特,即:在此兴建控制性水库,不仅能收到显著的发电效益,兴利同时还可与三峡水利枢纽联合使用,提高长江中下游的防洪能力。正是出于这样的考虑,乌东德、白鹤滩、溪洛渡、向家坝四个大坝在金沙江下游的高山峡谷中矗立起来。

"乌东德",一个听起来像音译的名字。的确,它不是汉语词汇。它来自彝语的"鲁吉嘎",意思是"五谷丰登的坪子"。不过,今天的"乌东德"已是乌东德水电站的代名词。总装机容量1020万千瓦、年均发电量389.1亿千瓦时的乌东德水电站是党的十八大以来我国开工建设并投产的首个千万千瓦级的巨型水电站。"乌东德"不再是乌蒙山脉上适合种地的坪子，它是金沙江峡谷里的光，是电，是清洁能源。

乌东德水电站选址在金沙江下游干流上一段狭窄的河段。金沙江在云南省禄劝县和四川省会东县交界处走的是的倒U形弯道，左岸是四川会东县的三台村、狮子尾村、河门口村，右岸是云南禄劝黎族苗族自治县的新村村、阿巧村、金江村，乌东德水电站就在V形弯底部的白滩与金坪子之间。早在20世纪50年代，长江水利委员会就着手乌东德水电站的前期勘探工作，20世纪80年代初开始规划设计工作。1990年，国务院以国发〔1990〕56号文批复同意了《长江流域综合利用规划简要报告》，确定金沙江干流下游河段按乌东德、白鹤滩、溪洛渡、向家坝四级进行开发。

由于技术、市场等原因，乌东德水电站的建设直至21世纪初才有了实质性的进展。

◎ 2002年，乌东德水电站预可行性勘测设计工作展开。
◎ 2010年，乌东德水电站的预可行性研究报告通过审查。
◎ 2015年12月，金沙江乌东德水电站扩建工程项目获得国家批准，主体工程全面开工。
◎ 2017年3月，乌东德水电站大坝混凝土实现开仓浇筑。
◎ 2019年12月，乌东德水电站开始转子吊装。
◎ 2020年2月，乌东德水电站已有4台机组进入总装阶段。
◎ 2020年5月，乌东德水电站大坝最后一个坝段浇筑完成，蓄水至945米顺利通过验收。
◎ 2020年6月，乌东德水电站首批机组正式投产发电。
◎ 2021年6月，金沙江乌东德水电站全部机组正式投产发电。

时间序列看起来简单，建设过程却充满了创新和挑战。乌东德水电站一经建成，便吸引了世界的目光。2022年9月，在国际咨询工程师联合会（FIDIC）举办的FIDIC全球基础设施大会上，乌东德水电站获2022年度"菲迪克工程项目奖"中的"高度赞扬奖"。2022年11月，在中国科技新闻学会与中国建造大会组委会联合组织的"2022中国新时代100大建筑"评选中，乌东德水电站与北京大兴国际机场、福清核电站、500米口径球面射电望远镜（中国天眼）、兰新高速铁路、港珠澳大桥等超级工程共同入选。

2023年1月，水利部公布了117项"人民治水·百年功绩"治水工程，包括新民主主义革命时期的12项、社会主义革

乌东德水电站

命和建设时期的37项、改革开放和社会主义现代化建设新时期的47项，以及中国特色社会主义新时代的21项。乌东德水电站作为中国特色社会主义新时代21项治水成就之一，成功入选。

那么，乌东德水电站为什么引人注目，它的魅力在哪里呢？很多人说是大坝。乌东德水库的大坝当然堪称奇迹。乌东德水库所处的河谷狭窄，大坝所在的江面宽仅300多米。大坝两岸山体陡峭，临江坡高达1000多米。设计师们根据这种V形特殊地貌，设计出了一道混凝土双曲拱坝，坝顶高程988米，最大坝高270米。如果一栋大楼的层高是3米，那么，爬上这个大坝就相当于爬上了一栋90层的高楼。当蓄水达到975米的正常蓄水位时，乌东德水库将有58.63亿立方米的水，即大坝将承受约809万吨水的推力。只要想一想哪一栋大楼可以抵挡809万吨水的推力，就可以明白乌东德大坝是多么神奇。乌东德水库的大坝底厚只有51米，厚高比0.19，是世界上最薄的300米级特高拱坝。这又薄又高的拱坝在抵挡巨大水压的情况下，如何做到坚如磐石的，这是大多数人觉得乌东德大坝最神奇的地方。

神奇之处必有神奇之技。设计者之所以敢把乌东德大坝做得如此之薄，自有他的道理。一是它的"双曲"拱形设计。乌东德大坝并不是靠自身的重量挡水，而是靠双曲拱形结构挡水。其中，横向的弯曲，可以把大坝的受力分散到金沙江两岸的山体，而纵向的弯曲则可以在同等的坝高情况下减小大坝厚度。二是它使用的浇筑工艺。为避免和减少大坝裂缝，乌东德水电站在全球首次采用低温混凝土，同时在浇筑过程中预埋数千支监测仪器和冷却水管。监测仪器会把大坝内部温度数据传输到智能建造信息平台，预埋的冷却水管可以根据温度数据自动调节通水，冷却混凝土。这个智能建造系统是由中国水电建设者首创。

有人把乌东德水电站的魅力归结于水电机组。从 20 世纪 70 年代开始，经过我国几代科研人员卧薪尝胆，不断创新，中国大型水力发电设备的制造能力取得了巨大突破。水轮发电机的单机容量从葛洲坝的 17 万千瓦提升到三峡的 70 万千瓦、溪洛渡的 77 万千瓦、向家坝的 80 万千瓦，到乌东德工程则进一步提高到 85 万千瓦。更重要的是，乌东德水库将水轮机的潜力和发电效率发挥到最大化。比如，根据水库蓄水涨落的变化，确定发电最优的水头范围；根据河道下游水文变化及其对尾水的影响，确定发挥电站优势的周期；根据径流量变化，思考如何在低水头条件下获得汛期发电量……而这些因素都关系到水轮机设备的参数。综合对不同条件的分析，乌东德的设计人员不单纯追求发电机的最大容量，采用低水头下超出力的设计理念，兼顾优秀的加权效率指标，在大容量电站中使水轮机潜能达到效益最大化配置，大幅提高了水轮机水力设计与电站运行方式的对接精度。这个设计理念在设备制造上的体现，就是加大水轮机的最大导叶开度。

有人说乌东德的魅力在洞室。乌东德水电站大多数建筑都隐藏在山体和地下，这些洞室建筑物的建造难度不亚于大坝本身。工程地下电站主厂房的开挖尺寸为长 333 米、宽 32.5 米、高 89.8 米，其中 89.8 米的高度打破了世界纪录，位居世界第一。为了安全地掏出这个洞，他们按照每层 4 米左右的高度分层进行开挖。

这些当然都是乌东德的魅力，而乌东德还有许多不为人知的魅力，比如对乌东德坝址的确认。能否在乌东德这个地方修建大坝，这是一个关键性的技术难题。如果地质基础不牢固，便没有乌东德水电站。乌东德特大坝下游 900 米左右的金坪子是一个向江中凸出的山体，金坪子的"坪地"处于海拔

1085米，但这个平台往上到海拔2050米是斜坡，往下到海拔920米也是斜坡。这些斜坡上有的地方覆盖着60米厚的堆积物，总体积达到6.25亿立方米。如此巨大的山体一旦滑入金沙江，对大坝的威胁不言而喻。乌东德能否建电站很大程度上取决于这座看起来将要崩塌的山体稳不稳。

搞清楚金坪子的结构、性质，并不比修建乌东德水电站的大坝容易。中国水利科技工作者把金坪子分成多个区域，测绘了数千平方千米范围的地形地貌，调查了几百平方千米山体的地质条件。他们要知道金坪子那么多的堆积物到底怎么形成的，乌东德的地质结构特征、沉积特征、矿物组合到底如何，每一个区域、每一个地层、每一块岩体，他们都要搞清楚。他们要看看这座山到底稳不稳，哪一部分有问题，又该如何治理和控制……

乌蒙磅礴走泥丸。几百名科研人员肩挑背扛，钻深沟、攀裂谷，在陡峭的绝壁上钻孔、测绘、勘探。他们在金坪子打了十几万米的钻孔，有的孔深至基岩，最后解决了深厚覆盖层勘探世界性难题及深厚覆盖层渗透高边坡稳定问题。他们用可靠的数据和分析，证明了在乌东德可以修大坝。

这就是乌东德不为人知的魅力。

乌东德水电站修建的同期，另一个巨无霸工程——白鹤滩水电站也在不断推进。白鹤滩水电站位于乌东德下游，是金沙江下游四级开发中的第二级。金沙江在四川会东县东南角折向北，变成南北走向，从会东县张家梁子与昆明市东川区的石杆梁子之间奔向四川屏山县新市镇，在新市镇改为东西走向。金沙江由南向北穿过的高原，一边是四川凉山彝族自治州，另一边是云南昭通市。以金沙江为轴，以西分别是凉山彝族自治州的宁南县、金阳县、雷波县，以东是昭通市的巧家县、昭阳区、永善县、绥江县。

白鹤滩水电站就在四川宁南县跑马镇与云南巧家县大寨镇之间，电站左岸是宁南县跑马镇的蘑菇山（大凉山的余脉），右岸是巧家县大寨镇的大药山（乌蒙山的支脉）。宁南县跑马镇海拔在1300~2500米，巧家县的大寨镇海拔1400米左右。西边一座大山，东边一座大山，在这样的地方修水电站，行业外的人第一反应或许是不可想象，而行业内的人则觉得这地方建大坝再好不过。但在深山峡谷中施工要面对复杂的地形（如河流、陡坡、悬崖等）、复杂的地质（如高地应力、岩层破碎等）、复杂的气候以及场地狭小、交通运输不便等诸多挑战和困难。

奇迹从来都不可想象。与乌东德一样，早在20世纪50年代，长江委人便深入金沙江峡谷，开始了白鹤滩水电站的前期工作，只是后来因各种原因而搁置。2004年白鹤滩水电站的可行性研究全面启动。2010年前期准备工作开始。2013年9月，《白鹤滩水电站可行性研究阶段装机容量选择专题报告》通过审查。2015年11月，大江截流。2017年4月，大坝混凝土首仓浇筑。2020年10月，工程全面转入机组安装阶段。2021年6月，白鹤滩水电站首批机组投产发电。2022年3月，白鹤滩水电站16台百万千瓦机组大型部件全部吊装完成。2022年12月，白鹤滩水电站全面投产。

2023年10月12日，从白鹤滩的深山峡谷传来消息，白鹤滩水电站发电量突破1000亿千瓦时。从全部机组发电到发电1000亿千瓦时，只用了10个月。火电厂要达到这个发电量，需要燃烧3000万吨标准煤，排放8000万吨二氧化碳。12年建成，10个月发电1000亿千瓦时，这就是奇迹。

白鹤滩还有很多奇迹。机组单机容量百万千瓦，世界第一；

地下洞室群规模世界第一；无压泄洪洞群规模世界第一；圆筒式尾水调压室规模世界第一；300米级双曲高拱坝抗震参数世界第一；总装机容量1600万千瓦，仅次于三峡工程，居世界第二；大坝承受的总推力达1650万吨，位居世界第二；电站拱坝高289米，居世界第三；最大泄洪量达到42348立方米每秒，泄洪功率世界第三；由16个喷射器组成的泄洪消能系统，最大喷射高度则高达200米……

　　白鹤滩的许多纪录都超越了刚刚建成的乌东德工程，其中的一些奇迹让人一看就会震惊，比如地下洞室群的视觉冲击就太过强烈；有的则是看到了不一定能感受到，但其非凡历程同样令人震惊，比如百万千瓦水轮发电机组的自主生产技术。

白鹤滩水电站

与乌东德工程类似，白鹤滩水电站的大多数建筑布置在大坝两侧的山体里。站在电站两岸的山头，眺望峡谷间的弧形大坝，它们好似被大山挤压成的一张弯弓，江水从坝身的泄洪孔喷射而出，如弯弓射出的一条条白练，向峡空下游飞去。此时，站在山顶的不管是谁，一定想不到脚下的山里有一座城，一座由各种设备、仪器、管线等组成的灯火通明的城市——白鹤滩电站的地下洞室群。

这个世界最大规模的地下洞室群有400多条洞室，总长度达217千米，开挖量2500万立方米。左岸山体的地下厂房长458米，右岸的地下厂房长453米。两岸厂房的高度88.7米，宽度31~34米。白鹤滩电站的尾水调压室是世界已建电站中跨度最大的，8座尾水调压室的开挖直径为43~48米，室内竖井直墙的开挖高度为57.92~93米，竖井最深达到127米。

在金沙江复杂的地质条件下，在大山的肚子里挖出三四十层楼房的高度来修建出一个工厂，如此规模的挖掘，如此勇气和胆量，不用说，对每个人都极具冲击力。

白鹤滩的百万千瓦水电机组是看不见的奇迹，它是无数科技人员几十年学习、探索、创新的精神体现。在水电机组的制造历史上，从三峡工程的单机容量70万千瓦，到溪洛渡电站的77万千瓦、向家坝水电站的80万千瓦、乌东德水电站的85万千瓦，表面上看每一次进步，单机容量只是增加了7万千瓦、3万千瓦、5万千瓦，实质上每增加一个"万千瓦"都是对一个国家综合制造水平的巨大考验。如，从1972年刘家峡水电站的30万千瓦机组到1984年龙羊峡水电站的32万千瓦机组，单机容量增加了2万千瓦，而跨越这"2万千瓦"，完全掌握30万千瓦级大型水轮机组的制造技术，科技人员用了12年。

现在，白鹤滩选择的是百万级水电机组。百万千瓦级机组对水电设备设计、制造、安装提出的每一个问题都是世界级的，因为这是水电设备行业的"无人区"，在此之前没有任何地方有过尝试。比如，水轮机需要承受巨大的水力冲击，因此对转轮中心体的钢材提出了特殊要求；白鹤滩之前发电机电压最高20千伏，现在白鹤滩要求的是24千伏，对绝缘技术提出了挑战；百万机组的巨大负荷对发电机组的散热和冷却技术提出了挑战；巨大尺寸的水轮机高速旋转，不可避免会产生气泡，气泡的膨胀和破裂又不可避免地会冲击、震动水轮机叶片，对水轮机的空化特性和稳定性提出了挑战。还有诸如水轮发电机的电磁技术、推力轴承技术等。一个个难题、一个个风险，让专家们不得不思考，大家希望仍然采用已经成熟的单机80万千瓦机组。但这一次，中国水电设备制造的科技勇士们决心冲刺中国水电百万机组的高峰，并且做到了。

2021年6月，白鹤滩水电站首批百万千瓦水电机组投产发电，机组启动后，功率稳步上升到100万千瓦。在人们的忐忑中，数据显示眼前50多米高、8000多吨重的巨无霸的摆动幅度只有0.07毫米，相当于一根头发丝。他们怎么做到的？举一个例子，科技人员开发出了一种15个长叶片和15个短叶片相结合的转轮。通常情况下，水轮机转轮的叶片都是同一个长度，但在高速旋转中，水流作用在叶片上的力量并不均衡。同一个时刻，水流只是冲击转轮的一部分，而不是全部。长叶片与短叶片的搭配，可以增加水流与叶片作用的平衡性，降低对尾水管的压力，有利于提升叶片的耐磨损性能，从根本上解决了空化性能与转轮强度的难题，同时机组效率提高0.5%。这便是白鹤滩百万机组在运行中稳如磐石的秘密。

说起来很简单，做起来是另一回事，因为制造过程涉及拼装工艺、转轮水力学尺寸测量、全低氢焊接技术、转轮及上冠空中偏心翻身技术、铲磨、隐形平衡块结构等多个关键环节，每个环节都是拦路虎。即使如此，白鹤滩百万机组水轮机的心脏——总重近350吨的转轮在加工制造完成后，还是实现了"零配重"，在全球巨型机组转轮制造历史上写下了中国水利人突破技术壁垒、自主制造的辉煌一页。

白鹤滩，原是金沙江下游宁南县和巧家县交界处众多滩涂中的一个。据《巧家县地方志》记载，以前这个地方只有"白河滩"并无"白鹤滩"。20世纪50年代，首批深入金沙江峡谷进行勘探调查的科技人员在文献记录中用的地名都是"白河滩"，至今大坝下游2千米左右还有叫"白河滩"的村庄。之所以叫"白河滩"，一说是因为河滩上有大片大片的卵石；一说是金沙江在此处掀起浪花朵朵，看上去白茫茫的一片。

白鹤滩水电站建设启动后，2003年5月电站左岸的四川宁南县将大坝附近的六城镇更名为白鹤滩镇，右岸的云南巧家县2006年将原来的新华镇、巧家营乡合并，合并后的新镇也命名为白鹤滩镇。白鹤滩，一个以鸟命名的滩。白鹤滩，一个白鹤栖息的滩。金沙江畔，世代深居高山峡谷的人们，用一个寓意洁白和高远的地名，重新命名自己的家乡。或许，他们是在用这种方式表达金沙江人的梦想。

长江也有梦想，比如，截断巫山云雨，让长江千里安澜。从1919年孙中山先生《建国方略之二——实业计划》中提出开发三峡水能的设想，到1955年长江流域规划和三峡工程勘测、科研与计划工作全面展开，再到1958年《中共中央关于三峡水利枢纽和长江流域规划的意见》提出"三峡水利枢纽是需要修建而且可能修建的"、1989 年长江流域规划办公室编制《长江三峡水利枢纽可行性研究报告》，70 年历程，三峡工程从设想变成了蓝图。

◎ 1992 年 4 月，七届全国人大五次会议通过《关于兴建长江三峡工程的决议》。

◎ 1994 年 12 月，三峡工程正式开工。

◎ 1997 年 11 月，三峡工程实现大江截流。

◎ 2002 年 10 月，三峡大坝全线达到海拔 185 米大坝设计高程。

◎ 2003 年 7 月，长江三峡工程第一台发电机组提前 20 天实现并网发电。

◎ 2010 年 10 月，三峡工程成功蓄水至 175 米。

◎ 2020 年 11 月，三峡工程完成整体竣工验收全部程序。

经历了差不多 30 年的攻坚克难后，三峡工程从图纸变成了现实。

作为百年以来的民族梦想，三峡工程无疑凝聚了几代人的不懈奋斗和几代中国科技工作者的无私奉献，是改革开放以来国家综合实力整体提升和逐步强大的体现。一百年，《建国方略》中的设想变成了雄伟的大坝。一百年，三峡工程从勘探、规划、设计变成截流、浇筑、装机、船闸、电厂。一百年，川江航道从险途变成了黄金水道。一百年，长江中下游抵挡洪水的能力从十年一遇提高到了百年一遇。

作为中国乃至世界最大的水电站，三峡工程的发电能力当然是最强的。三峡电站共安装有 32 台 70 万千瓦和 2 台 5

长江三峡水利枢纽

万千瓦的水轮发电机组，总装机容量为2250万千瓦，年设计发电量882亿千瓦时。2020年12月31日24时，三峡集团有限公司宣布，在确保三峡工程全面发挥防洪、航运、水资源利用等综合效益的前提下，世界装机规模最大的水电站——三峡电站，全年累计生产清洁电能1118亿千瓦时。此前，巴西与巴拉圭共同修建的伊泰普水电站在2016年创造过单座水电站年发电量1030.98亿千瓦时的世界纪录。因此，三峡电站2020年发电1118亿千瓦时，其意义非凡，它标志着三峡电站成为全球年发电量最多的单体水电站。2023年7月11日，三峡集团发布消息，首台机组投产发电20年来，三峡电站已累计发电16000多亿千瓦时，相当于我国居民2022年直接消耗的电力总量。这个数据也意义非凡，它有力地证明了三峡工程在全国能源体系中的地位和实力，是当之无愧的中国能源后盾。

中堡岛，宜昌市三斗坪镇一个居住有300多人的江中小岛。岛上绿树成荫，春天油菜金黄，秋天柑橘飘香。中堡岛的地质基础是大片整块花岗岩，密度高、硬度高，是水电人眼中无与伦比的天然坝址。1994年开始，这个小岛所在的地区成了热火朝天的工地，世界最大混凝土重力坝三峡大坝将横穿中堡岛。

三峡大坝坝轴线长2309.47米，全长2335米；坝顶高程185米，最大坝高181米。三峡大坝混凝土体积达1610万立方米，是当今世界上已建大坝混凝土量最多的重力坝。如果蓄水到175米，它要挡住水库里393亿立方米的水。三峡工程的主体建筑还有发电建筑物、通航建筑物等，全部建筑物的混凝土浇筑量达2800万立方米，创造了混凝土浇筑的世界纪录。整个主体建筑的土石方挖填量约1.34亿立方米，消耗了46.30万吨钢筋、25万吨金属钢架。它相当于一座横亘在长江上的钢筋水泥大山，是中国工程建造技术的杰出代表。

在近16年的建设过程中，中国水利人创造了一系列世界奇迹：混凝土量最大、坝体孔洞最多、泄流量最大的重力坝，装机容量最大的电站，规模最大、水头最高的内河船闸，提升高度最大、提升重量最大的垂直升船机，等等。在大江截流、土石方开挖、船闸深切岩体开挖、混凝土工程、大坝混凝土连续浇筑及温度控制等领域取得了许多重大创新成果。在重型金属结构安装、70万千瓦巨型水轮发电机组制造及安装等领域突破了一系列关键技术壁垒。在16年的建设过程中，三峡工程创造了112项世界纪录，荣获国家科技进步奖18项，技术创新、发明专利1053项。2020年1月，"长江三峡枢纽工程"项目荣获2019年度国家科学技术进步奖特等奖。

显然，三峡工程的意义不仅在于它的投资量、工程量以及在全球水利工程中的地位，而且在于它是中国科学技术进步的象征，是中华民族自主创新、自立自强的象征。从地质勘探、工程设计、基础施工，到水电设备制造、工程管理；从水泥、钢材等建材，到水轮机、发电机、输变电，到防洪、生态环保、交通运输，三峡工程引发和带动的是一场新技术、新设备、新材料、新工艺的创新和变革。2018年4月24日，习近平总书记在视察三峡工程时指出，"三峡工程是国之重器"，"是中国人民富于智慧和创造性的典范，是中华民族日益走向繁荣强盛的典范"。

得益于三峡工程积累的经验、技术、人才队伍，得益于中国水电重大技术装备的进步，中国水电开发进入了一个新的时代——向金沙江进军的时代。2012年，向家坝水电站首批机组投产发电，单机容量80万千瓦，总装机容量775万千瓦。2013年7月溪洛渡电站正式发电，单机容量77万千瓦，总装机容量1386万千瓦。2020年，金沙江乌东德水电站正式投产发电，单机容量85万千瓦，总装机容量1020万千瓦。2021年白鹤滩水电站投产，单机容量100万千瓦，总装机容量1600万千瓦。

从葛洲坝到三峡，从向家坝、溪洛渡到乌东德、白鹤滩，中国水电制造技术实现大跨越，走到了世界前列，中国水利建设者打造出了一个世界最大的清洁能源走廊。这个绿色走廊的年均发电量超过3000亿千瓦时，每年可减少标准煤超过9000万吨，减少二氧化碳排放2.5亿吨，为我国实现"碳达峰、碳中和"目标、经济发展绿色转型提供了巨大的支撑力量。更重要的是，葛洲坝、三峡大坝以及金沙江上的向家坝、溪洛渡到乌东德、白鹤滩四个水库，都是长江防洪体系的一部分，它们互相配合，通过蓄水、调洪、削峰等综合调度，共同保障长江中下游防洪目标的实现。

问渠那得清如许

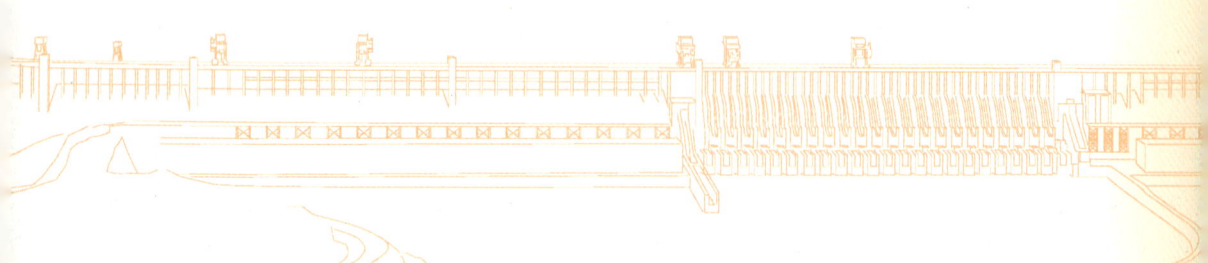

  长江的年径流量超过 9600 亿立方米，约占全国河川径流总量的 36%，黄河的径流量 580 亿立方米。两条大河水量的差异是南方、北方水资源分布不均的一个重要指标。水资源研究专家发现，如果把中国水资源 50 年的资料分成两个时间段对比，结果会令人惊讶。1956 年至 1979 年的前 24 年，南方水资源占全国总量的 81%、北方占 19%；1980 年至 2005 年的 26 年，南方水资源占比为 84%，北方水资源的占比为 16%。原来在 50 年的发展中，南方水多、北方水少的局面非但没有缓解，而且不均衡态势变得更加突出。

  1980 年至 2010 年河北打井深度的变化，是水资源缺乏的另一个形象的指标。20 世纪 80 年代河北农村挖井深度从几米增加到 25 米，到 2010 年增加到 100 米以上，有的地方必须挖掘到 500~600 米。井越钻越深是因为水越来越少。根据《2017 年中国水资源公报》的数据，在"2017 年各省级行政区人均

丹江口水库

水资源量排名"中，西藏、青海、广西的人均水资源量占据前三名。除西藏、青海外，长江流域的云南省排第四名，人均水资源量4888.4立方米；江西省排第七名，3580.8立方米；四川省第八名，2971.7立方米；湖南省第十名，2787.7立方米；重庆市第十二名，2133.5立方米；湖北省第十三名，2119.5立方米。

按照国际标准，人均水资源量小于1000立方米属严重缺水，小于500立方米则属于极度缺水。如此说来，山东、河北、北京、天津等都属于极度缺水地区。数据显示*，受上游来水、降雨量减少等因素的影响，21世纪最初的10年，河北的水资源量与20世纪50年代相比减少近50%，入境水量减少70%。

缺水凸显为全社会的大问题，也引起了全社会的思考。社

> ★排名最后的 6 个省（自治区、直辖市）是：
> 山东省，人均水资源量 225.5 立方米
> 河北省，人均 183.9 立方米
> 宁夏回族自治区，人均 158.4 立方米
> 上海市，人均 140.6 立方米
> 北京市，人均 137.3 立方米
> 天津市，人均 83.5 立方米

会各界提出了各种办法，节约用水、雨洪资源化、污水资源化、劣质水资源化……其实，北方缺水并非到今天才变成社会关注的现象，早在 20 世纪 50 年代，解决北方缺水问题的方案就浮现在新中国水利建设的蓝图上。

1952 年，刚刚诞生的新中国百废待兴。在关于新中国建设的各种谋略中，一个解决北方缺水问题的宏大构想产生了，即向南方借水。不久，这个构想被转化为水利工程术语"南水北调"。1958 年 9 月丹江口水利枢纽开工，1974 年丹江口水利枢纽一期工程竣工。这是汉江上第一个控制性大型骨干工程。与很多水利枢纽一样，丹江口水利枢纽具有防洪、发电、航运、养殖等综合效益；与其他水利枢纽不同的是，它在建设之初就被寄予了向北方"引水"的厚望。

在长江委 70 年（1949—2019 年）的规划历程中，清晰地记录着几代人在"跨流域调水"规划课题上的探索轨迹。1958 年，长办提出了丹江口水库在近期和远景的引水位、引水量及不同阶段济黄、济淮设想，同时也提出了东线的引江济淮、引江济黄、引江济大运河，西线的自三峡水库引水至丹江口、从嘉陵江引水入汉江等方案。从 1958 年起，中国科学院与水电部组成了南水北调研究组，大规模的考察和研究工作展开，并在此基础上汇成了《长江流域综合利用规划要点报告》。

1978年正式提出了"南水北调"工程，水利电力部成立了南水北调规划办公室。1979年长办提交了《南水北调中线引汉工程规划要点》和《尽早完成丹江口水利枢纽后期工程充分发挥综合效益和加速南水北调》的报告。1990年，长江委在《长江流域综合利用规划简要报告》中提出，南水北调的西线从通天河、雅砻江、大渡河引水到黄河上游；中线从丹江口引水，远景从长江引水；东线从长江干流江都三江营抽水。1995年水利部成立南水北调领导小组，组织开展工程论证工作。经过50多年的调查、研究、分析、论证，曾经伟大的"借水"设想变成了严谨、科学的规划。2002年12月，国务院正式批复通过了《南水北调总体规划》。

2002年12月27日，南水北调江苏段三潼宝工程和山东段济平干渠工程同时开工，成为南水北调东线首批开工工程。三潼宝工程是三阳河河道、潼河河道、宝应泵站三项工程的统称。从三阳河、潼河向宝应泵站引水，宝应泵站以100立方米每秒的流量把水抽入里运河。加上江都泵站400立方米每秒的流量，共同实现南水北调东线一期工程500立方米每秒的输水流量。三阳河南起扬州市江都区宜陵镇新通扬运河北侧的宜北闸,向北流经江都区的丁沟镇、樊川镇,高邮市的汉留镇、三垛镇、司徒镇、临泽镇，至宝应县东南部与潼河相接，转向西流，止于南水北调宝应抽水泵站，总长约67千米。沿途与老三阳河、盐邵河、北澄子河、南澄子河、横泾河及六安河相交。历史上三阳河曾经被堵塞，从20世纪50年代开始分段疏浚、重新开凿，2002年至2005年全线开通。三潼宝工程主要项目包括三阳河扩挖工程（29.95千米）、潼河开挖工程（包括宝应泵站枢纽段在内共15.5千米）、宝应泵站工程、桥梁工程、水土保持工程等，总投资9.18亿元，工期3年。作为南水北调东线一期工程的重要组成部分，济平干渠工程西起山东泰安的东平湖，途经泰安市的东平县，济南市的平阴县、长清区和槐荫区，至济南市的小清河源头睦里庄跌水，输水线路全长90千米。2005年10月、2006年12月，南水北调东线的"三潼宝"工程（三阳河河道、潼河河道、宝应站工程统称）、济平干渠工程都顺利通过验收。

2005年9月26日，南水北调中线丹江口大坝加高工程开工。中线工程的线路是从丹江口水库陶岔渠首闸引水，沿线开挖渠道，经唐白河流域西部过长江流域与淮河流域的分水岭方城垭口，沿黄淮海平原西部边缘，在郑州以西孤柏咀处穿过黄河，沿京广铁路西侧北上，全线自流到北京、天津。输水干线全长1421千米，其中天津输水干线长约155千米。中线工程的关键是丹江口水库大坝的加高。丹江口大坝加高工程的目标是把丹江口水库大坝在原有的基础上加高到176.6米，从而让丹江口水库的水一路北上。

丹江口水库的修建颇为曲折。1958年湖北、河南10万民工在不到2平方千米的施工现场向汉江发起了截流大会战。1962年，丹江口工程因大坝质量问题被暂停施工。1964年12月，丹江口工程复工。1974年，丹江口水利枢纽初期工程全部完成，大坝总长2.5千米，坝顶高程162米。30年后，新世纪的水利建设者重新面对这座历经曲折的大坝，他们的困难用一句形象的话说，就是如何让新的混凝土和几十年前的混凝土完美结合。把困难分解开来，则包含了老坝体混凝土碳化层凿除、控制爆破、碳化层检测、人工键槽施工、大体积混凝土锯缝、闸墩钻孔植筋、高水头下帷幕灌浆、混凝土温度控制等

南水北调中线穿黄工程

等。与这些从未遇到过的技术难题相比，施工场地狭小，施工设备、施工道路铺展不开，大坝施工和水库运行相互干扰等等，就不算什么了。

但当代水利人就是在解决一个又一个从未遭遇的巨大技术瓶颈中成长起来的。经过8年的技术攻关，2013年底，南水北调中线的骨干工程丹江口水库大坝加高顺利完工。建设者们把大坝加高了14.6米，达到了设计的坝高176.6米。这个高度不仅可以确保丹江口水库的水向北自流，而且可以将水库的库容增加到290亿立方米。

2014年12月，南水北调中线一期工程正式通水。2018年底，在南水北调通水四周年之际，水利部介绍，南水北调通水以来，北方40多个城市200多个县市区、1亿多人喝上"南水"。北京市主城区自来水的73%，河北省石家庄、邯郸、保定、衡水主城区供水量的75%，沧州供水量的100%，都来自"南水"。天津市14个区、河南37个县市吃上了"南水"。通过实施生态补水，北方多地河湖干涸、地下水位快速下降等得到了缓解。北京地下水的水位实现了上升，永定河周边的水生浮游植物达到了447种，浮游动物达到了304种，其他生物增加到了230种。

2006年以来，国务院连续批准实施了《丹江口库区及上游水污染防治和水土保持规划》和"十二五""十三五"规划，对水源区提升水源涵养能力、改善水环境质量、加强水污染防治、强化水土保持等作出了统筹部署，提出了重点建设任务。

对于南水北调，大多数人关心的是输水工程、运河、管道、泵站以及输水线路的走向，输水量的大小，等等，往往会忽略南水北调中至关重要的一个领域，即水安全。确保"一泓清水永续北上"的内涵不仅关系到水质，而且是关系到整个南水北调成败的大事。水源区的水土流失直接会缩小丹江口水库的库容，而库容的大小决定能否向北输水。水源区水体被污染，则意味着水库无合格的水可送，南水北调也就无法实现。

2021年12月，国家发展和改革委员会会同相关部门和水源区各省（直辖市），编制了《丹江口库区及上游水污染防治和水土保持"十四五"规划》（以下简称《规划》），范围涉及河南、湖北、陕西3省10市的46县（市、区）和重庆市城口县、四川省万源市、甘肃省两当县的部分乡镇。根据不同区域对丹江口水库水质的影响，《规划》将水源区划分为水源地安全保障区、水质影响控制区和水源涵养生态建设区三类地区，实施分区分类管控，推动建立流域空间管控体系。

《规划》在总体分区基础上，以75个地表水国控断面为节点，按照流域自然水系特征，打破县级及以上行政区划，以乡镇为边界，进一步细分划定69个控制单元。以断面—单元串联各级政府河长、湖长保护治理责任。对各优先控制单元明确个性化管控目标，确定单元内水质巩固、总氮控制、水土保持、风险防范等不同任务。对水质巩固类优先控制单元，制定"一区一策"水体达标方案，倒逼治理有力有效开展；对总氮控制类优先控制单元，着力推进农业面源污染综合治理，严控城镇生活污染物进入水体，并选择典型区域开展污染物溯源治理；对水土保持类优先控制单元，以小流域为载体，综合采取营造水土保持林草、坡改梯、稳定坡面水系等措施，加强水土流失防治；对风险防范类优先控制单元，重点加强尾矿库、危险化学品储运等风险源管控，加强监测及应急处置能力建设。

这是一个覆盖整个汉江流域的详尽规划，目的只有一个，就是打造洁净库区，建设清洁流域。湖北省十堰市处于丹江口水源保护区的一线，在这里，大到一座桥、一个工厂，小到一个家庭、一块农田，都有保护水源安全的故事。

十淅高速（十堰至淅川高速公路）起于福银高速丹江口市丁家营镇，经河南淅川县，止于沪陕高速西峡县互通。这条全长112千米的路线是连接福银高速与沪陕高速的快捷通道，其中的控制性工程便是丹江口水库特大桥。该桥全长1076米，主跨760米，选址在一处中间低（汉江）、两岸向外逐渐升高的U形河谷。设计单位原本设计了一座六跨连续刚构桥，估算投资约5亿元。

从修建武汉长江大桥开始，在半个多世纪的桥梁建设实践中，中国建桥大军积累了丰富的施工经验，一座投资5亿元的桥梁根本就"不算事"，但6个主桥墩都在水库中，这就"算事"了，还是有可能影响丹江口水库水质的大事。首先，水中施工修建6个桥墩，桥墩桩基钻孔、桥墩浇筑等各环节不可能不对水质产生影响。其次，大桥桥址所处位置常年水面宽度为746~786米，在这个宽度内矗立6个桥墩，既影响航行，也干扰鱼类活动。为最大限度地保护丹江口水库水资源，技术团队反复研究修改方案，最终采用一跨过库的新桥型——主跨760米的部分地锚式混合梁结构斜拉桥，从而使其成为世界上跨径最大的钢—混凝土组合梁斜拉桥。新方案的大桥南、北各一个桥墩，南桥墩位于龙山镇白果树村的一个山头，北桥墩位于凉水河镇寨山村的另一个山头。这个一跨过江的新方案开挖量最小，环保效益最大，但比原设计的水下多桥墩式大桥多投资近3亿元。

蓝图上的环保效益靠施工来实现。丹江口水库特大桥的建设者在施工过程中为了最大程度地减少对水库环境的影响，采用了旋挖钻和气举反循环工艺。气举反循环工艺类似于虹吸原理，通过真空机在钻孔过程中将泥浆排除，是处理沉渣和泥浆的有效方法。丹江口水库特大桥的建设者通过这种施工方法，做到了不让一滴污水流进丹江口库区。

为了保证丹江口库区水质安全，大桥建设者考虑到了每一个细节。在丹江口水库特大桥的外侧人行道上，每隔几米有一个碗口粗的圆形孔，用来收集桥面雨水和泄漏物污染。在丹江口水库特大桥两头都建设有沉淀池，收集的雨污水通过无铅盐给水管进入沉淀池。两个沉淀池采取三级沉淀，容量约200立方米，安装有水质监测报警系统。雨水经层层沉淀过滤后排出；如有非达标污水进入，系统会自动报警，并自动封闭沉淀池出口。这个桥面收集系统花了200多万元。无论是花近3亿元修改大桥方案，还是花200多万元收集雨水，都是在履行保护水源区水安全的责任。

为保护水源区的生态，让路的不仅有公路、桥梁以及工业企业，还有铁路。汉十高速铁路是连接武汉市与十堰市的客运专线，是中国"八纵八横"高速铁路网中部地区与西北地区间的便捷联系通道，全长399千米。铁路虽不算长，但要穿越武当山世界文化遗产、汉江湿地以及丹江口水库。

设计师面前有三条线路可供选择：一是与汉十高速公路（福银高速武汉至十堰段）并肩而行。这个方案的成本最低，但需要穿越丹江口水库。第二个选择是沿襄渝铁路线平行布设，线路最直，但距武当山古建筑群太近。最后，建设方选择了第三个方案，即通过13千米隧道钻过武当山。对汉江湿地上的铁路线采取全线高架方案，全线设声屏障，决不在水中建一个桥墩。今天的汉十高铁线距武当山最近的遗产点尚有770米，既减少了对世界文化遗产的影响，也绕开了大部分丹江口水库水面，但工程造价比其他方案增加3亿元左右，因为线路上不是桥就是隧洞。

丹江口水库多年平均调水量95亿立方米，占汉江平均水量的20%~30%，换句话说，要保证输水量，就必然降低丹江口水库大坝下泄流量，由此，汉江中下游的水位必然下降。比如，与过去相比，汉江襄阳段的水位降低了0.56~0.72米，钟祥皇庄站水位下降了1米，天门干渠罗汉寺闸前水位下降了0.28~0.94米。水位下降的影响是多方面的，如能走的船不能走了、能抽水的泵站抽不了了、水自身的净化能力差了、鱼少了等等。要控制、减少、改善这些影响，就必须再实施一系列治理工程。人类与水的关系向来如此，生存与发展不可避免改变河流，河流的变化反过来又影响人类的生活，于是又催生新的控制技术和治理工程。

与汉江有关的一系列生态补偿工程就是这样诞生的。早在2002年国务院正式批复的《南水北调工程总体规划》中，便提出了引长江水为汉江补水的方案。"引江济汉""引江补汉"等汉江中下游治理工程都为汉江补水而生。两项补水工程在规划实施阶段上的区别是，引江济汉工程属于南水北调中线一期汉江中下游治理工程；引江补汉工程属于南水北调中线二期设计与实施的内容。

引江济汉工程的设想是从长江干流中开挖一条人工运河，向汉江兴隆以下河段补充因南水北调中线一期工程调水而减少的水量，改善汉江下游河段的生态、灌溉、供水、航运条件。按照规划，引水线路上起长江荆州段龙洲垸，下至汉江潜江段高石碑，全长67.23千米。工程实施后，可以实现年平均输水37亿立方米，其中31亿立方米补充到汉江，6亿立方米补充到东荆河。

引江济汉工程拾桥河枢纽

2010年3月，引江济汉工程在湖北荆州开工。工程线路不长，但沿线建设项目并不少，有引水干渠、进出口控制工程、跨渠倒虹吸、路渠交叉及东荆河节制工程等各类建筑物，其中各种水闸13座，泵站1座，船闸2座，东荆河橡胶坝3座，倒虹吸30座（其中河渠交叉26座，渠渠交叉4座），公路桥32座，生产桥24座，铁路桥1座。2014年9月，引江济汉工程正式通水。

在正式通水之前，引江济汉工程就已经开始向汉江下游引水了。2014年8月，汉江水位偏低，东荆河断流，汉江中下游严峻的抗旱形势逼得引江济汉工程不得不提前完成，在一个多月的抗旱中向汉江下游引水2亿立方米，解了江汉平原的燃眉之急。据统计，截至2023年4月，引江济汉工程已使用8年，累计引水量超过300亿立方米，汉江下游645万亩耕地和889万人口从中受益。

不仅如此，引江济汉工程在汛期防洪中也频频大显身手。长湖是江汉平原"四湖流域"的"首湖"，汇集了荆山方向流向江汉平原的多条河流来水，其中拾桥河的来水占长湖水量的50%。引江济汉工程在拾桥河与引水干渠交叉处修建了拾桥河枢纽，专门用于调控拾桥河来水。当长湖水位居高不下，不能继续承受拾桥河来水时，可以让拾桥河来水不再流入长湖，而是通过引水干渠流入汉江，从而减轻长湖地区的防洪压力。这种调控方式形象的说法叫"撇洪"。2016年7月，长湖水位长时间居高不下，引江济汉工程不仅成功应对了拾桥河、西荆河、殷家河等中小河流的汛情，还两次为长湖撇洪1.1亿立方米，相当于把长湖最高洪水位降低了0.4米。2020年7月，为减轻已超保证水位的长湖防汛压力，引江济汉工程再次为长湖撇洪4343.73万立方米。

相比江汉平原的引江济汉工程，引江补汉工程更加复杂。引江补汉是通过工程技术实现南水北调规划中所说的"坝下"水量置换，即通过减少丹江口水库向汉江中下游下泄的水量，实现增加中线工程北调水量；而汉江中下游减少的水量，通过从长江三峡水库坝前引水至汉江丹江口水库坝下得以补充，同时向输水线路沿线地区供水，并为汉江上游陕西引汉济渭工程达到远期调水规模创造条件。显然，未来汉江水向渭河输送后，丹江口水库的下泄量还会减少，减少的部分则要靠从三峡大坝前送来的水补充。

引江补汉工程的取水点位于三峡大坝上游左岸7千米处的龙潭溪。输水线路经宜昌市夷陵区、远安县、当阳市，荆门市东宝区，襄阳市宜城市、南漳县、保康县、谷城县，终点位于丹江口水库大坝下游汉江右岸安乐河口，全长194.8千米。工程建设内容包括隧洞、倒虹吸、暗涵、泵站、闸门、输水干线、分干线、支线。引江补汉工程静态总投资582.35亿元，设计施工总工期9年。

工程设计年平均从三峡水库引水39亿立方米，其中，向湖北省输水线路沿线补水3亿立方米，补入丹江口水库坝下汉江水量36亿立方米。工程实施后，汉江丹江口坝址以上水库、河段外调水量增加，其中包括南水北调中线工程增加北调水量24.9亿立方米，引汉济渭工程按远期规模引水后丹江口水库入库径流量减少5亿立方米，补齐鄂北水资源配置工程调水量约0.2亿立方米，共导致丹江口水库多年平均下泄水量减少30.1亿立方米，这些减少量由三峡水库予以弥补。

引江补汉工程从论证、规划到实施，前后经历了10年。2012年，国务院批复的《长江流域综合规划（2012—2030年）》要求"根据汉江流域经济社会发展状况及水资源利用程度，尽快启动从长江干流引水补充汉江的研究，并相机实施"。2017年4月，水利部批复了长江水利委员会编制的《引江补汉工程规划任务书》，引江补汉工程前期工作正式启动。2019年12月，水利部将《引江补汉工程规划》及其审查意见报送国家发展和改革委员会。2020年8月，水利部组织长江水利委员会编制完成《引江补汉工程可行性研究报告》。

2021年5月，习近平总书记主持召开推进南水北调后续工程高质量发展座谈会并发表重要讲话，对南水北调后续工程规划建设作出重大战略部署，引江补汉工程进入加速推进阶段。

2021年8月，水利部将《引江补汉工程可行性研究报告》

修订成果及其审查意见报送国家发展和改革委员会。2022年5月，中国南水北调集团有限公司向国家发展和改革委员会报送《中国南水北调集团有限公司关于审批引江补汉工程可行性研究报告的请示》。2022年6月，经国务院批准，国家发展和改革委员会正式批复引江补汉工程可行性研究报告。2022年6月生态环境部印发了《关于引江补汉工程环境影响报告书的批复》。

2022年7月，丹江口水库下游约5千米处的安乐河口，挖掘机落下开工第一铲，南水北调后续工程首个开工项目引江补汉工程正式开工。每个参加开工仪式的建设者都明白，他们即将面对的是极不平凡的"挖掘"历程，因为引水工程的主体是国内最长的有压引调水隧洞，单洞长194.3千米。接近200千米的隧洞，想想就觉得不可思议。

在中国工程院院士钮新强的心里，这条近200千米的引水隧洞的确不可思议。作为南水北调中线工程主要设计负责人之一，他太清楚这个隧洞在国内在建隧洞中的地位。他用6个"最"概括这个洞，即：距离最长——194.3千米；洞径最大——等效洞径10.2米；引流量最大——212立方米每秒；一次性投入超大直径隧道掘进机最多——直径12米级隧道掘进机9台；单洞开挖工程量最大——3000万立方米；综合难度最大。

为了让水流充满全洞，这条近200千米的隧洞全线都深埋在地下。这种景象类似于在城市地下修建地铁，不同的是引江补汉的隧洞最大埋深1182米，埋深超过600米的洞段占50%。很难想象从大巴山、巫山山脉下面，穿荆山，然后向丹江口所处的秦岭山脉余脉挖掘如此长一条隧洞，施工人员将遭遇什么。他们要面对防不胜防的强岩爆。开挖施工会引起岩体结构的失衡，失去平衡和支撑的岩体会释放巨大的能量，将岩石解体，这就是强岩爆。通常情况下，隧洞的埋深越大，发生岩石爆裂、剥离、位移的频率越高，强度越大。有人形象地把这种开挖叫"与飞石躲猫猫"，因为分裂的岩石时不时就可能飞溅，施工人员必须时刻提防。当然，他们还要面对突泥涌水，面对大断裂，面对软岩变形，面对高温和有害气体等等，每一个拦路虎都是对施工队伍的考验。

对施工将遭遇的难题，钮新强院士再清楚不过。工程所处的大巴山、秦岭山系的地形地质，钮新强院士带领工作团队都做过一次"透视"。从传统的笨方法到高新科技手段，从常规钻探、超深水平钻、复合定向钻到航测、大地电磁，能用到的都用了。就像一位影像医学专家一样，钮新强院士看过这片高山峡谷的CT片，对施工区的山地内部烂熟于心。因此，他知道难度，他了解攻坚战将发生在哪里。比如，线路要跨10个地层单位、穿越41个岩组；比如，高地应力、高水压、高岩石强度；比如，断层多、地下水多、软岩多。对工程区的"体检"结果，钮新强院士和他的团队这些年不断地讨论、分析、论证，他们要让所有的施工参与者都有充分的心理准备。钮新强院士坚信，不管什么难题，凡事都有第一次，只要有科学严谨的态度，有攻坚克难的意志，总会有收获。就如之前他主持丹江口大坝加高的设计研究一样，那一次，他们面对新老混凝土如何结合的难题，尽管之前从未有过这方面成熟的施工经验，但他们迎难而上，最终解决了这个关键技术问题。

2023年10月，金秋送爽，也送来好消息。引江补汉工程丹江口安乐河出口段主隧洞已经开挖掘进420多米，检修交通洞掘进860多米。三峡大坝前龙潭溪进口段的3号、6号、7号施工支洞已全部完成进洞施工。

协奏曲

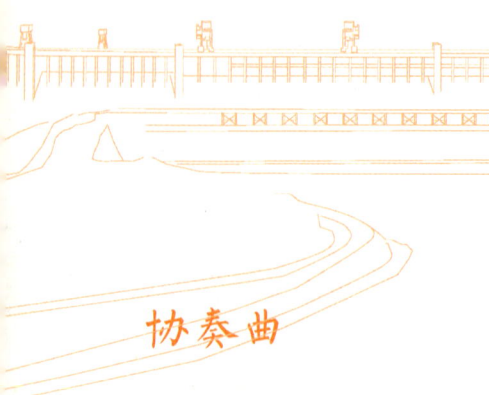

"羡长江之无穷"从来就是长江叙事的重大主题。"滚滚长江东逝水""唯见长江天际流""不尽长江滚滚来",不同的说法,说的是同一个话题,即长江浩浩荡荡,无穷无尽,不绝不休。长江奔流不息的主要动力是雨水,降水为长江带来源源不断的水源,使长江永葆万古流的江河奇观,但降水在哺育长江的同时也往往引发洪水。尤其是持续的暴雨,对长江中下游地区形成巨大威胁。长江中下游地区河网密集,江湖相连,许多地方的地面低于汛期洪水水位,使得洪灾更加频繁。在新中国的记忆里,1954 年、1981 年、1983 年、1991 年、1998 年、1999 年长江流域都发生过大洪水。进入新世纪以来,即使在三峡大坝蓄水发电的 2003 年之后,还经历了 2010 年、2012 年、2016 年、2017 年、2020 年、2021 年等多次大洪水。

长江防洪是一个复杂的体系,水库、大堤、蓄洪区、分洪区等,都是防洪体系中的组成部分。对长江上游特别是金沙江在长江"防洪体系及总的布局"中的地位和作用,多年来的基

长江中下游河段

本原则是，长江上游要兴建防洪库容比较大的水库与三峡枢纽配合使用，使长江中下游防洪能力进一步提高。2008年的《长江流域防洪规划》设置的长江上游预留防洪库容是400亿立方米。2012年12月，《长江流域综合规划（2012—2030年）》获国务院批复，再次明确长江上游要"结合兴利，兴建控制性防洪水库，在承担本地区防洪任务的同时，尽可能承担长江中下游干流的防洪任务"。这个新的规划对长江上游的水库防洪库容进行了调整，提出上游干支流预留340亿~360亿立方米库容，金沙江预留220亿~249亿立方米库容。长江上游预留库容比过去减少了40亿立方米以上，说明长江中下游水情规律发生了新的变化，防洪体系建设取得了新的成就。

这些规划中的"预留库容"等要求，一开始就贯彻到了每座大坝的设计之中。乌东德水电站防洪库容14.5亿立方米，白鹤滩水电站防洪库容75亿立方米，溪洛渡水电站防洪库容46.5亿立方米，向家坝水电站防洪库容约9.03亿立方米。现在，当我们把目光再次转向金沙江时，便会发现横断山脉与乌蒙山峡谷里的那些巨无霸水电站在它们雄伟的大坝、惊人的地下洞室、大型发电机组、超大发电量等光环的背后，还默默肩负着另一项重任。同样，当我们把目光转向三峡，也会发现这座被称为国之重器的大坝最重要的使命是防洪。

长江的水量，以位于安徽省池州市的大通水文站为参考。大通站多年平均流量2.9万立方米每秒，年水量9145亿立方米，大通以下两岸支流和淮河大部分水量汇入后，入海总水量达1万亿立方米。而宜昌以上来水量占大通站的49%，在宜昌以上的水量中金沙江的来水又占40%。长江干流防洪的重要任务其实就是调控金沙江、宜昌以上的水量。

金沙江的防洪末端在云南水富。水富地处云南的最东北端，金沙江、横江、长江三江在这里交汇，人们希望这块土地因水而安富，所以取名"水富"。这里距四川宜宾只有30千米左右，它是金沙江梯级大坝的最后一级，控制着金沙江流域面积的97%。历史上，水富下游的泸州、宜宾、重庆等城市的防洪标准只有5~20年一遇，远低于国家规定的50~100年一遇的标准。现在，向家坝库区预留了9亿多立方米的防洪库容，它将与乌东德、白鹤滩、溪洛渡、三峡、葛洲坝联合调度，协助降低川江洪水的威胁，缓解三峡大坝和长江中下游的压力。

长江的锁在湖北宜昌。西陵峡口的宜昌处于长江由"峡江"进入"荆江"、由上游进入中游的咽喉，三峡大坝扼守在这里。"山随平野尽，江入大荒流"，来自金沙江、长江上游的水通过三峡大坝后再进入荆江，九曲回肠般穿过江汉平原。在长江防洪体系的水库群联合调度设计中,三峡大坝是核心,上游梯级水库群是辅助,蓄滞洪区是最后的绝招。上游地区的水库群通过协同拦蓄,调控洪水汇入三峡水库的流量,三峡大坝通过削峰、错峰,控制洪水进入长江中下游的流量,从而最大效率发挥出水库群的防洪效能,减轻长江中下游的防洪压力。

据统计,长江流域建成水库5万多座,其中大型水库300余座。长江干流上的葛洲坝、三峡水利枢纽,清江上的梯级电站高坝洲、隔河岩、水布垭,汉江上的丹江口水利枢纽、兴隆水利枢纽,金沙江上的梯级电站向家坝、溪洛渡、白鹤滩、乌东德,沅江上的五强溪水电站、资水上的柘溪水电站、澧水的江垭水库……这些水库大小不同、功能侧重不同,有一些以防洪为主,有一些以发电为主,有一些则兼顾航运。过去它们大多各自为政,现在把上百座水库联合起来,让它们协同应对长江洪水。这是一个山川之上的大型乐团,大大小小的水库都是乐团的一员,三峡大坝是这个乐队的第一小提琴,它们合奏一部抗洪曲。

这个设想中的长江防洪体系水库群于2012年终于落地。2012年8月下旬,长江流域干支流各主要控制站水位已全线退至警戒水位以下。8月14日,长江防总解除防汛Ⅲ级应急响应,这是一个令防汛大军欣慰的消息。另一个令人欣慰的消息也传来,《2012年度长江上游水库群联合调度方案》获得国家防总批复。联合调度方案设计的初衷是为了避免汛期结束后各个水库集中蓄水造成水荒。尽管它在汛期结束后才出台,并非专门为防洪而设计,但方案对上游与下游水库、汛期与非汛期、单库与多库的蓄水与泄洪等都做出了规定,要求各个水库信息共享,服从调度原则,协调蓄水泄洪目标。显然,它不仅是对汛期后各个水库蓄水调度的方案，也是一个指导防洪调度的方案。2012年的水库群联合调度方案中涉及的水库并不多，仅仅10座，但作为中国首个大江大河水库群联合调度方案，它在长江防洪体系建设中极具开创性，必将对长江防洪产生影响。

2014年纳入联合调度的水库阵营有了变化，从10座增加到了21座，溪洛渡、向家坝是首次加入。事实上，2014年溪洛渡水电站还处于试运行阶段，第一次蓄水至正常蓄水位，而向家坝还未全部投产。6月5日，三峡水库水位145.79米，提前5天完成了汛前消落任务，腾出防洪库容200多亿立方米。6月6日，锦屏一级、二滩、溪洛渡、瀑布沟、构皮滩等十余座水库的水位已消落到汛限水位以下，腾出了近110亿立方米的拦洪空间。向家坝水库从6月26日起开始1周左右的泄洪，腾出库容准备迎接上游来水。9月20日，三峡入库流量达到55000立方米每秒，形成年内最大洪峰，三峡水库开始削峰。至汛期结束，三峡水库实施防洪调度8次，削峰率54.1%，累计拦蓄洪水总量175.12亿立方米。

这个过程并非人们想象的开启闸门、关闭闸门那样简单。每座大坝自身的安全都与水位、流量有关。不同大坝的泄洪方式不一定相同，有表孔、深孔、岸边泄洪洞等多种方式，不同方式的单独运用、组合使用，复杂而精细，甚至泄洪孔不同的开启顺序都关系到泄洪效率和大坝运行的安全。因此，水库泄洪是一门技术活，需要水工整体模型试验，需要水力学计算，需要科学规范。

2016年，长江流域先后发生28场强降雨，长江中下游干流全线超过警戒水位。以武汉为例，从2016年6月30日凌晨 3 时超过设防水位，到 2016 年 8 月 16 日 10 时退出设防水位，高水位持续近 50 天。其间，7 月 7 日凌晨 4 时长江武汉关水位达到了 28.37 米，为武汉市有水文记录以来的第五高水位。汛期后，气候专家分析了 1961—2016 年全国 2341 个气象观测站的降水资料，得出的结论是 2016 年汛期全国平均降水量为 1961 年以来历史同期最多。共有 140 站汛期降水量突破 1961 年以来历史同期极大值，有 112 站出现历史次极大值，比 1998 年分别偏多 54 站和 47 站。

在汛情早、前期来水丰、支流洪水大、流域受灾面积广的严峻形势下，长江水库群联合调度的防洪体系也经历了一次大考。2016 年 7 月 1 日，长江 2016 年第 1 号洪峰形成，洪峰以 5 万立方米每秒的流量通过三峡。7 月 7 日，城陵矶附近的莲花塘水文站水位涨至 34.29 米。根据国家防总 2011 年批复的《长江洪水调度方案》，三峡水库水位达到 155 米，城陵矶仍将达到 34.4 米并继续上涨，城陵矶附近的蓄滞洪区将采取分洪措施。视保护对象，分洪时将首先运用洞庭湖区的钱粮湖、大通湖东垸、共双茶和洪湖蓄滞洪区东分块。2016 年 7 月 7 日，上述分洪区的几十万人离分洪的距离仅仅 0.11 米。

幸运的是，三峡大坝最大削减了长江 2016 年第 1 号洪峰的 38%，大坝最高运用至 158.5 米，将流量控泄至 2 万立方米每秒，避免了长江 2016 年第 1 号洪峰与长江 2016 年第 2 号洪峰的叠加。长江 2016 年第 1 号洪峰过后，三峡水库多次减小出库流量，有效降低了长江中下游干流水位。长江流域水库群则联合调度拦蓄洪水 227 亿立方米。通过三峡大坝与水库群的联合调度，最终降低洞庭湖口洪峰水位 0.7 米、武汉以下江段水位 0.2~0.4 米，实现了城陵矶附近蓄滞洪区不分洪、上荆江河段不超警戒水位的目标。

2020年防汛是长江多座水库联合调度削峰的完美案例。

2020年8月中旬，长江中上游流域遭遇罕见强降雨，岷江、沱江、嘉陵江水位上涨。2020年8月13日起，嘉陵江支流涪江、嘉陵江、长江重庆段陆续出现洪峰水位，嘉陵江2020年第1号洪水在涪江形成。8月14日长江2020年第4号洪水形成，重庆渝中菜园坝站出现最高水位，超保证水位0.75米，菜园坝水果批发市场和竹木批发市场部分商铺被洪水淹没。

为减轻重庆防洪压力，自8月11日以来，水利部先后4次发出调度令，在不增加下游防洪风险的前提下，统筹调度三峡水库加大出库流量，降低水位4.27米，腾出防洪库容28亿立方米。与此同时，长江委向三峡集团向家坝水库发出调度令拦蓄洪水，要求向家坝水库出库流量减小至6500立方米每秒，至14日14时恢复出入库平衡控制，调度期间溪洛渡水库进行配合。在长江委统一调度下，金沙江梯级水库6天内共拦蓄洪水13亿立方米。

一波未平一波又起。2020年8月17日14时，长江第5号洪水在上游形成。8月20日8时，洪峰流量超过1998年的63300立方米每秒、2010年的70200立方米每秒、2012年的71200立方米每秒，达到75000立方米每秒，创造了三峡水库最大入库洪峰流量的新纪录。长江委连续发布13道调度令，长江上游16座控制性水库联合拦截。至8月22日8时，长江上游水库群累计拦住洪水141亿立方米，其中，三峡水库拦洪81.9亿立方米，成功将荆江河段沙市水位控制在警戒水位以下、将城陵矶水位控制在保证水位以下。

2020年长江上游的降雨量超过1998年大洪水，对金沙江

长江三峡大坝泄洪

下游四级梯级水库中第一级——乌东德水库是一次巨大考验。不久前的 2020 年 6 月 29 日，乌东德水电站的首批机组刚刚投产发电，它的工程建设还未完工，但强降雨不会等待人们准备好一切。8 月 19 日，乌东德水库迎来 18500 立方米每秒的最大洪峰，按照梯度调度布置，乌东德大坝通过拦洪削峰，将出库流量成功降至 15000 立方米每秒。

2021 年 9 月 6 日 14 时，三峡水库入库流量涨至 54000

立方米每秒，长江2021年第1号洪水在长江上游形成。6日20时至7日2时，三峡入库流量增加到55000立方米每秒。9月7日下午，长江2021年第1号洪水过境重庆中心城区。9月7日17时，长江寸滩站水位181.7米，超过警戒水位1.2米。长江委发出调度令，要求金沙江下游梯级水库全力拦蓄金沙江洪水，并将三峡水库出库流量加大至28000立方米每秒左右。在防御长江2021年第1号洪水过程中，三峡水库将入库流量55000立方米每秒削减到30000立方米每秒左右，将沙市、城陵矶水位控制在警戒水位以下2.1~3.2米；联合调度乌东德、白鹤滩、溪洛渡、向家坝等水库将金沙江13000立方米每秒左右的来水削减到6500立方米每秒左右。三峡水库削峰率五成，有效缓解了长江中下游地区的防洪压力。

从2012年到2023年，经过十余年的实践探索，长江流域联合调度体系中的控制性水工程总数从最初的10座增至111座，联合调度的优势和效益不断彰显。2023年1月19日，水利部以第54号令发布了《长江流域控制性水工程联合调度办法（试行）》，从总则、联合调度运用计划、防洪调度、水资源调度和生态调度、保障与监督、附则等6个方面对控制性水工程联合调度管理进行了规范，将长江流域控制性水工程的调度权责、程序等上升为制度。该办法被视为《中华人民共和国长江保护法》的关键配套法规，标志着长江流域控制性水工程联合调度迈入了法治化轨道。

十余年来取得重大进展的治江实践不仅有一座座大坝、水库群联合调度，还有河道治理。三峡工程2012年投产后，与三峡工程有关的工作并没有结束，这项工作叫"三峡后续工作"。截至2023年8月，三峡后续工作累计安排专项投资1095亿元，实施项目7103个。这些项目涉及地质灾害防治、文物古迹保护、河道整治、崩岸治理、农村饮水工程、生态保护等。其中，河道整治、崩岸治理是与长江安全关系最直接的项目。长江最容易发生崩岸的河段是下荆江。2016年，《瞭望》曾刊文介绍，2003年至2013年，长江中下游干流河道共发生崩岸险情698处，崩岸累计长度约521千米，尤其以荆江河段最为严重。

万里长江，险在荆江，尤为危险的是湖北荆州藕池口与湖南岳阳城陵矶之间的下荆江。这段175千米的河道本质上就是一段段连续的大河湾，弯道有大有小，其中较大的有九处，号称"九曲回肠"。这九大弯道深刻影响着下荆江的河势、航运安全、防汛安全。

第一个大弯道位于石首市城关。石首市在荆江的右岸，处于荆江从北向南转东北的弯道凹陷处，江北的凸岸是向家洲。弯道凹岸上的小山叫阳岐山，也叫绣林山。历史上石首的县城曾修建在阳岐山脚下，因为崩岸，街道坍塌到江水中，县城只得向后退到离长江两三千米的黄金堤。今天石首的县城还有以黄金堤命名的小巷和社区。传说刘备正是在阳岐山下迎娶了孙权的妹妹，刘备夫人从江北到江南，一上岸就称赞阳岐山锦绣如林，因此江北的凸岸留下了刘郎浦的地名，江南的凹岸诞生了绣林山、望夫台、三义寺等地名。

这些三国文化的遗迹见证了石首的发展，也见证了下荆江河道的变迁。远的不说，只说近代。1860年至20世纪末的100多年间，石首江段发生了街河子、月亮湖、古长堤、大公湖、碾子湾、中洲子、沙滩子、向家洲等多处河岸撇弯切滩、裁弯取直事件。一个弯道的裁弯取直，似乎就在一夜之间，似乎是一次性事件，但此前江水受不了弯道的狭窄和约束，往往经历过无数次的尝试，这便是垮塌、崩岸。显然，它不是一次就完成了改弦更张，而是一直在试图开辟新的河道。

在下荆江的当代变迁中，最为常见的是崩岸。1994年向家洲崩岸，受此影响，北门口也发生崩岸，崩岸长3000多米，宽达200多米。1995年向家洲发生崩岸。1998年北门口发生崩岸，崩岸长200米，最宽110米。1999年鱼尾洲发生崩岸，崩岸长210米，最宽35米。2007年向家洲与古长堤之间发生崩岸，崩岸长1250米，最宽40米，崩塌面积3万多平方米。2007年，石首大垸镇北碾子湾发生崩岸，崩岸长达1200多米。2007年，北门口护坡上端发生崩塌，崩岸长30米，宽5~8米，坎高4.5米……

石首的崩岸集中在向家洲段、鱼尾洲段和北门口江段，在下荆江治理体系中，向家洲与北门口河段均属于崩岸Ⅰ级预警河段。江北的向家洲段以向家洲为中心，向上到古长堤、茅林口，向下到鱼尾洲，江岸的土质主要是粉质黏土、粉质壤土、夹砂壤土、粉细砂透镜体。鱼尾洲段的岸坡上层为黏性土，下层为砂性土。江南从阳岐山到北门口一线也多是上层细砂或黏土、下层砂砾石的二元结构，并且北门口受江北凸岸的影响，流水长期贴岸冲刷。地层、土质为崩岸提供了基础，急流和清水为崩岸提供了能量。

从2015年10月开始，湖北石首开始在北门口江堤修建2千多米长的干砌块石护坡，2016年4月基本完工。这个护坡将从向家洲方向猛扑过来的江水挡住，保护了长江堤防。没有修建之前，北门口一直是容易发生的崩岸险情的江段，距离最近的围堤只有35米，围堤背后就是石首城区。2020年长江汛后，荆州市北门口崩岸应急整治工程完工。

第二个大弯道位于调关镇的调关矶。调关矶在荆江从北向南再转北的弯道凹岸上，对面江北的凸岸是石首市的小河口镇。与武汉的汉阳琴台一样，调关矶也有知音文化，并且故事的主人公也是伯牙和钟子期。传说伯牙从楚都东下，停舟鼓琴于调关矶，并偶遇知音钟子期。历史记载，调关矶在宋朝就建有调弦亭。1999年，调关镇在矶头的平台上竖立了一尊"高山流水遇知音"的雕像。荆江历史上有许多分流穴口，号称"九穴十三口"，调关矶左侧的调弦口是"十三口"中著名的穴口之一。长江从调弦口分流进入华容河，穿过华容县，进入岳阳君山区，从六门闸注入洞庭湖。华容河过去有一个好听的名字——调弦河。因为能分担洪水，减轻长江的压力，它在下荆江防洪中的地位举足轻重。但调弦口的分流、调关矶的挑流、江北凸岸的顶流三者形成了复杂水流关系，常常给调关矶一带的凹岸带来险情。2005年调关矶的矶尖平台处曾出现平台崩塌险情，塌陷处长约65米，宽约12米，深1.5~2.5米，面积约700平方米。这个巨大深坑的出现一下把"遇知音"的琴声变成了紧张抢险的脚步声。

第三个大弯道是中洲子弯道。中洲子在从南向北转东南的弯道凹岸上，江南的凸岸是石首调关镇新河洲。

调关矶弯道和中洲子弯道之间是一段相对平直的河道，河道的北面有三个弯道，即碾子湾长江故道、中洲子（黑瓦屋）长江故道、沙滩子（天鹅洲）长江故道。它们或者由人工裁弯取直，或者自然裁弯取直。前者如中洲子（黑瓦屋）长江故道，20世纪70年代水利部门组织施工开挖一条新河道，撇弃了原来的弯道；后者如碾子湾长江故道、沙滩子（天鹅洲）长江故道，1949年碾子湾弯道自然裁弯取直，1972年沙滩子弯道自然裁弯取直。天鹅洲外围边滩长达40千米，内环水道长21千米。今天的天鹅洲已成为江豚和麋鹿的天堂，1991年、1992年，湖北石首麋鹿国家级自然保护区、湖北长江天鹅洲白鱀豚国家级自然保护区先后在这里成立。截至2021年，保护区内江豚种群数量超过了100头，麋鹿种群数量由最初的64头发展到2000余头。

中洲子（黑瓦屋）长江故道的北侧是人民大垸农场。这里原本是荆江大堤与长江之间的一块荒洲，面积达146平方千米。从今天人民大垸农场所在的流港镇到当时的长江边约2千米，从最北侧的荆江大堤到长江边10余千米。荒洲上400多户本地居民以在芦苇湿地里打猎捕鱼为生。1957年底，荒洲上来了新居民。长江流域规划办公室30多名下放干部以及100多名农垦系统的支援人员先后来到这块荒洲，他们要开垦这片芦苇地。很快，更多的人来了。1958年初，上海1501名知青、河南项城3000名农业工人、华中农学院（今华中农业大学）180名下放教职工，以及从四湖总干渠工地转战到此修堤的3000名民工，也来到了这块荒洲。荒无人烟的芦苇滩上，人口迅速增长到上万人。他们在长江与荒洲之间修筑起一道20多千米的围堤，在围堤与荆江大堤之间的荒地上修水渠、建排灌站，种起了棉花和水稻。1966年10月，农场所在的长江黑瓦屋弯道人工裁弯取直工程动工，使人民大垸的流港与长江的最近距离从2千米变成了8千米。他们似乎远离了长江，但在《长江流域防洪规划》中，人民大垸是荆江地区蓄滞洪区的4个组成部分之一*。按照分洪运用

★荆江地区蓄滞洪区：
荆江分洪区、涴市扩大分洪区、虎西预备蓄洪区、人民大垸

程序,当荆江分洪区、涴市扩大分洪区、虎西预备蓄洪区运用后,已经达到设计蓄洪水位,但还有超额洪水时,便在公安县长江干堤无量庵(藕池河东支的源头附近)扒口泄洪;若泄洪不能降低沙市水位,则扒开人民大垸的中洲分洪。中洲与荆江大堤之间的西湖是长江改道后的遗迹湖,是人民大垸海拔最低点。2019年10月18日,我曾与当年开垦人民大垸的十几位知青见面。这些已经70多岁的老人虽不再风华正茂,但对命运把他们安排在下荆江这块曾经的芦苇地上这件事,并不沮丧。相反,他们为这块土地几十年在他们手中的蝶变而自豪。只是他们没有人提及这块肥沃之地是荆江防洪体系中的分洪区。

第四个大弯道是监利城关。监利在长江由西南向东北再转南的弯道凹岸上,江南的凸岸是湖南华容的塔市驿。塔市驿的江边有险段"新沙洲",弯道由监利转南后,有荆江著名的险段"天字一号"和洪水港险段。

第五个大弯道是君山农场六分场和建新农场。君山农场六分场和建新农场在弯道江南的凹岸,江北的凸岸是监利三洲的金沙垸、老沙堤。建新农场不远处是著名的"荆江门"。整个下荆江,只有这个地方叫"荆江门"。有学者认为,在遥远的过去,这个地方便是史籍中常常提到的"三江口",只是沧桑巨变,今天洞庭湖以南的诸水不从这里入江。从荆江门开始,熊家洲、七弓岭等连续几个弯道构成了下荆江南北摆动异常频繁的河道,河流的摆动无疑伴随着不断的崩岸。2012年荆江门河段曾经发生2处重大崩岸险情,崩岸长度120米,最宽50米。因此,荆江门又意味着险段,它是16千米荆江门护岸工程的起点。

第六个大弯道位于岳阳君山农场二分场上鱼咀、小港村。

君山农场二分场处于荆江从西南向东北再转南的弯道凸岸上，江北的凹岸是被老江河包围的监利后洲村。这个地方的特殊之处在于长江在弯道上分出一个小支流，从君山农场二分场的头上流过。这段约 5 千米的小河在弯道内画了一条横线，两头连着长江的主流。小河与长江主流之间的沙洲叫"熊家洲"。这个像一片树叶的沙洲在三峡后续工程、荆江整治工程、长江中游整治工程中经常出现，它是长 29 千米七弓岭险段的起点，尽管地图上没有它的名字，但它一直刻在治江人治水人的头脑里。

第七个大弯道位于岳阳的七弓岭。七弓岭处于荆江由北向南再转北的弯道凹岸上，对面江北的凸岸是监利的柘木乡八姓洲、孙梁洲。八姓洲所处的弯道瓶颈在 1953 年时有 1970 米宽，由于逐年崩岸，到 2016 年已缩短为 500 米左右，也就是说，只要洪水击穿这 500 米，弯道两侧的长江就通了。2016 年汛期，八姓洲与孙梁洲之间曾出现过 2 千米长的崩岸险情。七弓岭弯道的凹岸也是下荆江著名的险段，只要荆江有洪水，这个地名就会出现。这个弯道在控制、稳定长江与洞庭湖的关系中至关重要，它也是保护岳阳的一道重要屏障。七弓岭所处的凹岸底部与洞庭湖之间只隔一块约 2 千米宽的芦苇地，如果长江水从七弓岭冲开一条河，穿过 2 千米芦苇林，就进入了洞庭湖，这样它就不必绕道近 20 千米，经湖北监利的观音洲、白螺后，再与洞庭湖汇合。

这事不是没有可能，七弓岭崩岸最严重的时候，长江与洞庭湖之间的距离只有 460 米。当然，如果这事真的发生了，岳阳楼与城陵矶一线的水势，洞庭湖堤垸、岳阳城区、107 国道、京广铁路及城陵矶港的防洪，都会变得更加复杂。七弓岭河段的河岸，上部为密集的芦苇根系，流水掏空下层后，常常造成河岸上部悬空，然后在重力作用下坍塌，出现贯穿性裂缝。这种悬臂式崩岸的破坏性强，到2015年止，七弓岭河段的崩岸长度发展到接近16千米。因为崩岸，2.2万亩芦苇林随流水消失了，而整个君山区目前的芦苇面积才4.5万亩。

对七弓岭，没人放得下。2015年，为抑制七弓岭河势恶化，防止七弓岭发生自然切滩取直，湖南省开始在七弓岭修建一道江湖导流防淤隔堤。这道近7千米的大堤，一头连着君山的长江大堤，一头抵达大湾芦苇林，目的是把汛期的长江水与洞庭湖水隔开。隔堤工程分两步：第一步，汛期前完成大堤基本土方及长江一侧的混凝土护坡任务，洞庭湖一侧暂时以植草护坡；第二步，汛期后进行洞庭湖一侧的混凝土护坡和扫尾工程施工。整个工程的土方量257.53万立方米、混凝土3.55万立方米、砂石垫层3.35万立方米、土工布22.45万平方米、植草11万平方米。据专家分析，这道大堤可以改善弯道的泄洪效率，降低七里山水文站水位，减少洞庭湖口泥沙淤积。17家单位共同完成了这项施工。施工期间，导流防淤隔堤抵御住了36.39米的高水位，一堤之隔的长江与洞庭湖水位落差0.5~1.1米，但防淤隔堤稳如泰山。城陵矶水位相应降低0.24米，大大减轻了岳阳市区和洞庭湖区的防洪压力，防淤隔堤第一次发挥了巨大的防洪效益。

第八个大弯道位于监利柘木的陈家墩、薛家潭。荆江从七弓岭向北再转东南，江北的凹岸是柘木的陈家墩、薛家潭，江南的凸岸是岳阳君山的七洲、大湾。

第九个大弯道位于监利白螺镇的荆红村。荆江从监利的陈家墩流向东南，在荆红村转向东北，弯道对面是岳阳城陵矶以及洞庭湖与长江的交汇口。

第八与第九两个弯道之间曾经有一条繁华的观音洲老街。2019年夏天我在监利的荆红村江边寻找这条老街，码头上的农民告诉我，过去的观音庙在崩岸中早已沉入长江，而在长江的摆动中，观音洲的一部分已经由江北变成了江南岳阳的地域。

下荆江的九道弯，刚好对应了"九曲回肠"。也许人们会说下荆江"九曲回肠"只是一个形象描述，但弯弯有险段却不是文学夸张，而是真实的历史和现实。这段由9个滩段、13处浅滩、33条水道组成的神奇河道，占整个长江干线航道的1/8。没有坚固的堤岸，不可能稳定下荆江的河势。对下荆江的崩岸治理，在相当长的时间里，主要靠提前发现，发现一处即制定抢险方案、组织劳力抢险，塑料编织袋装土填坑、水下抛石头、水上砌石块，总之，男女老少、十八般武艺，各显神通，贵在迅速。这种方式着眼的是应急处理、控制险情、临时防护。

进入新世纪后，特别是近10年来，长江沿岸的崩岸治理进入了系统化、科学化、持续化的新阶段。2014年国务院批复同意《三峡后续工作规划优化完善意见》，作为对《三峡后续工作规划》的调整和补充，与规划一并实施。同年，水利部等部门发出通知，对未纳入《三峡后续工作规划》的长江中下游其他崩岸段，各地可提出申请，由长江委科学论证三峡工程运行影响程度，将主要受三峡工程运行影响的崩岸治理项目分期纳入三峡后续工作实施规划，逐步进行治理，中央给予适当资金补助。2020年，长江委根据新的形势对《三峡后续工作规划》进行了修编。

一系列顶层设计，改变了过去地方政府各自护岸护坡、临时护坡的方式，针对三峡工程蓄水后水沙条件变化对中下游河势的影响，中央提出了"工程整治、生态修复、观测研究和水库优化调度相结合"的综合措施。《三峡后续工作规划》对长江中下游河势及岸坡影响处理分阶段持续进行，具体进展划分为：长江中下游河势及岸坡影响处理2011年度实施项目、三峡后续一期（2012—2014年度）实施项目、三峡后续二期（2016—2018年度）实施项目。

与以往不同，近10年来长江中下游岸坡的系统整治，各地在野外调查和现场勘察的基础上，使用了大量现代科技手段，如水文资料的数据处理、遥感影像、二维水动力学模型、河流动力学、水力学等。与传统的抢险式处理崩岸相比，当下的长江岸坡以及河势整治科技色彩更浓。每段河岸的治理方案都立足于长江中下游河势及岸坡研究的最新成果，诸如泥沙冲击与泥沙淤积研究、下荆江河势演变规律研究、河道上下游崩岸速率及主控因素研究、崩岸过程与机理研究等，每项成果都为从根本上治理岸坡险段贡献一份真知灼见。当然，近10年来的系统整治最坚实的基础是改革开放40多年中国工程建设的巨大进步。与过去相比，今天的规划设计、工程设计、装备设施、施工工艺有天壤之别。

科学治理的一个典型事例是长江中下游崩岸监测预警关键技术的研发与示范。这项由长江委长江科学院、安徽省长江河道管理局、荆州市长江河道管理局、荆州市荆江河道演变监测中心共同承担的水利部重大科技项目，2021年开始在长江中下游的河道整治中开始发挥作用。崩岸监测预警系统是一个崩岸信息化管理平台，平台背后是一个综合数据库，包含了河道地理信息、水沙土实时监测、河势监测成果、崩岸巡查与监测、河势及近岸河床冲淤变化、崩岸诊断与风险综合评估、崩岸预警、视频监控等各种信息。

在5G网络技术的支撑下，这个平台的功能十分强大。可以想象一下，在电脑上打开长江中下游的地图，一条河流进入视野，用户只要轻点鼠标，就可以找到要看的险段，查到该险段当前的各种数据，以及系统对该险段当前状况的评估，甚至可以看见该险段的实时视频影像。更强大的是，这个平台采用B/S的网络架构，这意味着用户不需要专业的网络知识，不用安装任何专门的软件，只需要一台能上网的电脑就能访问数据库，获得关于险段和崩岸的信息，以便做出决策。

在2021年湖北长江汛期后的崩岸应急整治中，该系统参与了咸宁市肖潘赤壁段、松滋市采穴河段、石首市北门口段、监利市观音洲段、洪湖市乌林段等险段的崩岸治理，还为长江马鞍山河段二期整治工程、长江安庆河段河道治理工程、安徽省长江崩岸应急治理工程、强水沙变化条件下护岸工程破坏原因及防护研究等项目提供了互联网解决方案。近几年长江下游重点河段崩岸治理工程的研究咨询、可行性论证、工程设计、施工与运行管理中，都有该系统的身影。

2016年之后，长江中下游尤其是长江荆江段的科学化、系统化治理提速了。湖北、湖南积极与三峡后续工作规划对接，把各自险段纳入系统化、科学化、持续化的新格局。

长江湖南段河道全长163千米，其中有142千米的崩岸线，涉及新沙洲、天字一号、洪水港、荆江门、七弓岭、城螺、界牌等七大著名险段。根据《水利部办公厅 国务院三峡办综合司关于做好三峡后续工作长江中下游重点河段河势及岸坡影响处理项目实施的通知》、《三峡工程对长江中下游河势及岸坡影响的处理专题规划》、《加快长江中下游崩岸重点治理实施方案》等文件，2016年，湖南省将下荆江的新沙洲段、天字一号段、洪水港段、荆江门段、张家墩段、七弓岭段以及城螺河段、界牌河段等8处护岸工程纳入三峡后续工作长江中下游影响处理湖南段二期河道整治工程。工程内容包含总长13千米的水上护坡和总长33千米的水下护脚，总投资6.5亿元。

2019年12月，岳阳市"三峡后续工程2011项目""三峡后续一期工程、二期工程""熊家洲至城陵矶崩岸重点治理工程"的主体施工任务全面完成，重点崩岸险情得到有效控制。

2021年，湖南启动三峡后续工作长江中下游影响处理湖南段三期河道整治工程。三期工程的主要目标是通过对崩岸薄弱环节治理，维护天字一号、洪水港、张家墩、城螺、界牌等岸段的岸线稳定，助力下荆江和岳阳河段河势稳定，增强堤防工程的防洪能力，保障岳阳市相关地区的安全。建设内容为8个岸段的护岸工程建设，其中：天字一号段，护岸全长680米；洪水港段，护岸全长1000米；张家墩1号段，护岸全长1500米；张家墩2号段，护岸全长1075米；城螺段，护岸全长330米；界牌1号段，护岸全长750米；界牌2号段，护岸全长1550米；界牌3号段，护岸全长5500米。静态总投资约2.5亿元。

与湖南相比，湖北的长江岸线更长，整治工程量更大。三峡后续工作荆州段河道整治工程项目包括长江干流及荆南三河沿线，分4个单项工程，设计总投资约26.6亿元，工程涉及岸线总长度约234千米。2017年底，三峡后续长江中下游影响处理荆州段一期（长江干流）河道整治工程开始实施，工程范围覆盖荆江河段松滋罗家潭至杨家垴、郝穴河湾、学堂洲、沙市城区、耀新民堤、公安河湾、南五洲、北碾子湾、盐船套、观音洲、北门口、连心垸、调关、韩家垱、叶王家洲等岸段，总长50多千米。2018年，湖北启动了三峡后续工作长江中下游影响处理湖北荆州段二期（长江干流）河道整治工程，护岸长度95千米。

至2022年1月，湖北已完成三峡后续工作2011年度项目、三峡后续长江中下游影响处理荆州段一期、荆州段（长江干流）二期等3个单项工程。长江中游熊家洲至城陵矶河段崩岸重点治理工程（湖北段）全部位于监利境内，总投资7955万元，2019年5月开工，2020年5月底完工。至此，三峡后续工作荆州段河道整治工程项目的4个单项工程全部完成。

长江中下游岸坡整治工程的一大特色是雷诺护垫、铰链混凝土沉排等新工艺的广泛使用。雷诺护垫是机器编织的、由许多六边形网状结构连接起来的扁平网箱，厚度远小于长度和宽度，看起来像一个床垫，因此叫护垫。在施工现场，工人往铺设好的网箱里填充石料，就形成了一个与岸坡贴合的整体。看起来似乎没什么技术含量，但别小瞧了这项新工艺。这种护垫具有柔性，可适应很多类型的地基，与传统的护坡方式相比，防止石头垮塌、抗冲刷的能力更强。编织护垫的优质低碳钢丝加上PVC保护层，可以保证护垫的使用寿命达到80~100年。这种护垫对石料无特别要求，施工简单，方便绿化。但它为什么叫雷诺护垫，令人百思不得其解。雷诺（Reno）有革新的意思，在流体力学里，根据雷诺数值可以区分流体是层流或湍流，雷诺汽车的标识是菱形。想来想去，可能菱形是护垫命名的初衷，这种像蜂巢的网状结构看上去与菱形比较接近。当然说它是革新的护垫、与流体相关的护垫，也未尝不可。

混凝土铰链沉排护岸是在工厂内预制好混凝土块，将这些预制块按标准连接成一个个混凝土排，然后把它们运输到岸坡整治现场，铺设到岸坡上，水线以下的岸坡则需采取措施让混凝土排体沉到坡面上。这些混凝土排铺好之后，看起来就像是古装片中武士身上的一片一片铠甲。此种护岸方式不依赖石料的供应，施工效率高，适应岸坡变形，抗冲刷能力强。混凝土铰链沉排看起来也不是很复杂，早在21世纪初，很多地方就开始尝试，之所以并没有得到迅速普及，除了成本高，另一个重要的因素是施工工艺复杂。这就如同铺地板砖，有的地方用人工，先进的地方用机器。混凝土铰链沉排护岸施工需要运排船、工作船、起吊船，需要定位、固定系排梁、排首，水下施工为确保排尾沉放到位，要考虑水流不至于掀翻排体，排体的宽度、大小也要考虑岸坡的水流，铺设过程中工作船需要根据进度向江中平行移动……正是复杂的施工工序阻碍了这项护岸新手段的推广。1998年大洪水后，在治理九江长江大堤时，施工单位采用了铰链混凝土沉排、四面六边体透水框架等当时很少见的工程技术，经过时间检验，证明比较成功。2015年9月，安徽省启动长江崩岸应急治理工程，在安庆、池州、铜陵、芜湖和马鞍山等5市的24处崩岸段都使用了这些混凝土铰链沉排护脚。据统计，2017年竣工时共消耗混凝土铰链排58万平方米。2022年11月，在三峡后续工作长江中下游影响处理湖北嘉鱼段的施工中，簰洲湾堤的水下护坡也采用了该技术。经过20多年摸索，混凝土铰链沉排施工工艺越来越成熟，在今天长江中下游的岸坡治理施工中已较为普及。

- ◎ 枝繁叶茂的攀枝花
- ◎ 路路畅达的昭通
- ◎ 长江零公里的宜宾
- ◎ 古城新貌说荆州
- ◎ 岳阳的新湖湘文化
- ◎ 黄石的浴火重生
- ◎ 浔阳江头看九江
- ◎ 处处诗意马鞍山
- ◎ 「十里扬州」风帆劲

城市面貌

江上明珠

一章

长江沿线有20多座城市，这些城市虽然都临江，共饮一江水，但自然资源禀赋、地理地貌、历史人文以及在当代尤其近十年来的发展路径都各不相同。有大片木棉花的攀枝花精于高效率冶炼钒钛磁铁矿，生产高铁铁轨；诗人青睐的马鞍山精于制造碳硅板复合车轮，为高铁生产轮毂；行路难的昭通通过高速公路、高速铁路建设突围，变成了云贵高原上畅通无阻的明星；荆州、扬州两个古城，一个走在奋力赶超的路上，一个在烟雨江南中描绘"强富美高"的新扬州；幕阜山两侧的黄石与九江，一个专注从冶金重镇脱胎换骨，一个在通江达海的港口打造中唱着新版的"浔阳江头夜送客"；而宜宾编织着动力电池之都和西南铁路枢纽的梦想，岳阳正力图重现新时代的"江湖"气象。

枝繁叶茂的攀枝花

攀枝花是一个被两条河流分割的城市，这一点很像中游的江城武汉，不同的是攀枝花是开放在高山峡谷里的"花"，地形复杂无比。有人把攀枝花市的版图总结为"三大片""两峡谷"，即以河流为界，金沙江以北、雅砻江以西为西北片，金沙江以北、雅砻江以东为东北片，金沙江以南为江南片。两个峡谷则为金沙江峡谷、雅砻江峡谷。三大片和两峡谷周围全是

攀枝花

从 900 多米到 4000 多米的大山。

　　特殊的地形，使得攀枝花不像其他城市那么富有整体感，而是被拆散为多个片区分布在金沙江几个弯道上，每一个弯道自成一道风景。巴关河火车站位于第一个弯道的尖嘴上，巴关河由南向北注入金沙江，法拉大桥把金沙江南北连接起来，金沙江左岸的弯道内是一个大型社区。从第一个弯道向东，503电厂遗址处于第二个弯道的尖嘴上，丽蓉高速从新庄尖山子与攀枝花七中之间穿过，弯道内的社区与第一个弯道的社区被东西向的苏铁中路连成一片。川煤集团盘煤精煤公司、攀煤矿山机械公司、攀枝花攀煤矸石发电公司、水泥厂等企业以及攀枝花的 38 中小学、31 中小学、12 中、7 中、攀枝花第二医院等都分布在这两个弯道里。第三个弯道则是新庄大桥所在的位置，石家坪在弯道的尖嘴上，金沙江右岸弯道内主要是攀枝花轧钢、攀钢冷轧等企业。第四个弯道的顶点是金沙江左岸的攀钢文化广场。这个片区以"钒"为主题，攀钢钒物流中心、提钒炼钢厂、攀枝花钢钒公司、十九冶钢结构厂、攀钢热轧厂、攀钢厂区轨梁厂、攀钢总医院等与冶炼相关的单位集中在这里。与攀钢文化广场一江之隔的右岸是攀枝花东区人民政府所在地。迤沙拉大道从江边向南一直延伸到攀大高速与京昆高速互交的枢纽处，与它差不多平行的是仁和沟，迤沙拉大道和仁和沟的两侧河谷地带布置了众多企事业单位。第五个弯道的尖嘴在金沙江右岸攀枝花四小附近，弯道两端分别有炳草岗大桥和新密地大桥。这个巨大的弯道堪称攀枝花的中心，攀枝花会展中心、万达广场、攀枝花公园、动物园、体育馆、图书馆、攀枝花学院、攀枝花市中心文化广场、攀枝花市政府都在这个弯道内。

攀枝花是一个年轻的城市，在 20 世纪 60 年代三线建设者进入之前，这里只是一个村庄。如今 60 年过去，在金沙江的几个弯道和峡谷里，攀枝花已成长为 100 多万人口的明星城市。这个城市过去的印迹是铁和钛。攀枝花市探明铁矿 71.8 亿吨，占四川省探明铁矿资源储量的 72.3%，是中国四大铁矿区之一；伴生钛资源储量占全国的 93%，居世界第一。2021 年，攀枝花市地区生产总值（GDP）1133.95 亿元，其中：第一产业增加值 103.56 亿元，增长 7.6%，对经济增长的贡献率为 8.7%，拉动经济增长 0.72 个百分点；第二产业增加值 621.48 亿元，增长 6.8%，对经济增长的贡献率为 44.7%，拉动经济增长 3.7 个百分点；第三产业增加值 408.91 亿元，增长 10.7%，对经济增长的贡献率为 46.6%，拉动经济增长 3.86 个百分点。三次产业结构由上年的 9.5 : 54.5 : 36.0 调整为 9.1 : 54.8 : 36.1。数据虽然枯燥，但它告诉我们一个事实：在攀枝花的经济中，第二产业，采矿业、制造业等依然是攀枝花这个城市的栋梁，而第三产业的贡献在不断增长，或者说，攀枝花的发展内涵有变化。

是的，攀枝花，这朵"花"在变，比如，铁树开了花。在我们提到的攀枝花市第一个弯道"巴关河"附近有一个"苏铁广场"，金沙江左岸有一条"苏铁西路"，这里的"苏铁"就是铁树。传说铁树衰弱的时候，如果补充铁元素，比如铁粉，或者以铁钉钉入树干，它便能恢复生机，由此得名"苏铁"。苏铁出现在约 2.8 亿年前，是世界上十分珍贵而稀少的原始裸子植物，已被列入《国际濒危野生动植物贸易公约》名录，1999 年被列入我国《国家重点保护野生植物名录》（第一批）。

1971 年，攀枝花发现了苏铁新品种，即攀枝花苏铁。在攀枝花西区与仁和区交界的高山峡谷里，有一片纬度最北、海拔最高、面积最大、株数最多、分布最集中的天然苏铁林，占地 1358 公顷，38 万余株。这些裸子植物幸运地逃过了第四纪冰川浩劫，在金沙江河谷生存下来，堪称植物界的"活化石"。

1996 年，攀枝花苏铁国家级自然保护区成立，这是中国唯一的苏铁类植物国家级保护区。巴关河以西的攀钢石灰石矿区便在保护区内，攀钢矿业公司在这片高山峡谷开采石灰石已经 30 年。为了给珍稀濒危植物攀枝花苏铁"让路"，攀枝花市西区、攀钢矿业公司、苏铁保护区经过 70 多次协商，于 2017 年 5 月停止石灰石矿采场 1267 米水平以上的开采活动。2018 年 10 月，石灰石矿全面停止开采作业，全部退出苏铁保护区。按照该石灰石矿一年 120 万吨的开采能力计算，已经退出的矿山还可以开采 30 年左右，矿山的损失超亿元。停止开采后，攀钢矿业公司对矿区的杂草、死树等进行清除，并补充绿植，还修建了一个 162 千瓦光伏提水灌溉站以及覆盖整个修复区的绿化浇灌系统。为此，矿山企业又投入了近 1 亿元。

全世界的苏铁共有 3 个科 300 多种，近些年，攀枝花苏铁国家级自然保护区大量引种世界各地的苏铁，在攀枝花建成苏铁类植物迁地保护研究繁育基地。每年 3—6 月，攀枝花成千上万株苏铁开花，成为金沙江峡谷的一道奇观。2023 年 4 月，攀枝花的一株苏铁竟然开出了 19 朵花，堪称奇迹。

早在 2005 年，攀枝花就获得了国家旅游局授予的"中国优秀旅游城市"称号。人们到攀枝花，不只是看铁树开花，也不只是欣赏和感受三线建设的英雄之花。攀枝花市可以看、可以感受的资源很多。横断山脉向云贵高原过渡的攀枝花地带，地形复杂，地貌崎岖，苍茫辽阔，沟壑纵横，山高谷深，河川汇集，处处是风景。据 2020 年的《攀枝花市文化和旅游资源普查报告》，攀枝花市共有旅游资源 3838 个，其中优良级旅游资源 648 个，五级旅游资源 17 个，四级旅游资源 59 个；新发现新认定的旅游资源点 638 个，分布于 8 个大类、25 个亚类、118 个基本类型。如此巨大的资源量，说"基础雄厚"一点都不夸张。

2013 年至 2018 年，攀枝花市游客人数从 1040 万增加到 2566 万人次，年均增长 20%；旅游总收入从 102.18 亿元增加至 337.5 亿元，年均增长 27%。在旅游大省四川，一个以冶金和制造业为主的城市取得如此成绩，实属不易。2019 年 12 月，中国康养城市排行榜 50 强发布，攀枝花排名第 8，比 2018 年上升了 10 位。这是对 293 个地级市康养体系观察和分析的结果，数据来源于国家统计局、各地方政府统计公报以及中国城市统计年鉴等权威渠道。"全国康养城市指标体系"由中国科学院、国家林业和草原局、中国老龄科学研究中心、北京林业大学等单位的专家参与研究编制。可见，攀枝花的这项荣誉并非虚荣，而是源自实实在在的实力。

2019年12月18日，攀枝花市召开了首届文化和旅游发展大会，提出了文化和旅游工作发展的新目标。攀枝花准备实施康养"5115"工程，即加快建设红格特色小镇、普达阳光国际康养度假区、金沙画廊等5个国际康养旅游度假区，仁和区迤沙拉村、米易新山村等10个特色康养村，希尔顿欢朋酒店、金雅仙客等100个康养旅居地，台湾敏盛长辈照护中心、德铭菩提养护院等50个医养结合点。预计到2025年，全市文化产业产值占GDP的比重将达到5%，文旅康养产业产值、接待游客人次实现"两个翻番"，分别达到500亿元、5000万人次。

2019年，第三方机构竞争力智库和中国信息协会信用专业委员会发布《中国城市全面建成小康社会监测报告（2019）》，在全国百强城市中，攀枝花位列第76名。2021年，连续举办十五年的"幸福城市"调查推选活动公布了"2021中国最具幸福感城市"调查结果，攀枝花市在地级市中列第10名。2022年12月底，《瞭望东方周刊》、瞭望智库共同主办的2022中国幸福城市论坛在浙江杭州举行，发布了2022年中国最具幸福感城市调查推选结果，在最具幸福感的地级市排名中，攀枝花列第9位，比上一年又上升了一位。

攀枝花的"花"越变越美。高海拔、温暖、湿润的金沙江峡谷，钢铁之上，钒钛之上，有藏羌彝地域文化，有呼吸与阳光的文章，有三线建设时期的创业故事，有二滩水利风光，新时代的攀枝花是一幅千姿百态、枝叶繁茂的图画。

路路畅达的昭通

金沙江从昭通市的昭阳区流过，继续它向北的水路，然后就是四川凉山州的金阳县、雷波县，穿过昭通城的洒渔河则是金沙江重要支流关河的一段，它最终在水富汇入金沙江。昭通城有新城、古城之分。古城面积不大，2.97平方千米，但名气很大，被称为川滇之间的"会馆之都"。20世纪30年代，古城内有大小街道64条，大型会馆15家，成都会馆、西安会馆、江西会馆、福建会馆、两广会馆、两湖会馆、云南会馆、贵州会馆等，每一个会馆都是一座精美的古建筑。这些清代中国古建筑群落，也是昭通古城最大的遗产。

对昭通，过去我只是知道它大致在金沙江下游，在金沙江快要与岷江交汇的地方。在有限的了解中，印象最深的是20世纪80年代到90年代昭通卷烟厂的"画苑"牌香烟。"画苑"两个字是烫金的行草，烟盒上有一幅花鸟画，葱绿的树叶中间是一朵肥大的牡丹，红得似火；牡丹的上面有一只喜鹊正探头观察下面的花，似乎花蕊中有蜜蜂或者其他的虫子。后来才知道，画苑香烟上这幅花鸟是著名花鸟画大师于非闇的作品。在美术生涯的后期，于非闇曾经专门研究赵佶的创作，所以他的花鸟和书法都有宋人高古的神韵。

到了21世纪，我对昭通的了解又多了一点，这就是金沙江下游四个巨型水电站，其中的向家坝、白鹤滩都与昭通有关，向家坝的大坝在水富县城附近，距离县城仅1.5千米，它上游的绥江县位于向家坝水电站的库区。白鹤滩水电站的大坝离巧家县城45千米，巧家县位于白鹤滩的库区。

近10年，昭通的热门话题不仅有水电站，还有更热门的主题，即交通——如何突破乌蒙山的重峦叠嶂，让昭通与昆明、成都、重庆、毕节连通，让昭通的"通"名副其实。昭通人不

昭通

是今天才有"通"的渴望，只是在今天才有实现"通"的条件。而几千年前的豆沙关就是云贵高原梦想通途的体现。

豆沙关的一面是如刀劈出来的大山，山底下是向北流向水富的关河，关河的另一面是著名的"五尺道"，五尺道的背后是巍峨的大黎山。在公路落后的时代，通过关河，云南的物产可以直接进入长江，由四川向北流通，中原文化也可以通过关河传入乌蒙山腹地。但由于水位落差巨大和河道险峻，船行关河异常危险。由此，开辟陆上通道一直是川滇大地的梦想。这个梦想最后以颠簸和曲折的形象蜿蜒在川滇之间的五尺道上。

都说秦代的蜀郡太守李冰修筑了五尺道，其实李冰修筑的五尺道只是"秦直道"中的一段，即从成都出发，沿青衣江、夹江至乐山，顺岷江而下至宜宾。这段栈道就是历史上的"僰青衣道"，"僰"是指"宜宾"，"青"是指"青衣江"。从今天昭通修建高速公路、高速铁路的难度，可以想象当年李冰所面临的困难。在当时的工具水平下，坚硬的岩石无法凿开，好在公元前7世纪古人就知道热胀冷缩的道理，也知道石头在高温下燃烧可以制造石灰，李冰把栈道施工变成了烧窑。僰青衣道上，处处熊熊大火，烟雾笼罩，在岩石的崩裂声中，栈道一步一步向前延伸。公元前221年，秦始皇派大将常頞出使夜郎。常頞从李冰修筑的僰青衣道的止点宜宾开始，把五尺道向乌蒙山腹地延伸，石门关、昭通、曲靖，经过10多年的开凿，从成都到曲靖上千千米的五尺道终于大功告成。80多年后，另一个特使被派到夜郎国，他便是唐蒙。唐蒙从公元前135年开始，对五尺道实施了大规模的扩建。这一次的工程比常頞的工程更加浩大，除了拓宽五尺道主线，唐蒙还开辟了南夷道等支线。因经费拮据、环境恶劣、劳力缺乏、粮食不足，这一工程耗费 18 年才得以完工。

至此，中原地区与西南高原有了一条稳定的通道，穿梭在这条道上的不仅有牦牛、蜀马，还有茶叶、布匹、丝绸、毛皮、玛瑙、珊瑚、酱酒、铜器、铁器、山货等，更重要的是，西南地区借助这条曲折的五尺道，真正进入了神州大地的怀抱。

宜昭高速是川滇两省新建交通大动脉，经四川省宜宾市高县、筠连县，云南省昭通市镇雄县、彝良县，止于昭通市昭阳区，线路全长 235 千米。工程建设起于 2019 年 7 月，到 2022 年 7 月 8 日全线建成通车。虽然只花了 3 年时间，但今天云贵高原修路遇到的困难并不比古人少。公路地处滇东北乌蒙深山，沿线沟多谷深，施工场地狭窄，滑坡、煤层、瓦斯、岩溶、高应力等处处皆是。古人修路要面对的，今人修路同样要面对。3 年时间，昭通人在宜宾昭通高速线路上修了 26 座桥梁，打通了 11 座隧道，其中，最长的隧道新场隧道总长 10771 米，桥隧比高达 83.63%。

乌蒙磅礴有大道。2020 年，昭通市提出争取 2022 年实现县县通高速公路，2030 年左右实现县县通高铁。他们梦想未来的昭通是滇川黔渝区域重要的综合交通枢纽，是人流、物流、资金流、信息流的汇集地。2021 年 11 月，我有机会用一周的时间感受昭通人对"通"的渴望、对坦途的打造。从镇雄、威信到盐津、绥江、水富，一路上，每个昭通人都讲述着纵横交错的梦想，每个昭通人都能准确地描述每一条路的进展和节点。

比如，昭通人清晰地记得，串佛高速公路是昭通"十三五"期间规划建设的高速公路。这条高速公路对绥江意义非凡，它结束了绥江县无高速公路的历史。1958 年之前，绥江的公路里程是零。昭通至绥江、乐山的交通运输主要依靠马帮行走的古道。

1958年之后，绥江与昭通之间才有了一条低等级的普通公路。串佛高速在2020年6月30日实现通车运营。这条高速有38座桥梁、13座隧道，其中1个隧道和6座桥梁属于控制性工程，如全长5960米的黄连坪隧道和长1270米的长腰坝大桥。串佛高速是昭（通）乐（山）高速公路的一段，线路并不长，不到50千米，但它是昭通市正式打响交通五年大会战的标志。

2019年12月，沿金沙江高速公路昭通连接线开工，这一项目将从绥江、永善、巧家引出3条高速连接到金沙江北岸，使串佛高速从南岸镇过金沙江大桥延伸到宜宾屏山县的新市镇，再从新市镇连接上成都到丽江的高速公路，从而将绥江到成都的行车时间由原来的四个半小时缩短至两个半小时，从昭通到成都只需要两个小时，绥江以及昭通与成渝城市群捆绑得更紧了。

昭通为何能实现县县通高速公路？当然是因为昭通人的观念通了，每一个昭通人都投身到打造畅通昭通的事业之中。如镇雄朱家坪的杨洪祥，他的家住在海拔1800米的大山上，他和三百多村民几百个日日夜夜连续奋战，最后，他们从峭壁中钻出大山，从自己修成的公路上走进了县城。也如我在昭泸高速白岩脚隧道前遇见的黄阳。他负责线路的百分之七八十是隧道和桥梁，其中10000多米长的白岩脚隧道工程是6个控制性标段之一，也是最费他心思的一个项目。开挖洞口必须保护生态，不破坏山体；隧洞里有瓦斯，施工时必须确保不爆炸；隧洞里有溶洞，施工时得保证不坍塌。2018年的一次暴雨，涌出的大水冲垮连接隧道与高速收费站的桥梁，他们不得不再一次修建桥梁，重新开始……我面前的黄阳，把隧道挖掘的专业词汇转换成通俗易懂的日常语言，滔滔不绝地讲述他如何面对每一天的挖掘，如何把隧道变成乌蒙风光和历史文化的展示墙。看得出他很疲惫，但他始终诙谐，带着笑容。因为有杨洪祥，有黄阳，有无数个杨洪祥，有无数个黄阳，乌蒙大山才得以"路路昭通"。

昭通有一道独一无二的风景，这就是站在五尺道上可以看见多种交通方式并行。先入眼的是昆水公路，公路下面是内昆铁路，铁路下面是关河，穿过关河两岸峭壁的是水麻高速公路，加上古代的五尺道，2000多年来五种交通方式在乌蒙山同时呈现。古代与当代、历史与现实的共时影像，给昭通平添了几分神奇。

有趣的是这些路的建设时间：2002年5月内昆铁路水富至贵州梅花山段建成，内昆铁路全线投入运营；2003年昆水公路麻柳湾到水富段通车，昆水公路全线竣工；2008年7月，水麻高速公路建成通车。再明显不过，豆沙关的"五道并行"发生在新世纪之初。从秦汉之际直到20世纪末，2000多年之间，昭通的路没有本质的变化。事实还真的如此，1949年新中国成立时，昭通像样的公路只有两条，一条从昭通至鲁甸江底，74千米；另一条从昭通至贵州烟堆山，14千米。

遗憾刻在乌蒙山的沟沟壑壑，遗憾也写在一代又一代昭通人的期盼中。明朝诗人王恭说得好，"云中路不穷，迢递入乌蒙"，乌蒙山挡不住古人的脚步，更阻挡不了昭通人走出乌蒙山的雄心，即使在高耸的云端，也要开辟出大道。近10年，他们修成了800千米高速公路、2万千米农村公路，还有已经通车的成贵高铁、2022年即将建成的叙毕铁路、2025年即将通车的渝昆高铁，未来5到10年还将有会泽至巧家、鲁甸至巧家、威信至彝良3条高速以及攀昭毕、昭六、宜西攀铁路相继开工或建成，一个县县通高速、县县通高铁的昭通在五百万人的坚韧挖掘中，正在变成现实。

长江零公里的宜宾

金沙江蜿蜒穿过云贵高原，一路经过很多城市——丽江、大理、楚雄、曲靖、昭通、攀枝花等，但它们都不是长江第一城，真正的万里长江第一城是宜宾。理由很简单：从宜宾开始，长江才是人们常常说的长江；在此之前，它叫金沙江。

作为长江的第一城，宜宾自有奇特之处。奇特在于它地处云南、贵州、四川三省的接合部。宜宾市兴文县、珙县、筠连县以南，便是云贵高原北部的昭通和毕节。宜宾的北面是自贡，西北是乐山、凉山州，东面是四川的泸州、贵州的赤水。这个西南高、东北低的金三角地带是一个河谷盆地，也是川南盆地向云贵高原的过渡地带，而象征这个过渡带独特气候的植物便是荔枝。荔枝喜高温，怕霜冻，常见于福建、台湾、浙江、广东、广西、海南等地。但宜宾也有荔枝，而且不是今天才有。宜宾市叙州区赵场街道大理社区以及安边镇火焰村的几棵古荔枝树已有上千年历史，并且仍在开花结果。宜宾的纬度在北纬27°50′—29°16′，湘江边的长沙纬度与此相近，为北纬

27°51′—28°40′，但湿冷的长沙显然不是生长荔枝的地方。"一骑红尘妃子笑，无人知是荔枝来。"杜牧说杨贵妃吃的荔枝乃是特使马不停蹄从几千里之外的岭南送来，但有人早就指出，杨贵妃吃的荔枝其实来自宜宾。唐代送到长安的荔枝是否真的来自宜宾而不是岭南，无从考证，但宜宾的古荔枝树至今已有1500余年的树龄，这是确凿的。杜甫写过"忆过泸戎摘荔枝，青峰隐映石逶迤"的诗句，这里的"泸"即泸州，"戎"即宜宾。可见，宜宾的荔枝在唐代已经有了名气。

宜宾的奇特还在于它是长江与岷江的交汇之地。发源于四川松潘县岷山的岷江自北向南，经茂县、汶川、都江堰市，穿过成都平原的新津、彭山、眉山，再经青神、乐山、犍为，于宜宾的合江门广场附近注入长江。从海拔三四千米的高山到海拔四百米左右的宜宾城区，总落差3千米左右，岷江干流700

宜宾

多千米的水路是对"跌宕起伏"的生动诠释。金沙江从南向北，经过云南的巧家县、永善县，从绥江县向东，经水富县，穿过宜宾的叙州区，抵达合江门广场，与岷江汇合，注入长江。面向南伫立于合江门广场，向东看是长江，向西看是金沙江，身后是岷江，这是只有置身宜宾才能感受到的神奇。在这个意义上，宜宾是名副其实的江城。

除了地理、河流，宜宾也有令人过目不忘的风物，如竹海和美酒。宜宾的土壤和气候不仅适合荔枝，也适合竹类。在这里生长着485种竹子，其中58种属于原生竹种。高大的楠竹，秀美的水竹，珍稀的人面竹、鸳鸯竹，一根根、一片片，汇集成浩瀚的竹海。宜宾的蜀南竹海东西长约13千米，南北宽约

宜宾竹海

6千米，竹海内20多条峻岭、500多座峰峦荡漾着翠绿的波浪。好水出美酒，宜宾的水酿造了"五粮液"。传说"五粮液"由高粱、玉米、小麦、籼米、糯米五种粮食的酿造杂粮酒演变而来。在上千年的历史中，宜宾人形成了自己的酿酒传统工艺，这一传统工艺中的勾兑系统据说在数学家华罗庚的优选法指导下实现了计算机化，从而使传统勾兑得以量化、科学化。

如果深入历史的腹地，宜宾则是以"僰人故里"而闻名。春秋战国时期宜宾是僰人聚居地，是传说中的古僰侯国。僰人的源流有宜宾土著说、江汉濮人演化说、百越人后裔说等多种说法。不管哪种说法，都不可否认，直到明万历元年四川巡抚曾省吾、总兵刘显彻底剿灭"都蛮"之前，僰人都是宜宾这片神秘土地上的主角。安放在高20~60米甚至100多米的峭壁上的悬棺、精美的铜鼓、色彩鲜艳的岩画、体现人与自然和谐的干栏式建筑、熟练的水稻种植技术，以及僰人凿牙、断发、文身等标志性习俗，都是宜宾历史中或具象，或抽象，或寻常，或神秘的僰人文化积淀。

历史是对过去的讲述，今天的宜宾人更热情地讲述着当下的故事。比如关于宜宾火车站命名的故事。宜宾市中心城区面积180平方千米，人口400多万。像这样规模的地级市，长江沿线还有荆州、岳阳、安庆、九江等，但由于独特的地理区位，宜宾有多个客运火车站：成贵高铁有原宜宾东站，渝昆高铁有宜宾站，内昆铁路有宜宾站，川南城际铁路有临港站。于是，本地人、外地人为宜宾站究竟该如何命名纷纷献策。一场热火朝天的讨论之后，终于尘埃落定。2017年，宜宾市报请将"川南城际铁路宜宾站（渝昆高铁宜宾站）"命名为"宜宾站"，"内昆铁路宜宾站"更名为"宜宾北站"，"川南城际铁路临港站"

更名为"宜宾东站",而成贵高铁的原宜宾东站更名为宜宾西站。车站多,名称令人迷惑,实则反映了宜宾在西南铁路交通中的地位。

2019年1月17日,宜宾新闻网发布消息,中国铁路总公司、四川省人民政府联合批复了宜宾铁路枢纽总图规划,批复明确宜宾为川滇黔渝地级市中唯一配套建设动车所和快运基地的城市。一个地级市被作为铁路枢纽进行规划,并不多见。该新闻说,全国只有14个地级市拥有这一待遇。未来,在蓉昆铁路、成贵铁路、渝昆铁路、自宜城际铁路、内六铁路交织的铁路网上,宜宾作为节点的枢纽地位将进一步凸显,将进入川南半小时经济圈、成渝1小时经济圈。宜宾到昆明将缩短为1小时30分钟,到贵阳缩短为2小时,到西安只需3小时。

可以预料,作为《成渝城市群发展规划》中沿江城市带的区域中心城市,宜宾将迎来新的机遇。电池产业在宜宾的异军突起或许就是证明。2022年7月21日至23日,由四川省人民政府与工业和信息化部主办的"2022世界电动汽车&ES电池大会"在中国宜宾市举行。谁能相信,一个国际动力电池产业盛会居然选择在地级市宜宾举办。是的,他们不仅来了,中国电池工业协会、松下控股、宁德时代、比亚迪等机构和企业的行业代表还共同签署了《2022年世界电动车及电动汽车电池大会(宜宾)宣言》,承诺加快绿色发展,助力建设一个更清洁、更美丽的世界和人类共享未来的社区。宜宾的传统产业结构被比喻为"一黑(煤炭加工)一白(白酒)",尽管"五粮液"畅行天下,但宜宾人毅然决定调整产业结构,他们要进军智能终端、汽车等新兴产业。2017年,宜宾开始引进"锂宝新材料""光原锂电"等项目,正式进入电池产业领域。经过几年的努力，2022年时，全球领先的电动汽车电池供应商宁德时代在宜宾已投资640亿元，建成了全球最大的单体动力电池生产基地，年产量达235吉瓦时。天华超净、德方纳米、贝特瑞、格林美等产业链龙头企业紧跟宁德时代的步伐，纷纷在宜宾建厂，涵盖正极材料项目、负极材料、隔膜、电解液、铜（铝）箔、结构件、电池回收利用等领域，一个围绕宁德时代的巨大锂电产业集群形成。2023年6月9日，2023世界动力电池大会再次在宜宾举行，宜宾市被中国轻工业联合会和中国电池工业协会联合授予"中国动力电池之都"的称号，成为全国首个授牌"中国动力电池之都"的城市。

2021年11月16日，我从昭通的绥江出发赶往宜宾西站，司机先是沿着金沙江边的水绥二级公路向东穿过向家坝下的水富县城，然后上银昆高速，过金沙江大桥，从宜宾的叙州区外围向东绕过，再向南，从岷山南路上中坝大桥第二次过金沙江。我焦急地打听还有多远，但司机一点也不着急。最后我终于听见他说："到了。"我想，司机一定是想多给我一点时间，让我领略路边凤尾竹摇曳的曼妙、向家坝的气势、金沙江以及宜宾的市容市貌。我当然是领略了，而且记住了，尤其是宜宾市区道路两边起伏的丘陵、草地、花园、竹林。宜宾西站海拔600多米，站在广场上就可以远眺金沙江北岸以及东北方向的宜宾。这座古老而年轻的城市，既有竹海的柔情，也有把酒的激情，更有大江的豪情。

古城新貌说荆州

荆州，得名于《尚书·禹贡》"荆及衡阳惟荆州"，为古九州之一。从这一点看来，今天许多城市的名字就显得无比年轻了。当然，大禹时代的"荆州"并非城市名称，而且当时的"荆州"与今天荆州的地域范围并不相同，它指涉的地域远比今天的"荆州"要大，大到涵盖了从荆山向南到五岭的南方。长江岸边的城市"荆州"则是很晚的一个行政区划概念。

荆州与水的关系自古就错综复杂。荆州城，也叫江陵城，距长江仅4千米，历史上荆州城与长江的距离比这个更近。传说最早的荆州城是三国时代关羽修筑的土城，现存荆州城为明末清初建筑。荆州古城修筑在渚宫遗址上。渚宫是中国有史以来的第一座水上宫殿，也是楚国的水上门户，是当时南方最大的吞吐码头。有人说修筑渚宫是为了控制南方，也有人说是为了方便楚王观赏长江盛景。不管出于何种目的，它的存在说明当时纪南城之南的荆州城一带还是洲渚之地,是典型的沼泽地。

荆州古城西北约12千米有座八岭山，它有离荆州古城最

荆州古城

近的堪称"山"的地形。八岭山实际上是一处墓地，墓葬年代上起东周时期，下至明清，前后达2000年之久。八岭山以西是丁家咀水库、大白湖水库、太湖水库、金家湖水库等一连串水库，再往西则是漳河、沮河。因此，八岭山也是荆州西部、西北部的一道挡水屏障。沮河与漳河在当阳汇合后合称沮漳河，由北向南经过万城，在李埠镇转向，与长江并肩东行。它在荆州城南的学堂洲、万寿园附近曾经有多个入江口，1992年裁弯取直后从今天李埠镇附近的临江寺入江。沮漳河并不长，从荆山源头到入江口，干流全长322千米，但从它进入江汉平原算起，到入江口仅仅90多千米。这条并不算长的河流，楚国极为看重，楚昭王说"江汉沮漳，楚之望也"。

在遥远的过去，漳河进入荆州后穿菱角湖，称扬水，顺八岭山西麓经丁家咀水库向东南穿过太湖农场，在荆州城西秘师桥一带分为两支。一支从荆州城南绕过，经文湖、江津湖、太师渊公园、锅底渊、木沉渊入长江。今天荆州沙市区木沉渊港路附近还有众多残存水域。木沉渊在楚怀王时代就是著名的码头，即"木关"。楚国著名的免税通行证"鄂君启节"上记载了这个关口的名字，"上江，庚木关，庚鄂"。据说屈原离开郢都，正是从这里进入长江，开始了他的"西浮"之旅。而另一支则从荆州城北绕过，从纪南城、郢城南入长湖。今天人们在荆州古城北可以看见两条河流，一条是护城河，护城河之外便是古扬水的分支，不过人们不再称呼它扬水，而叫太湖港。荆州城以西，万城、李埠镇以东的平原上，大大小小的细流都来自荆州城西北的漳河和一系列水库，它们被一个神奇的"港"字概括了。太湖港不是港，也不是渠道，而是真正的河流，它们最终都会向东入长湖，或向东南入长江。

纪南城到东北方向的汉江直线距离是50多千米，到东北方向的汉江边重要集镇沙洋也是50多千米。过去，从襄阳到纪南城的物资运输需要从汉江到武汉后再溯长江而上到荆州，这个距离对于楚国雄霸中原的梦想过于漫长。孙叔敖决定修一条运河连通长江与汉江，具体路线是，上段运河从汉江边的沙洋经高桥、彭家湖、借粮湖进入长湖，下段运河从长江边沙市经便河、草市、雷家垴，在关咀入长湖。上下两段都借用了长湖和其他湖泊的水道。如此，把襄阳到纪南城的水路从900千米缩短为约300千米。为了确保运河的畅通，孙叔敖另外在纪南城西部的沮漳河引水，以补充枯水季节运河的水量。这条补水的渠道就是观桥河，也叫太晖港、太湖港，是古扬水的一支。孙叔敖主持修建的沙市与沙洋之间的运河是中国历史上第一条运河。2000多年后，当代水利人在这里修建了一条新的运河，即江汉运河。2014年9月，引江济汉工程通水通航。引江济汉输水渠道宽60米、航道水深5~6米，可通行1000吨级船舶。这条中国当代最大的人工运河把长江和汉江连接起来，形成一条环绕江汉平原的航道圈。

20世纪80年代的荆州曾是中国著名的轻纺城市，"活力28"洗衣粉、沙松牌冰箱、鸳鸯牌床单、荆江牌热水瓶等代表了一个时代江汉平原的风尚。但为水所困的荆州往往令投资者望而却步。直到2012年，荆州城区只有一条长90千米、内燃机牵引、速度40千米每小时的货运铁路。2010年10月26日，三峡水库首次成功蓄水至175米水位，标志着长江三峡工程初步设计任务如期完成，这对荆州人有特别的含义，即当荆江遭遇百年一遇洪水时，三峡大坝可控制沙市水位不超过44.5米。从某种意义上可以说，荆州不再受水的困扰和束缚。

摆脱了洪水的威胁，变化就开始了。2012年7月，汉宜铁路全线正式通车，荆州向东、向西通道的瓶颈打通，荆州与国家"八纵八横"中的一横联系在一起。2020年9月，荆荆高速铁路开工建设，预计于2024年开通。线路虽然仅77千米，但是对荆州的作用非同小可，因为它是国家"八纵八横"高速铁路网的一纵，让荆州向北、向南也连上了铁路大动脉。2019年9月，世界上运营里程最长的重载铁路浩吉铁路（蒙华铁路）建成并开通，江陵站是这条中国北煤南运的战略运输通道在荆州设立的煤炭疏运基地。2022年2月，国家长江干流过江通道规划中的荆州李埠长江公铁大桥正式动工。大桥上层为二广高速改线后的过江通道，下层规划为荆州至岳阳城际铁路过江通道。

一个又一个瓶颈被突破，一次又一次与现代交通体系并网。10年，仅仅10年，荆州的交通格局为之一新，曾经沉寂的古荆州又焕发了新生。依托煤炭运输优势，荆州引进了总投资460亿元的华鲁恒升项目，规划建设国内一流、行业领先的现代煤化工标杆企业。未来，一个以煤炭清洁深加工、高端化工新材料、精细化工、氢能产品为龙头的新能源新材料产业链将在荆州崛起。

　　华鲁恒升项目是标杆，富春染织也是标杆。纺织业是荆州的传统产业，但缺乏带动纺织印染行业整体水平提升的标杆。2021年，国内纺织行业的龙头企业芜湖富春染织落户荆州，在荆州经济技术开发区投资建设自动化生产线，打造国内最先进的筒子纱染色工厂，给荆州本地印染、染色等配套企业发展

江汉运河

带来了机遇。2023年1月，36个纺织服装产业重点合作项目在广州集中签约，总金额204.2亿元。2023年5月，中国纺织服装产业链发展大会在荆州市举行，52个纺织服装招商项目集中签约，投资总额369亿元。一花引来百花开。目前，荆州市共有纺织服装高新技术企业16家、纺织服装科技型中小企业46家。一个500亿元级的产业集群正在形成。

轻工业也是荆州的传统产业，在高质量发展的趋势下，荆州以高端化、智能化推动轻工业转型。荆州制造过闻名全国的沙松冰箱，早在2008年6月美的集团就在荆州落地，这是荆州新时代续写轻工辉煌的基础。2018年以来，美的冰箱荆州工厂实施2000多项技术改造，实现数字化转型、智能化生产，生产效率提高52%，交货周期缩短25%，质量缺陷降低64%。今天国内销售的冰箱，每100台有15台来自荆州的工厂。2023年2月，美的集团通过智能化技术，把荆州美的洗衣机工厂改造为智能家电领域全球首个5G全连接工厂，成为国内智能化工厂的典范。围绕美的集团的冰箱、洗衣机等主业，荆州设法把美的集团所需的零配件生产本土化，形成100多家配套企业的产业集群。为了达成目标，他们甚至拆开冰箱，看看有哪些零配件、谁生产的、在哪里生产的，然后他们找到生产厂家，协商能否在荆州生产。

回想过去，人们关注的是荆江大堤和荆州的水位，是楚文化和荆州古城。2022年荆州GDP首次突破3000亿元大关，人们从这个消息里看到了一度被冷落的荆州的新形象。今天人们依然关注荆州古城和楚文化，也关注荆江大堤，但关注的视角变了。人们透过水文化和楚文化感受到了荆州与新时代的同频共振。

岳阳的新湖湘文化

说到岳阳，人们脱口而出的大概是岳阳楼。江南三大名楼之一的岳阳楼与江河边的其他楼阁不同，它处于江、湖交汇之处，是真正的"江湖"的意象。"衔远山，吞长江，浩浩汤汤，横无际涯；朝晖夕阴，气象万千"，这是属于岳阳楼的独特图景。同样只属于岳阳楼的是《岳阳楼记》。千百年来文人志士把"先天下之忧而忧，后天下之乐而乐"作为安身立命的精神动力，一代又一代不断推崇、传诵。无论深居庙堂之上，还是立于江湖之远，不同的人都能从范仲淹的这句名言出发，找到共同的价值坐标，把国家、民族的利益放在首位，自觉为祖国的前途、民族的命运分担忧愁。湖湘，湖湘，如果岳麓书院是"湘"的代名词，岳阳楼无疑是"湖"的代名词，它们都是湖湘文化的重要源泉。

为满足军事需要，东汉建安二十年（公元215年），鲁肃在岳阳修建了阅军楼。建安二十二年（公元217年），46岁的鲁肃病逝于从江陵赶赴岳阳的路上，后来安葬在阅军楼以东

岳阳楼

约 500 米的高地上。40 多年后，鲁肃的儿子鲁淑驻守夏口时，将鲁肃墓迁到汉阳龟山脚下，龟山因此多了一个别称——鲁山。岳阳楼北面还有一个墓地——小乔墓，这个墓地 20 世纪 70 年代就被列入全国第一批重点文物保护单位。"遥想公瑾当年，小乔初嫁了，雄姿英发"，建安十五年（公元 210 年），36 岁的周瑜从南京返回江陵，行至岳阳时突然病卒，后被运回安徽庐江安葬。青年英雄周瑜壮志未酬，魂归故里，而美人小乔墓却在岳阳，令人既疑惑又感慨。

从西晋开始，鲁肃的阅军楼改叫"巴陵城楼"，并由军事设施变成了观赏楼。大多人认为，自唐乾元二年（公元 759 年）李白写下"楼观岳阳尽，川迥洞庭开"的诗句后，"巴陵城楼"就改叫"岳阳楼"了。历经千余年的风霜雪雨，岳阳楼经历了不断被毁又不断重修的循环。之前的毁坏、重修不计，从李白赋诗岳阳楼之后算起，岳阳楼的毁与修达到了 40 多次，破坏因素除了战火，还有洪水、雷击，有时候重修工程还未竣工即被雷击或被洪水冲垮。现今人们游览的岳阳楼为 1933 年重修、1934 年竣工的岳阳楼，它沿袭了清光绪六年（公元 1880 年）重建时的形制与格局，檐柱上所挂"水天一色，风月无边"对联据传为李白手书真迹。岳阳楼有名主要是因为其地理形胜、江湖景象以及范仲淹的《岳阳楼记》。颇为传奇的是，范仲淹虽写下了千古传诵的《岳阳楼记》，但根本没有到过岳阳。宋庆历六年（公元1046年），参知政事范仲淹被贬放到河南邓州任知州。滕子京在岳阳楼竣工后，请画师画了一幅《洞庭晚秋图》带给范仲淹，范仲淹于是"观图"作了《岳阳楼记》一文。

凡干成一件事，则请名人作一记。这种事情，滕子京在岳阳做过不止一次。宋庆历三年（公元1043年），天章阁待制、礼部员外郎滕子京被人告发滥用钱财。滕子京与范仲淹为同年进士，且政见相近、意气相合，范仲淹相信滕子京的品质，他挺身而出，极力为滕子京辩护，欧阳修也为滕子京说了不少好话。尽管好友纷纷出手相救，终究抵挡不住御史中丞王拱辰的拼命告状，公元1044年滕子京被贬到湖广岳州府担任知州。不过，滕子京似乎并没有把个人的升迁贬谪当回事，他在洞庭湖边修学校、筑堤防、建桥梁，样样搞得有声有色。

岳州原有的学宫面积狭小、建制不全，且地势低下潮湿。公元1046年滕子京看中城东一块地势较高的土山，将岳州学宫搬迁重建，并且扩大了规模。岳州学宫与岳阳楼一样，是古建筑中的经典。整个建筑用23根石柱支撑上部建筑，殿内有18根金柱，最大的两根直径达66厘米。大殿的上檐为一斗三升的斗拱组合，下檐檐柱和金柱之间以挑尖梁连接。屋顶为重檐歇山式。工程竣工后，滕子京请尹洙作记。尹洙是公认的古文大家，文章简练而有法度。他先是因为受范仲淹的牵连被贬监郢州（湖北钟祥）酒税，后又被贬到均州（湖北丹江口市均县镇）监酒税。公元1046年，范仲淹把身患重病的尹洙从丹江口接到河南邓州养病。可以推测，尹洙的《岳州学宫记》写于邓州。尹洙在文章中写道，"庙仪既成，乃建阁以聚书，辟室以授经；两序列斋，以休诸生；掌事司仪，差以等制；缮爨浣沐，悉严其所；小学宾次，皆列于外。大总作室之数，为楹八十有九，祭器什具，稽于礼，资于用，罔有不备。"可见迁建后的岳州学宫规模之宏大、建制之完备。《范仲淹年谱》记载，"庆历七年（公元1047年），59岁，仍知邓州。四月，尹洙卒于邓州，仲淹营护其丧事。同年，滕子京卒。"如此说来，《岳州学宫记》或许是尹洙最后的作品。岳州学宫所在的土山，便是今天与巴陵广场一路之隔的南岳坡，它距离岳阳楼仅仅500多米，一个临湖，一个靠坡，东西相对，相得益彰。岳州学宫在明清时改为岳州府文庙，最终演变为今天的岳阳二中。

滕子京在岳阳楼下还修建了一道"偃虹堤"，并请欧阳修作记。滕子京发现从荆江、长沙、贵州、四川往来洞庭湖的船只都要绕道停靠南津古渡(岳阳市南湖西岸)，既走了不少弯路，又要冒风波颠覆之险。于是他决定在岳阳楼外的洞庭湖边修筑一段小堤，既可防止流水冲刷，又便于船舶躲避风浪。1046年欧阳修在《偃虹堤记》中写道，偃虹堤"长一千尺，高三十尺，厚加二尺，而杀其上得厚三分之二，用民力万有五千五百工"。一千尺为300多米，在长江中游，300多米长的堤是小得不能再小的"小堤"，但在欧阳修的眼里是关乎百姓利益的"大堤"，即"夫以百步之堤，御天下至险不测之虞"。在滕子京的眼里，修偃虹堤也是一件大事。他专门派人给欧阳修送去偃虹堤的画图，并说"愿有所记"。此时，被贬安徽滁州的欧阳修同样处于人生低谷，但他佩服滕子京的胸怀，在《偃虹堤记》中称赞滕子京"不苟一时之誉，思为利于无穷"。2007年岳阳市修复了偃虹堤这一景观，并将《偃虹堤记》刻石立碑。

由岳阳楼展开的历史意味深长，它们是长江与洞庭湖交汇激荡的江湖文化岳阳篇章。说到岳阳，不能不说城陵矶。城陵矶位于洞庭湖进入长江的入江口，这个著名的矶头和码头离岳阳楼约8千米。城陵矶号称长江中游第一矶，与南京燕子矶、马鞍山采石矶并称"长江三大名矶"。城陵矶是城池（大彭古城）、丘陵（城陵山）、石矶（城陵山突出长江的岛矶）的合称。楚国曾以城陵矶为通道大力向南拓展疆域。传说在平定斗越椒的叛乱时，楚庄王在城陵矶附近的一个台子上亲自擂鼓为战士助威，这个地方至今还叫擂鼓台。三国时，孙吴政权长期把城陵矶作为重要的港口基地。宋绍兴五年（公元1135年）岳飞以城陵矶、七里山为据点，组织水军，大败杨幺。咸丰四年（公元1854年），太平军水师与湘军战船为争夺城陵矶多次展开水上激战。扼守长江水道咽喉的城陵矶也是漕运码头、茶叶输出港口、食盐中转港口以及对往来货物征税的卡口。从明代洪武年间起，城陵矶就设有专门对过往船只所载货物收税的机构。公元1856年，城陵矶设卡征收厘金。公元1860年，曾国藩为解决兵饷，在城陵矶设局对盐茶抽税。公元1899年，岳州关（城陵矶海关）开关。

今天，在城陵矶码头东侧的山头上还保留着当年岳州海关的关房。这座两层小楼的外立面是连续的拱廊组合，有宽大的内长廊式阳台。站在阳台上，城陵矶港和三江口的风光尽收眼底，当然最醒目的是城陵矶码头巨大的"白色蛋壳"。这个蛋壳状的建筑是一个散货封闭仓库，这是长江沿线第一个网架结构港口散货料仓，仓库长470米，高46.5米，宽110米，可以堆存33万吨铁矿石。要把这个看起来像大棚的货仓建起来

城陵矶港

  并不容易，工人们需要打基桩、竖立柱，再用 8258 个连接球把 33456 根杆件连接起来，然后安装钢板顶棚，仓库内还有通信、给排水、传感装置、雨水收集处理等配套设施，整个工程涉及 1000 多个工序。

  从 2019 年 6 月到 2020 年 5 月，800 名工人克服重重困难，把这个胶囊封闭仓库从一堆图纸变成了城陵矶的一道风景。过去，通过城陵矶港水陆中转的铁矿石、煤炭等都是露天存放，风吹有粉尘，雨淋有污水。现在，胶囊封闭仓库有效解决了散货码头的环保问题。

  2021 年春天，我曾来到城陵矶，目睹了铁矿石从胶囊封闭仓库转运到火车上的过程。也是这一次，我从城陵矶沿江而上，穿过七里山城陵矶水文站与岳阳楼之间的东风湖，这里的生态环境改造已接近尾声。也是这一次，我发现沿湖路与洞庭南路的老旧城区已实现了华丽转身。岳阳港搬走了，但港口的仓库、绿皮火车、铁轨、塔吊、混凝土桁架、泊位、船坞等留下来了。青石板路、复古的店面、沧桑的厂房、艺术范儿的酒吧……一个依托岳阳港的工业遗址公园呈现在洞庭湖边。

  这里的一切都在讲述着新时代的湖湘文化。

黄石的浴火重生

在长江沿岸，黄石是一个很有意思的城市。首先，它过去不叫"黄石"，而叫"石黄"，是一个"窑"（石灰窑）和一个"港"（黄石港）的合称。更早的时候，它不叫窑，也不叫港，而叫"鄂"，是鄂侯的领地，这个字后来成为了湖北的简称。这一点让很多人疑惑，按说湖北理所当然要简称"荆"或"楚"。不过，专家也就此解释：荆、楚指的范围广泛，除了湖北、湖南，还有河南、安徽等省的部分地域，而且"鄂国"的历史比"楚国"更早，史载商朝就有了鄂国，鄂国的国君在商朝位列侯爵，地位不低。"鄂"是捕捉鳄鱼的部落，这个字说明夏商时期鳄鱼在长江流域很常见。而今，长江里已经很难看见鳄鱼了，扬子鳄也成了国家一级保护动物。或许，"鄂"这个字可以时刻提醒我们对长江生态的关注。

黄石不仅仅是一个窑、一个港。今天的黄石市辖大冶市、阳新县、黄石港区、西塞山区、下陆区、铁山区，拥有一个国家级经济技术开发区、一个国家级高新技术产业开发区、一个国家级

黄石

农业科技示范园区，总面积4583平方千米。

　　西塞山区就是过去的石灰窑，2001年更改为现在的名字。西塞山区东西长约22千米，南北宽约10千米。北面是长江，东面是蕲嘉高速，过了棋盘洲长江大桥就是蕲春。西面与慈湖相接，南面的一部分是大冶湖的北缘，一部分是老人岩、大王山一线。这块113平方千米的地方蕴藏着丰富的矿产资源，主要有石灰石、白云石、煤炭、铅、锌等五大类25种，其中，煤炭储量1000万吨，石灰石储量10亿吨，白云石2000万吨。围绕矿产，西塞山区分布着30多家国家、省、市重点大型企业及500多家民营企业，其中最大的产业群是以大冶特钢为龙头的特钢生产加工企业、模具钢产业群，企业数量达到100

多家，从业人员数万人。这些企业创造的工业产值占整个黄石市工业经济总量的 1/3，可见西塞山区在黄石市的地位——它早已不是历史上的那个产石灰的窑。

　　石灰窑区之所以改名了，我想是"西塞山"更文雅，有风景，有历史韵味。西塞山在长江边，海拔 176.5 米，它实际上是一个矶头，或者说是一个尖嘴，它的对面沈家湾是一个凸向长江的弧形弯道。锁大江的位置，还有险峻的气势，成就了西塞山在战争中的地位。据统计，从东汉末年开始直到 1949 年，在这个江边小山上发生过 100 多次战争。历来登山观景的文人如李白、韦应物、刘禹锡等，不但写下了上百篇关于西塞山的诗词，还在西塞山的峭壁上留下许多石刻。山脚下东侧的道士洑在史籍中频繁出现，仅仅在张献忠攻陷武昌的史料中，道士洑就出现多次，因为道士洑所处的东侧是一个回水湾，从武昌流下来的尸体都会在这片回水中停下来。当然，道士洑这个矶头也成就了繁华的道士洑古镇。1935 年 8 月，日军猛攻西塞险隘，把道士洑古镇变成了废墟。

　　黄石市的铁山区是另一个以矿闻名的区。铁山区在黄石市的西部，盛产铁矿的铁山海拔 168.4 米。1890 年，湖广总督张之洞因为开办汉阳铁厂，把铁山作为汉阳铁厂的重要矿石来源，中国第一座大型露天铁矿就这样在黄石的铁山诞生了。从那时起到 2001 年铁山露天开采彻底停止，从这里挖出了 1.34 亿吨铁矿石，同时排出了近 4 亿吨废石。露天开采挖出的天坑东西长 2200 米，南北宽 550 米，最大落差 444 米，坑口面积达 108 万平方米。站在天坑的观景点，每个人都会百感交集：它是奇迹，但也是大地上的伤口。

　　如何让这个废弃的矿山恢复生机，让这个巨大的天坑不成为永远的伤疤，资源枯竭城市如何转型……黄石人思考的是一个时代的问题。2007年，面积23平方千米的黄石国家矿山公园开园，这个公园的主景观正是已经废弃的天坑。国产"上游51"蒸汽机车、苏制爬犁机、美国50B重型矿用汽车、日本大功率产运机、国产矿用汽车、压轮钻、坦克吊等矿山机械设备向人们讲述挖矿的工序、过程；铁矿博物馆的10余万字史料、1600余幅图片、80余件文物向人们讲述铁矿历史；日出东方、矿冶峡谷、矿业博览、井下探幽、天坑飞索、石海绿洲、灵山古刹、雉山烟雨、九龙洞天等一个个景点向人们展示矿山现在的魅力。为了让天坑不再光秃，科研人员花费几年时间试验，在峭壁上种活了120多万株刺槐，而这些刺槐成就了一个旅游节日——黄石矿山公园槐花旅游节。每年春天，漫山遍野的槐花如约而开，整个黄石和铁山矿山都飘荡着阵阵幽香。

天坑成了旅游景点，焕发了新的生机，但铁山区共有工矿废弃地23宗，面积12000亩，2018年黄石铁山区投资4亿元继续治理铁山区的废矿山，把黄石国家矿山公园与东方山风景区融合成了一体。

铁山区不挖矿了，不炼铁了，现在发展光电子信息、高端装备、生命健康、新材料四大主导产业。2022年铁山区成功引进投资120亿元的诺德锂电铜箔、投资100亿元的神通科技两个重大项目，实现百亿级项目的历史性突破。2023年，铁山区在政府工作报告中提出的目标更加宏大，比如：神通光学镜片生产基地、和进电子产业园、华脉泰科医疗器械等40个工业项目要开工；诺德锂电铜箔、闻泰科技二期、铁流精密制造等40个项目要投产。他们希望全年培育新增长点47个，新增规模以上工业企业25家以上。

修旧如旧的华新水泥厂

黄石市的黄石港区有港口，还有代表黄石、代表中国民族工业的企业。黄石港区在长江边，位于西塞山区的上游。江边的华新水泥厂建于1907年，其建厂初衷是满足粤汉铁路的建设需要。它是中国近代最早开办的三家水泥厂之一，代表了当时最先进的建材生产水平，被誉为"远东第一"。该厂的3个湿法水泥窑是中国水泥工业的历史见证。一个多世纪以来，华新水泥在全国10多个省份以及海外拥有100多家分支机构，名列"中国制造业500强"和"财富中国500强"。2007年，华新水泥厂老区内湿法工艺生产线全面停产。2013年3月，华新水泥厂旧址被列为第七批全国重点文物保护单位，2016年9月入选"首批中国20世纪建筑遗产"名录，2019年12月被认定为第三批国家工业遗产。

就是这个工业遗址，2021年7月，黄石市把它变成了文化遗址公园。华新水泥厂旧址部分项目建成开放后，经常性地举办磁湖文化节、图书展、音乐节等丰富多彩的文化活动，如今已成为黄石的"网红"打卡点和城市文化地标。

黄石距武汉70千米，是继武汉市之后湖北省成立的第二个地级市，也是我国中部地区重要的老工业基地。在这座城市的头上有很多光环：中国近代民族工业的摇篮、"青铜故里"、"钢铁摇篮"、"水泥故乡"、"服装新城"、"劲酒之都"等等。想当年，这座城市因为污染而被人们戏称为"光灰的城市"，如今已彻底改变了模样。石灰窑变特种制造，天坑变风景区，水泥厂变文化公园……黄石这个曾经严重依赖资源开发的城市，在长江经济带生态优先、绿色发展的战略中，激发出了新的能量，未来，它头上的光环也许会更多。

浔阳江头看九江

"江州司马青衫湿",白居易写《琵琶行》的时候(公元816年),九江还不叫九江,叫江州。但在江州之前,就有了"九江"这个词。与"荆州"一样,"九江"也出自《尚书·禹贡》,但对《禹贡》所说的"江、汉朝宗于海,九江孔殷""过九江,至于东陵,东迤北会于汇"等,后人有多种理解。有人说,九江是汇入彭蠡泽的赣水(赣江)、鄱水(鄱阳湖)、余水(信江)、修水、淦水、盱水(抚河)、蜀水(赣江支流锦江)、南水(袁水)、彭水(信丰江)等九条江;有人说,九江是流入洞庭湖的沅、渐(澹水)、元、辰、溆、酉、澧、资、湘等九条水;也有人说,九江是对江西境内长江河段的称呼,就如荆江、川江等称呼一样;郭沫若甚至认为李白在《为宋中丞祭九江文》中写的九江就是长江;更多的人则相信九江的"九"是虚数,并非真有九条江。

不管是叫江州还是叫九江,也不管有无九条江,九江无疑也是江城,一座与长江分不开的城。长江江西段从瑞昌到彭泽县基本呈东西走向,九江处于瑞昌与彭泽中间,正对岸是湖北黄梅县，九江的背后是幕阜山余脉，东边是中国第一淡水湖鄱阳湖，西边是瑞昌与九江之间的湖泊群。九江东北方向长江北岸的湖泊更多，如龙感湖、大官湖、黄湖、泊湖、武昌湖、青草湖等，这些江北的湖泊与长江南岸的鄱阳湖都属于浩渺的彭蠡泽。学术界认为，春秋战国时期，今天长江北岸的龙感湖与江南的鄱阳湖还是一个整体，直到东汉时期，龙感湖与鄱阳湖才分开。可以想象真正的古彭蠡泽有多大，由于找不到合适的词语，人们习惯称之为"巨型吞吐性湖泊"。

江西的长江段约 152 千米，全部在九江辖区内。赣江、修河、鄱江（饶河）、信江、抚河等都被幕阜山的余脉庐山阻挡，并不流入九江市区，而是汇入鄱阳湖，经九江市湖口县城注入

九江

长江。九江市的濂溪区下湾庙向北到长江边的大王庙有20多千米的湖泊岸线，大王庙的梅家洲与石钟山之间便是约1千米宽的湖口口门。从这个意义上说，九江与洞庭湖边的岳阳相似，算得上"江湖城市"。

鄱阳湖与长江交汇口的右岸有石钟山。石钟山并不高，相对高度约40米，但其垂直的绝壁在水边显得森严可畏，山下众多的石缝穴洞成为天然的发声器官。风推湖水，水荡洞穴，发出钟鼓之声。宋元丰七年（公元1084年）苏轼"以小舟夜泊绝壁之下"，倾听石钟并记之为《石钟山记》。石钟山的主体建筑是清军将领彭玉麟等人修建的昭忠祠。清咸丰五年（公元1855年）石达开在湖口大败湘军水师，曾国藩差点跳水自杀。清咸丰八年（公元1858年）彭玉麟等在石钟山上建造昭忠祠，并为锁江亭撰写对联："忠臣魂，烈士魄，英雄气，名贤手笔，菩萨心肠，合古今天地之精灵，同此一山结束；蠡水烟，湓浦月，浔江涛，马当斜阳，匡庐瀑布，挹南北东西之胜景，全凭两眼收来。"这副对联将九江、湖口、石钟山的湖光山色全部概括其中，令人惊叹。

彭玉麟在对联中说的"湓浦月，浔江涛"都是九江城区的景色。发源于瑞昌清湓山的湓水，吸纳庐山西北麓的多条溪流，穿过赛湖、八里湖等湖泊，从九江老火车站与九江码头之间进入长江。进入长江前，它拐了一个弯，形成一个天然的避风港。这个入江口正是著名的"湓浦口"，它是九江别称"湓城"的来源。唐元和十一年（公元816年），白居易夜里送客到这里，偶遇一琵琶女，在了解到她的不幸身世后，写下了著名的叙事长诗《琵琶行》。1998年九江抗洪的堵口战场就在湓浦口上游不到3千米处。湓水又叫浔阳江，龙开河是它后来的名字，这条小河承载了九江太多的历史和九江人太多的记忆。

清咸丰八年（公元1858年）《天津条约》签订，清咸丰十一年（公元1861年）九江与汉口、南京、镇江一起成为长江内河第一批开埠城市，领事馆、银行、海关洋行、邮局、教堂等建筑纷纷崛起，不断侵蚀、占用溢浦口陆地。因此，后来的地图上，龙开河的入江口并没有一个弯道，而是一个直道。溢浦口一带租界形成的街道，九江人叫"内洋街"。像这样带有"洋味"的建筑区，在九江还有牯岭镇西式别墅群。牯岭镇与九江城区的直线距离仅仅10多千米，光绪二十一年（公元1895年），英国道会传教士李德立开始在庐山开发避暑胜地。到1928年时，20多个国家和地区建筑风格的别墅在牯岭耸立起来，总数达到700多栋。别墅区配套建设了教堂、图书馆、学校、医院、邮局、影院、网球场、游泳池等公共设施。在牯岭镇的南面，宋淳熙六年（公元1179年），理学家朱熹开始重建被兵火毁掉的白鹿洞书院。他制订了中国书院历史上的纲领性学规《白鹿洞书院揭示》，并亲自主持教学，把白鹿洞书院打造成宋代传习理学的重要基地以及中国书院办学的典范。宋代江西有登科进士5534人，占全国进士总人数的28.73%，高居全国第一。这个成绩与白鹿洞书院等书院教育的兴盛不无关系。

　　九江的大江大湖、名山名景，鄱阳湖的浩大无边、白鹿洞书院的人文昌盛，广为人知；溢浦口和白居易的《琵琶行》、庐山和李白的《望庐山瀑布》、石钟山和苏轼的《石钟山记》，也广为人知。但在长江内河港口中，九江港的实力非同一般，人们却不一定了解。2022年3月，上海国际航运研究中心发布了《2021年全球港口发展报告》。报告中排名前50名的港口，中国港口占28个，九江港以15175万吨排名第47位。2023年5月，上海国际航运研究中心公布的《全球港口发展报告

（2022）》中，九江港位居全球港口第40位。2022年11月，国家发展和改革委员会印发《关于做好2022年国家物流枢纽建设工作的通知》。25个国家物流枢纽被纳入2022年度建设名单，其中有2个港口型枢纽，九江港成为其中之一，正式跨入长江流域和中部地区最大的物流枢纽行列。

没有人想到九江港会这么牛。历史上，九江很早就是长江上重要的货物集散中心。明清时期，九江已成为中国的四大米市之一、三大茶市之一。*清同治十二年（公元1873年），轮船招商局在九江设分局，经营客货

> ★ **中国四大米市**：芜湖、无锡、九江、长沙
> **中国三大茶市**：九江、福州、汉口

九江锁江楼塔

运输业务，民族航运业在九江兴起。1953年，长江航运管理局九江港务管理局成立。1980年4月，九江港被列入中国国家一类对外贸易口岸。1991年九江港获准对外国籍船舶开放。

尽管九江港是江西省唯一的通江达海的外贸口岸，拥有152千米长江岸线，且处于"南北大动脉"京九铁路上，但九江港真正的飞跃发生在新时代。2021年江西省提出打造九江市万亿元临港产业带。现在，这个产业带有了看得见摸得着的成果，已经建成彭泽红光综合枢纽码头一期工程、彭泽矿山园区公用码头、濂溪九宏综合码头、城西砂石集散中心等，码头泊位新增了17个。另外，湖口银砂湾综合码头正在建设之中，这个码头有6个5000吨级泊位，标准的特大型码头风范。九江港还在推动建设红光铁路专用线、城西港区铁路专用线延伸线、滚装码头等枢纽项目。

九江港的中心便是过去的湓浦口，白居易送客之时，浔阳江头无疑还没有繁忙的货物运输。现在的九江港已成为江西最大的矿建材料集散发运基地、煤炭集散中转基地、钢铁原材料集散中转基地、石油化工产品集散供应基地。专业人士用航线描述今天九江港的忙碌：11条始发航线连接长江上下游和赣江；2条接驳航线联通京杭大运河和粤港澳大湾区；1条跨江航线对接湖北小池港，使小池港可以共享九江港的成本优势、航线优势和开放优势；1条巴士航线为九江江面上多个国家的船舶提供通勤服务。

3000多平方千米的鄱阳湖，70%的水域在九江。九江市把沿江沿湖近1.8万渔民搬上岸，然后在150多千米的岸线上画了一幅新的图画。这幅图画上有沿长江黄金水道进出九江港的船只，有从九江出发开往共建"一带一路"国家的货轮……当然也有浔阳江头的璀璨灯火。

处处诗意马鞍山

在长江沿岸，可能没有比马鞍山更袖珍的地级市。2012年之前，马鞍山市主城区版图只有353平方千米。2012年安徽省对马鞍山市的行政区划进行了一次调整，使主城区面积扩大到704平方千米。2022年末，马鞍山市主城区加上3个县一共才200多万人。长江由南向北穿过马鞍山，江南是当涂县和主城区，江北是含山县、和县。

长江下游许多城市与马鞍山一样都地处江南，但只有马鞍山被一个处于江北的英雄惦记，并留下千古名言。公元前202年，楚汉之争中，项羽被韩信几十万大军追至垓下，在十面埋伏中，项羽听见四面楚歌，感到无可奈何，正所谓"力拔山兮气盖世，时不利兮骓不逝"。项羽在乌江边本有机会过长江，回到江东，但当年八千江东子弟追随自己，现在孤家寡人回去，哪里有脸面呢？于是项羽拒绝了乌江亭长的好意，拔剑自刎。今天马鞍山的乌江镇离马鞍山市区的直线距离不到20千米，从霸王祠顺驻马河（乌江的下端）到长江仅仅2千米多一点，

马鞍山

项羽想要脱身非常简单，但羞愧之心控制了他。从此，"无颜见江东父老"成为羞愧之心最经典的表达，至今这种心态依然流淌在每一个末路英雄的血管里。据说项羽告别乌江亭长时，将自己的战马送给了他。项羽死后，这匹叫乌骓的马也追随主人自杀而死。与所有叫马鞍的山一样，乌骓的马鞍落到长江南岸，化为今天的马鞍山。这座山在马鞍山钢铁公司热轧厂、马鞍山第十一中学与马鞍山港之间。马鞍山海拔 154 米，方圆 2 千米左右。在市区平均海拔只有 20 米左右的马鞍山市，这个高度完全可以用高大形容。史载，三国时期，马鞍山上建有神祠，当代人在山的一面陡壁上刻了"江东第一城"几个大字，大字竖排，上面的几个字多被灌木遮掩，只有"一城"两个字一眼即见。

"江东第一城"，我认为指的是马鞍山正处"江东"地区的核心。长江经过芜湖的大龙湾之后，基本呈南北流向，经过马鞍山之后，它轻微调整了一下方向，朝东北方向流去，直到过了南京的八卦洲，才转为东西流向。因此，如果以"东西"划分长江两岸，马鞍山无疑处于长江由南朝北流的中间，上游有芜湖，下游有南京。

这个地理位置的特殊性在于它是一个沉积带，也是一个矿产带。宁（南京）芜（芜湖）地区北起江苏省南京市，南至安徽省芜湖市，在正北与东北方向之间，有一条长约60千米、宽约20千米的沉积带，这个沉积带发育在扬子板块东北缘的断陷火山盆地之上。有火山，自然有矿，尤其是铁矿。马鞍山所处的位置是宁芜—繁昌铁矿带的一部分，而且是矿化强度很高的一部分。这是长江中下游成矿带内成矿强度最大的一条铁矿带，是我国七大铁矿区之一，保有资源储量12.9亿吨。

从南京到芜湖的宁芜高速公路穿过马鞍山市城区，与长江平行，也是南北走向，而且公路两侧就是马鞍山市的主要矿产分布点。高速公路以东，从北向南有娘娘山、佳山、杜塘、凹山、东山、龙王山、大王山等矿床（点）；宁芜高速以西，由北至南有尖山、黄梅山、姑山等矿床（点）。对照下马鞍山的地质矿产简图，就会发现，宁芜高速穿过的地方正是火山盆地的西缘，再向西则是长江与盆地之间的冲积平原，盆地的东缘则是龙王山一线，马鞍山的矿集中在宁芜高速的东侧。杜塘、凹山、东山以及当涂境内的姑山都是今天马钢集团的采矿场。

今天的马鞍山市，主城区集中在长江边的冲积平原上，冲积平原、星散状低平丘陵、宽平堆积阶地、河湖平原这些地形地貌，马鞍山都有。马鞍山主城区的长江边，由南向北有采石矶、翠螺山、西山、白壁山、马鞍山等低山，长江中间躺着几个沙洲，也都呈南北向，与长江的方向一致。这些沙洲在长江中分割出多个水道，长江也在沙洲上划出一条条水沟，或者遗留下一些水洼。我不知道航行在马鞍山长江段的船工会不会有一种错觉：船舶到底是在湖荡上还是在大江上？往东，城区中心点缀着许多小山丘，从南向北，有大金山、南山、佳山、花果山，等等。马鞍山东北的秀山则是南京与马鞍山之间大片山地的延伸。慈湖河、雨山河、采石河、永丰河、襄城河、锁溪河等小河细流蜿蜒于小城之间，洋塘湖、雨山湖、秀山湖、东湖、石臼湖等湖泊如点点珍珠撒落在低平丘陵、河湖平原之上。

这是一座奇特的城市，有江，有河，有湖；有山，有平原，有丘陵，号称"九山环一湖，翠螺出大江"。有矿产，还有诗歌。

马鞍山的钢筋铁骨当然是马钢集团。马鞍山钢铁厂曾经是安徽最大的工业企业。马鞍山市东南的南山铁矿是华东第一大露天铁矿山。论钢铁产量，马钢集团排在全国十大钢铁基地的第五名。马鞍山很早就有铁矿开采。清宣统三年（公元1911年）上海的商人开始在马鞍山的姑山、南山开采铁矿。1913年，为改变上海附近没有钢铁厂的状况，上海著名实业家陆伯鸿决心创办和兴钢铁厂。到1925年时，这家私营的钢铁厂已经颇具名气，据说上海外滩的海关大楼、南京中山陵等建筑都由陆伯鸿的和兴钢铁厂提供钢铁。1937年，淞沪抗战的爆发终止了这家钢铁厂的成长壮大。

陆伯鸿出生的顾家弄位于上海北京东路与宁波路口之间，全长仅仅189米，却是长三角地区民族工业的发源地之一。

从这里走出了震旦大学、复旦大学的创始人马相伯，走出了语言学家、中国第一部语法著作《马氏文通》的作者马建忠；也走出了著名实业家陆伯鸿和朱志尧。1918年陆伯鸿创办的闸北发电厂一直运行到2007年才关闭。1913年起，陆伯鸿开通了上海四条有轨电车线路，行驶在这些线路上的电车成为后来许多大上海影视剧的经典镜头。陆伯鸿还有自己的轮船公司。1937年淞沪抗战爆发后，为阻止日军西进，陆伯鸿将自己公司拥有的一艘轮船沉于江阴长江段。

另一位实业家朱志尧在民族工业的历史中更加著名。他先后担任过轮船招商局买办、江南造船厂经理、法商东方汇理银行买办、上海总商会会长。24岁时，朱志尧被三舅父马建忠带出国考察、开阔眼界，回上海后他立志投身实业救国。经过几十年的打拼，他构建了一个实业帝国，包括机器轮船厂、宝兴铁矿、当涂铁矿、长兴煤矿、新城米厂、江西布厂、砖厂、电气公司、自来水厂、面粉厂、中国图书公司等。他发明过新颖的立式与卧式蒸汽引擎，制造出零部件全部国产的66吨大型引擎。他改造或制造过许多农业机械以及工程机械，从农用的各种榨油机、纺织用的印花机、铁路用的铁轨弯道机，到施工用的打桩机、起重升降机，再到蒸汽机、内燃机、抽水机、海轮、挖泥船等，只要通过机器动力能推动生产力前进的，他尽量去涉猎，因此他被公认为中国机器工业的巨擘。在近半个世纪中，他创办了许多中国民族工业的标志性企业，如中国最大的造船企业（后被并入今天的江南造船厂）、最大的机器制造企业以及上海最大的民族电力企业。

更重要的是，他的实业救国生涯很多都与马鞍山有关，朱家的铁矿、煤矿业也大多在马鞍山。1949年4月，随着渡江

马鞍山雨山湖

战役的胜利,马鞍山的矿业迎来了新的发展阶段。1953年马鞍山铁矿厂重新开始生产,由此诞生了马鞍山矿区人民政府以及后来的马鞍山市。从20世纪50年代开始,马鞍山钢铁厂如骏马听到了号令,一下奔腾起来。1964年,马鞍山钢铁厂的车轮轮箍厂投产。车轮轮箍厂就是给火车造车轮,当时世界上仅有 8 个国家可以生产车轮轮箍，马鞍山的轮箍厂是亚洲最大、全国唯一的车轮轮箍厂。它被列为 1964 年我国工业和国防建设四大成就之一，另外三个是大庆油田投产、万吨水压机制造成功、第一颗原子弹爆炸。20 世纪 80 年代，马鞍山钢铁厂建成我国第一套高速线材轧机，成为我国线材高速轧制技术的先行者。20 世纪 90 年代，马鞍山钢铁厂成为我国首批 9 家规范化股份制试点企业之一，1993 年 11 月 3 日、1994 年 1 月 6 日，马钢 H 股和 A 股股票分别在香港联交所和上海证券交易所上市，马钢又成为"中国钢铁第一股"。1998 年，马鞍山钢铁厂建成了我国第一条 H 型钢生产线，填补了国内大 H 型钢产品的空白。

半个多世纪的钢花四溅，让马鞍山钢铁冶炼成为了马鞍山市的符号。马鞍山钢铁厂不仅带来了马鞍山工业的发展，围绕钢铁产业链，也吸引了大量的人口。"生生死死在马钢"成为许多人的口头语。到 1958 年，仅仅几年时间，马鞍山人口从建市之初的 8.4 万人增长到 26 万人。人口增长有很多因素，但无论如何，短期内数量巨大的人口涌入离不开马鞍山钢铁厂的吸引力。

"俱往矣，数风流人物，还看今朝。"今天，马钢集团依然是安徽省最大的工业企业，但新时代马鞍山钢铁的内涵已经有了很大的不同。今天的马钢集团主要给高铁生产车轮。

2016 年，马钢成功研发出了碳硅板复合车轮，这是中国高铁发展的又一个里程碑，它意味着从此中国高铁的车轮摆脱了进口，突破了日本、德国的技术垄断。此前，中国高铁的车轮必须从国外进口，一对车轮 60 万元，一年高铁换车轮需要 20 亿元。花钱不说，还必须看人家的脸色和心情。高速行驶的列车因为压力和高温，对车轮的质量和性能要求极高，一丝瑕疵都可能导致严重事故。所以，自主生产车轮这件事，不是光嘴上说说就可以，而是必须脚踏实地从材料和技术上攻关。马钢集团花了8年时间，实现了中国高铁车轮自主生产。

2021年8月，马钢集团以过硬的产品质量，获得了韩国速度200千米每小时的GTX准高速车轮订单、车轴订单。2022年4月，第一批供韩国GTX高铁的准高速车轮和车轴产品从上海发往韩国。这次批量供货后，马钢集团将有资格申请为韩国速度300千米每小时的KTX高铁提供轮轴。2022年初，马钢集团获得来自中车集团的高铁车轮订单，这些车轮将安装在速度350千米每小时的复兴号动车组上。由此，马钢成为国内首家正式进入高铁轮轴扩大装车运用阶段的轮轴生产企业。

经过多年在国产高铁轮轴生产领域的深耕，马钢集团先后研制出具有自主知识产权的速度250千米每小时和350千米每小时标准动车组车轮。今天的马钢车轮代表了"中国造"轨道交通装备的国际水平，他们生产的货车车轮、地铁车轮、动车车轮远销全球60多个国家和地区。全球轮轴产品市场的10%烙上了"马钢"印记。

不得不说，马鞍山是一个神奇的城市。其实，马鞍山的神奇早已有之。唐开元十三年（公元725年），李白第一次从四川出发远游就来到了马鞍山，写下了《望天门山》。其后，公元727年、739年、747年、754年、757年、762年，李白又6次游历马鞍山，并以马鞍山作为人生的归宿，长眠在马鞍山。他写下了50多首关于马鞍山的诗歌，万里长江上还有哪一座城市与李白有这样的渊源？估计没有。除了李白，白居易、

马鞍山李白墓园

刘禹锡、苏轼、曾巩、贾岛、王安石、沈括、李之仪、陆游、辛弃疾、文天祥等，600多位著名的文学家都曾来到这里，为马鞍山贡献了1000多篇文学作品。李之仪的"我住长江头，君住长江尾。日日思君不见君，共饮长江水"出自这里；刘禹锡的《陋室铭》出自这里；王安石的《游褒禅山记》出自这里；与《三字经》、《百家姓》并列为中国三大启蒙读物的《千字文》出自这里。周兴嗣编撰的《千字文》问世后被历代书法家反复书写，于是《千字文》又成了学习各种书法的范本……马鞍山，不大，但一直神奇。

"天门中断楚江开，碧水东流至此回。两岸青山相对出，孤帆一片日边来。"李白当年看见长江在马鞍山转为南北流向，深感神奇，发出了"碧水东流至此回"的惊人之语。今天马鞍山江段的流向还是千年前的流向，但今天的马鞍山已不再是过去的马鞍山。不过，马鞍山仍然充满诗情画意。为了纪念以及感激历史上那些诗人对马鞍山的钟情，自1989年开始，马鞍山每年都要举办李白诗歌节，截至2023年已连续举办了35届。除了李白诗歌节，还有中国诗歌节、中国国际吟诗节等诗歌活动。2014年，中国诗歌学会授予马鞍山"中国诗歌之城"称号。这座历史上被诗人们反复书写的城市，正被新时代的诗人们继续不断书写。其实，书写马鞍山的真正的诗人，是这块土地上不断进取和奋斗的马鞍山人。

"十里扬州"风帆劲

唐开元十八年（公元730年）李白说"烟花三月下扬州"时，扬州还没有后来的名气。天宝十四年（公元755年）开始的安史之乱是唐朝历史的转折点，也是扬州的转折点。长安、洛阳等重要城市在战争中惨遭焚毁，中原的破坏、人口的南迁、经济中心南移，让扬州迎来了新机遇。大运河北通黄淮，长江上达金陵、荆州，南来北往、东西交汇，让扬州成了人人向往的大都会。

从此，春天一定要去扬州，看如烟的柳，赏似锦的花。不过，我的印象中，春天随风起舞的柳絮更似雪花，而非轻烟。如果一定要柳絮像烟雾，就得有蒙蒙细雨的配合。也有可能，那时的扬州三月本就是这般风景，雨丝、柳絮、瘦堤、浅水、油纸伞以及如胭脂的小花。

文人墨客从不吝啬对扬州的赞美，创作出了许多堪称"千古丽句"的诗歌，如"夜市千灯照碧云，高楼红袖客纷纷"、"夜桥灯火连星汉，水郭帆樯近斗牛"、"春风十里扬州路，卷上珠帘总不如"、"二十四桥明月夜，玉人何处教吹箫"，

扬州瘦西湖

等等。夜市、灯火、码头、店铺，这些描写繁华街市生活的作品，从不同角度把扬州的盛景写到了令人神往的程度。也有一些诗句，如"天下三分明月夜，二分无赖是扬州"、"人生只合扬州死，禅智山光好墓田"，则把对扬州的热爱写到了极端夸张的程度，多少有些令人猝不及防。

扬州的气质在于"精致"。比如，扬州炒饭。一般情况下，做蛋炒饭讲究的不过是撒一点葱花而已，但扬州人的蛋炒饭不能这样做，得加玉米粒、胡萝卜、火腿丁、青豌豆、虾仁等，这样做出来的蛋炒饭颜值很不一样。2015年10月，扬州市质量监督局发布了新的扬州炒饭标准，规定正宗扬州炒饭要以特等籼米饭、鲜鸡蛋为主料，以水发海参、中国火腿肉、熟的方鸡腿肉、水发干贝、上浆湖虾仁、水发花菇、净鲜笋和青豌豆等为配料。看看这个配料标准，就明白扬州炒饭讲究的不单单是外貌，更是内涵。一碗看似普通的蛋炒饭中有维生素、蛋白质、矿物质、微量元素等丰富的营养成分，于平常中见不寻常。一碗炒饭做得如此精致，可以想象名闻天下的"淮扬菜"应该精致到何种程度。淮扬菜是把形态、搭配、滋味、火候、刀功讲究到极致的一种体现。清蒸狮子头、蟹黄汤包、松鼠鳜鱼等人们熟知的淮扬菜莫不如此。

扬州的精致在园林中体现得更加淋漓尽致，逛一逛东关老街区便能感受到。东关街的东边是由南向北的古运河，北面是外城河，西边是小秦淮河，南边是文昌中路。这个由三条河一条马路围成的长方形街区是扬州古城的一部分，也是扬州东关历史文化旅游区。这个地方有多大呢，长1千米左右，宽约700米。一个很小的地方，但积淀了深厚的历史文化。古运河边有东门遗址、马可波罗塑像；外城河边有迟园、个园、准提寺、盐务会馆、卡总门；文昌中路附近有壶园、馨园、祁氏山林旧址、清溪旧屋刘宅、汪氏花园、两淮盐运使司衙署门厅，等等。朱自清故居离这不远，在文昌中路以南。扬州八怪纪念馆稍远一点，在小秦淮河以西。东关街从外城河与文昌中路中间穿过，刚好把这片老街区分为南北两半。青砖灰瓦、青石板、百年老字号、园林、老宅、寺庙、小山、古渡、城门遗址，徘徊其中，恍如隔世。

东关老街区的很多宅院，其主人都是曾经辉煌的盐商。从明清开始，既有靠海边盐场便利，又占运河和长江水路优势的扬州便成为盐商的聚集地。富裕起来的盐商很重要的人生大事是建造庭院和园林。个园是其中的一个代表，它被称为中国四大名园*之一。有人说个园不大，占地只有50亩。其实50亩就是3万多平方米，相当于300多套面积100平方米的房子。作为私家园林，这个面积不算小，只是比四大名园中的颐和园、拙政园小。个园从南到北布置有汉学堂、清颂堂、厨房、丛书楼、宜雨轩、清漪亭、步芳亭、映碧水榭、戏台等楼台亭榭，以及冬山、秋山、竹语、兰花苑、幽邃、竹里、怡情等景观。个园首先吸引人的是它的名字。个园的"个"字来自于"竹"，因为个园主人黄至筠的名字带"竹"，而且他喜欢竹。个园的建筑自不用说，房子、家具都是好木头，古色古香，看上去坚硬、结实。比如，汉学堂全部由柏木建成，不需熏香，置身其中便幽香扑鼻。个园古建筑还有一个特点是亮堂。江南很多私家住宅古朴、幽深，光线并不好。但个园的宜雨轩四周有窗有光，即使雨天坐在房子里观雨，房间也是透亮的。用来祭祀、议事的清颂堂则在亮堂之上多了一份显贵。

> ★**中国四大名园**：
> 北京颐和园、承德避暑山庄、苏州拙政园、扬州个园

个园的精致还体现在园林建筑中的假山。江南园林的共性是把主要功夫花在"造山"上。历史上很多盐商在盐务之外，或擅长诗词、戏曲，或工于绘画、书法。如寓居扬州的著名盐商江昉，兼有画人、词人、诗人三重身份，被视为乾隆中叶不可忽视的浙派名家；又比如著名篆刻艺术家巴慰祖，他把经营淮盐所得全部投入了艺术事业，以至于晚年倾家荡产。个园的主人黄至筠爱好绘画艺术，《扬州画苑录》说他"素工绘事"，可见艺术造诣并不低。个园抱山楼下的嵌壁石刻上存有他的一幅扇面作品，据说扬州博物馆也藏有他的石刻扇面。一个画家造园林，很自然会把书画艺术与园林建造结合在一起，个园的

假山就体现了黄至筠的审美。他用不同颜色的石头象征不同的季节，尖峭如笋的笋石代表春竹破土，千疮百孔的太湖石代表夏，黄石寓意黄叶知秋，白色结晶的宣石代表冬。叠石，加上池塘、藤蔓、亭阁，营造出了被称为中国园林"孤例"的个园景观。花如此巨大的功夫，无非为了让心灵与自然更亲近。

个园附近的盐商庭院还有清代后期的汪氏小苑，占地面积约4000平方米，比个园小很多，但规整、精致、小巧玲珑、别具风韵。与个园一路之隔，有清光绪年间何维键的何园。何维键一直在湖北做官，担任过湖北武昌盐法道、湖北督粮道、湖北按察使、湖北汉黄德道兼江汉关监督等职。或许受了诗人们对扬州的赞美的影响，1883年何维键退隐到扬州，建造了一个叫"寄啸山庄"的园林，即何园。何园占地面积1.4万余平方米，分为东园、西园、园居院落、片石山房四个部分。它最大的特色是融合了西式建筑风格的元素，而其中的片石山房又传说是明末清初著名画家石涛大师的叠山作品。这就让何园在晚清私家园林中显得更加独特。

十里扬州值得说的话题很多很多，二十四桥的月光、大明寺的钟声、瘦西湖的烟雨……但今天的扬州更值得人们关注的，我以为是被称为"江淮明珠"的江都水利枢纽。

江都水利枢纽位于新通扬运河、芒稻河、金湾河的交汇处。芒稻河是淮河入江的尾闾，芒稻河、金湾河汇合后，向南汇入廖家沟，最后进入长江；新通扬运河向东经泰州流向海安；金湾河向北分为三支，两支进入邵伯湖，一支直接进入京杭大运河。以万福闸为节点，可以看见邵伯湖与长江之间有多条水道，2支廖家沟与壁虎河通过万福闸之后流向长江；太平河在廖家沟生态公园汇入廖家沟；京杭大运河单线联系邵伯湖与长江；

另两支则是与新通扬运河相汇的金湾河。

7条水道在扬州的广陵区与江都区之间,宽度大约7千米。在长江几千千米的两岸,估计没有第二座城市像扬州这样有如此多的水流集中贯穿。江都水利枢纽经过三次选址,最终确定在现在的位置,也许正是因为它是三河六岸的焦点。处于这个位置,江都水利枢纽不仅可以向淮河、向北方输送长江水,同时也可以通过三阳河等河流把里下河地区的渍水经新通扬运河抽排入长江,从而实现长江和淮河两大水系互调互济。当然,它向北方调水时会关掉新通扬运河上的闸门。这个选址比在邵伯湖、高邮湖和廖家沟修建水利枢纽都更加优越。

就这样,江都水利枢纽成为南水北调东线输水工程的第一站,成为一个具有灌溉、排涝、泄洪、通航、发电功能以及为江苏沿海冲淤保港、改良盐碱地提供淡水资源的大型水利枢纽。整个枢纽工程由4座电力抽水站、12座水闸、2座船闸及配套工程组成。与南水北调中线工程的丹江口水利枢纽一样,江都水利枢纽的建设过程也颇为曲折,前后经历了16年。

> 1961年12月开工兴建,第一抽水站于1963年4月建成,第二抽水站于1964年8月建成,第三抽水站于1966年12月建成,第四抽水站于1977年3月建成。
>
> 整个江都水利枢纽共拥有33台机组,总功率为49800千瓦,每秒可提引江水473立方米,自引江水550立方米。第四抽水站是江都水利枢纽的主力站,安装了7台3000千瓦发动机组,总装机容量21000千瓦,总抽水流量210立方米每秒。

江都水利枢纽

江都水利枢纽最值得关注的有两处。

一是它使用的抽水机。江都水利枢纽的第一抽水站，是当时国内少有的大型抽水站。在此之前，国内没有生产过能满足要求的电机、水泵，也没有大型泵站的施工和安装经验，一切从零开始。经过两年多的试验，终于实现了大型水泵设计、制造零的突破，制造出了叶轮直径达1.6米、功率达6400千瓦的抽水机。中国大型泵站自此开始大踏步发展，江都第三抽水站的叶轮直径扩大到2米，第四抽水站的叶轮直径达2.9米。而在它北面200多千米的皂河泵站，其叶轮直径达到5.7米，号称"亚洲第一泵"。

二是它的布局。站在江都的西闸大桥上，可以看见新通扬运河上四座抽水站由西向东，呈"一"字形排列，犹如河流中的四座连起来的岛屿，抽水站的四周都是水。据说这种堤身式结构是为了实现双向抽水目标，即：既要把长江水往北抽，又要把淮河来的洪涝水往南抽。这种布局的泵站不管往哪个方向抽，都是"侧向进水"，即来流方向与泵站引水方向相互垂直，从而避免泵站进水口泥沙淤积或机组振动、效率下降。

2013年11月，南水北调东线工程建成，江都水利枢纽除常规的省内江水北调外，又承担起全国南水北调任务。截至2022年11月，江都水利枢纽在59年间累计抽引长江水1000多亿立方米，排洪6750多亿立方米，为缓解北方地区缺水状况，为苏北地区社会经济发展作出了巨大贡献。孟浩然写扬州时说"水国无边际，舟行共使风"，今天的扬州又何尝不是这样？这片河流交汇的大地上，杨柳摇曳，稻浪翻滚，高楼老宅，沸沸扬扬，因为有太多的人"共使风"，才使得"舟行"有如此的气魄和风度。

后 记

《长江这10年》总算写完了。这是我写作生涯中一次艰难的"爬行"。因为极不顺畅，犹如一个人失去行走能力，只能"爬行"。

从个人经验出发，我是熟悉长江的。我出生在上荆江的百里洲，在遥远的过去，那里是荆江三角洲的一部分，在后来的演变中，逐渐融合为长江中一个巨大的沙洲。它是一个蓄洪区，并在1954年使用过一次。大学毕业后我在《长江开发报》工作过几年，这张报纸不仅与长江水利委员会关系密切，也让我对长江有了更多的了解，更重要的是让我有机会反复在荆江行走。

2022年长江出版社的赵冕社长约我写一本关于长江10年的书。以我个人的经历，我觉得这个任务应该可以完成；但我过去长期从事评论工作，对其他文学体裁很少涉及，我知道要完成这个任务肯定不会很顺利。

事情果然如此，这部书写得极其艰难。之所以难，很大一个因素是不能静下来。其次便是对长江的了解有限，我过去了解的是荆江，只是长江的一段，而长江太长。除此外，还面临许多技术上的难度。治理开发保护长江是一个系统的历史进程，涉及太多的专业领域。技术上的难度还在于，伴随长江沿线的快速发展，一切都在不断变化，比如，你要问一座大坝建在什么地方，人们告诉你的大多是一个大地名，这是我不满足的。我想知道具体的细微的——这座大坝所在的村叫什么、山头叫什么，这样的细节会耗费大量的时间精力并让人丧失信心。但如果不找到准确的位置，我给读者的同样是大致而模糊的信息，比如某大坝在云南某县与四川某县之间的金沙江上，这种信息让我非常不踏实。

本书试图通过5个部分，对长江流域尤其是长江两岸10年来农业农村、工业环保、长江大保护、治水治江、城市面貌等进行一番扫描，并在其中贯穿对长江文化、长江文明的讲述。本书没有去正面讲述长江流域农业农村的成就，而是着重于讲述水稻、油菜种植的进步，乡村扶贫乡村振兴中的个案，以此呈现长江农业文明在新时代的赓续与弘扬。长江流域是青铜文明的摇篮，从遥远的青铜文明到今天长江流域工业的变化，是绿色发展、可持续发展的一个缩影。长江大保护是一个重大题材领域，本书在不同章节都关注了长江10年生态保护的进步和成就，以江豚保护中的典型人物、沿江化工企业的搬迁和转型发展、南水北调水源保护等个例，折射长江流域生态保护的氛围以及全社会为长江大保护付出的努力。如何反映长江10年治水治江的面貌，也是难题。关于三峡和南水北调等题材，已经有太多的文字作品。本书侧重10年来金沙江清洁能源走廊的打造和三峡后续工程的建设，在书写中尽量避开人们已经熟知的长江印象，而是讲述大型发电机组的进步、长江护岸护坡工艺的进步等过去讲述比较少的细节，即使讲述三峡，也尽量讲述过去人们较少谈及的内容。在"江上明珠"中没有写大城市，而是选取了长江沿线的地级市，这些城市并不是耳熟能详的，但透过他们的发展变化来折射长江这10年的巨变，更加具有说服力。当然对这些城市的描写无疑也主要以长江文明为主线，而不是全方位去考察。

尽管创作过程中遇到诸多预料不到的困难，但我仍要感谢长江出版社赵冕社长对此书的关注和重视，责任编辑王振和李海振提出了详细的修改意见，并认真核实数据、术语，做了大量工作。湖北省作协、武汉市文联，以及湖北省文联名誉主席刘醒龙、湖北省作协主席李修文等对《长江这10年》的写作都很关心，令我备受鼓舞。在采访过程中，昭通、宜昌、岳阳、荆州、益阳、常德、九江、黄石、铜陵等地很多单位和朋友都给予了帮助，让我十分温暖。在此一并感谢。这些其实都是压力，我只能希望本书没有让他们失望。

2023年11月6日

主要参考书目

徐斌.长江经济史：古代卷.武汉：长江出版社，2019.

杨华.长江文明研究.武汉：长江出版社，2020.

长江技术经济学会.长江经济带发展研究.武汉：长江出版社，2016.

彭智敏，唐鹏飞，吴晗晗，等.长江经济带高质量发展指数报告（2019）.武汉：长江出版社，2020.

胡向阳，等.高瞻远瞩：长江流域规划70年.武汉：长江出版社，2019.

丁毅，等.高峡平湖：长江水利建设70年.武汉：长江出版社，2019.

徐照明，等.缚龙捉鳖：长江防洪减灾70年.武汉：长江出版社，2019.

穆宏强，等.绿水青山：长江生态保护70年.武汉：长江出版社，2019.

黄强，孙新华.黄金水道：长江航运扬帆70年.武汉：长江出版社，2019.

大冶市铜绿山古铜矿遗址保护管理委员会.铜绿山古铜矿遗址考古发现与研究（上、下）.北京：科学出版社，2013.

大冶市铜绿山古铜矿遗址保护管理委员会.铜绿山古铜矿遗址考古发现与研究（二）.北京：科学出版社，2014.

陈贤一.商代盘龙城——武汉城市之根的考古历程.武汉：武汉出版社，2015.

金正耀.中国铅同位素考古.合肥：中国科学技术大学出版社，2008.

万全文.青铜冶铸.上海：上海科学技术文献出版社，武汉：长江出版社，2019.

陈进.三江源之旅.上海：上海科学技术文献出版社，武汉：长江出版社，2019.

万艳华.名城古镇.上海：上海科学技术文献出版社，武汉：长江出版社，2019.

杨红昆.大道昭通.昆明：云南人民出版社，2022.

徐民权，段春，何培金.洞庭湖近代变迁史话.长沙：岳麓书社，2006.

李望生，黄绍钦.城陵矶港史.北京：中国文史出版社，1991.

孙述诚.九江港史.北京：人民交通出版社，1991.

肖静.金色人生.武汉：武汉出版社，2018.

傅廷栋.杂交油菜的育种与利用.武汉：湖北科学技术出版社，2000.

袁隆平.中国杂交水稻发展简史.天津：天津科学技术出版社，2020.

陈启文.田间逐梦：共和国功勋袁隆平.杭州：浙江人民出版社2021.

王宇丰.水稻的故事.济南：泰山出版社，2022.

图书在版编目（CIP）数据

长江这 10 年 / 李鲁平著. -- 武汉：长江出版社，2023.12
ISBN 978-7-5492-9333-9

Ⅰ.①长… Ⅱ.①李… Ⅲ.①纪实文学－中国－当代
Ⅳ.①I25

中国国家版本馆 CIP 数据核字（2024）第 028819 号

长江这 10 年
CHANGJIANGZHE10NIAN
李鲁平 著

出版策划：	赵冕 王振 张琼
责任编辑：	李海振 郭利娜 高婕妤 王振
装帧设计：	彭微
出版发行：	长江出版社
地　　址：	武汉市江岸区解放大道 1863 号
邮　　编：	430010
网　　址：	https://www.cjpress.cn
电　　话：	027-82926557（总编室）
	027-82926806（市场营销部）
经　　销：	各地新华书店
印　　刷：	湖北金港彩印有限公司
规　　格：	787mm×1092mm
开　　本：	16
印　　张：	21.25
拉　　页：	1
字　　数：	320 千字
版　　次：	2023 年 12 月第 1 版
印　　次：	2023 年 12 月第 1 次
书　　号：	ISBN 978-7-5492-9333-9
定　　价：	98.00 元

（版权所有　翻版必究　印装有误　负责调换）

本书部分图片未能联系上作者，请作者及时与我社联系。